U0940045

更好的阅读

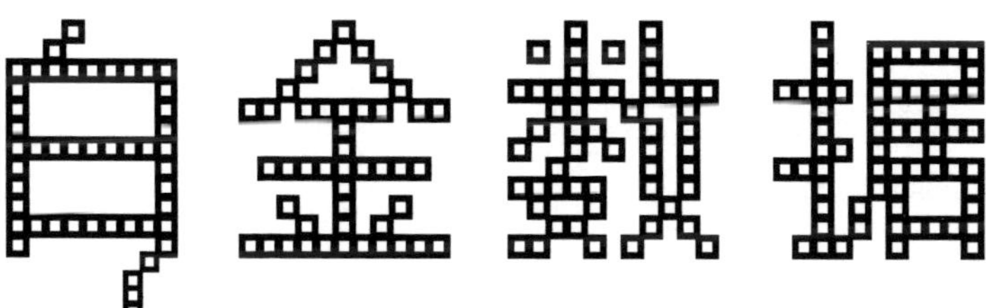


プラチナデータ

Platina
Data

[日] 东野圭吾 著
王蕴洁 译

图书在版编目（CIP）数据
白金数据 / （日）东野圭吾著 ; 王蕴洁译. -- 北京 : 北京联合出版公司, 2025. 1. -- ISBN 978-7-5596-8040-2
Ⅰ. I313.45
中国国家版本馆 CIP 数据核字第 20246G0G83 号

北京市版权局著作权合同登记　图字：01-2024-4590 号



**白金数据**
作　　者：（日）东野圭吾
译　　者：王蕴洁
出 品 人：赵红仕
责任编辑：李　伟

---

北京联合出版公司出版
（北京市西城区德外大街 83 号楼 9 层　100088）
三河市中晟雅豪印务有限公司印刷　新华书店经销
字数：226 千字　880 毫米 × 1230 毫米　1/32　印张：10.25
2025 年 1 月第 1 版　2025 年 1 月第 1 次印刷
ISBN 978-7-5596-8040-2
定价：59.80 元

---

# 1

尸体身上穿了一件鲜艳的蓝色小背心，遮住了丰满的胸部，但因为没穿内裤，所以下半身都露了出来。脖子上挂着深蓝色的项圈，项圈上方那部分皮肤变成紫黑色。有经验的侦查员一眼就可以看出是徒手掐出来的痕迹。

浅间玲司手上拿了一台小型电子仪器，上面有两根细电线，电线的前端有一个金属夹。他之前看过几次这个仪器。

“又是电恍器吗？”后辈户仓探头看着浅间手上的东西，“最近可真多啊。”

“这东西真的有效吗？”

“听说有效啊，只是我没试过。”户仓说完，对浅间咬耳朵说，“要不要试试看？听说稍微试一下，不会对身体造成不良影响。”

“那你来试啊。”浅间说道。

后辈刑警耸了耸肩，苦笑着走开了。浅间目送他离开后，把手上的电子仪器放回了原位。发现尸体时，电子仪器就在床头柜上。

鉴定作业持续进行，虽然规定在鉴定工作结束之前，就连浅间和其他搜查一课的人也无法靠近现场，但刑警都认为，如果乖乖遵守这些规定，根本没办法展开第一拨搜查。

命案现场位于涩谷角落的一家宾馆，清扫工进房准备打扫时，发现了尸体。死者是二十岁出头的女生，倒在床上。

虽然有性行为的迹象，但体内并未留下精液，也没有发现使用过的保险套，八成是凶手连同女人皮包里的东西一起拿走了。照理说应该放在皮包里的皮夹和手机不见了，现场没有留下任何可以确认死者身份的东西。

浅间觉得这是一起很常见的无聊案子，脑袋不清楚的男人和脑筋不灵光的女人不知道在哪里认识之后一拍即合，进了这家宾馆。两个人都对普通的做爱方式感到厌倦,所以就用了不知道哪一方带来的“电恍器”助兴。“电恍器”是时下年轻人流行的一种大脑刺激装置，只要把电极夹在两耳，打开电源，微弱的脉冲电流就会通过大脑，可以体会到和吸食毒品时不同的刺激。这种仪器当然不合法，不知道哪个国家生产了这种仪器,在黑市流窜。最近有很多这种莫名其妙的商品。“电恍器”是“电子恍惚器”的简称，但这也不是正式的名称，没有人知道这种商品的正式名称，搞不好连发明的人也不知道。

那对男女进了这家宾馆后，使用了“电恍器”，神志不清地疯狂做爱。浅间从不久前侦讯的一个年轻人口中得知,那种快感非比寻常，尤其是热衷 SM 的人，更是为之疯狂。

“我好几次都差点儿失手杀了我女友。”接受侦讯的年轻人乐不可支地说。

浅间猜想这起事件应该也是这种荒唐的性爱游戏造成的。男人失手掐死女人之后，被自己做的事吓到，结果就畏罪逃走。麻烦的是，他似乎懂得如何收拾残局，所以没有留下任何可以追查到女人身份的东西。鉴定小组的人员也没有发现任何关键指纹。

虽然是一起荒唐无聊的命案，但似乎无法很快了结。浅间想到这里，不由得有点儿忧郁。光凭“虐待狂的男人”这条线索在全日本打听，恐怕要耗上一百年。

浅间了解现场的状况后，离开了房间。走廊上也有好几个鉴定人，这家宾馆恐怕有好一阵子没办法做生意了。

“浅间。”他在等电梯时，听到身后有人叫他。鉴定小组的负责人田代走了过来，手上拿了一个小盒子。

“请你把这个带去警视厅。”

“我吗？这是什么？”

“毛发。”田代不怀好意地笑了笑。

“毛发？”

“枕头上有一根头发。地上找到两根，那是下面的毛，都不是被害人的。”

“为什么要我送阴毛？”

“要你这位资深刑警做这种事，你可能会不满，但这是那须课长的指示，他指名要你带回去。”

浅间想起了那须课长神经质的瘦长脸。他该不会又在打什么鬼主意吧？浅间有一种不祥的预感。两年前，那须曾经提出要将侦查员的办案能力进行排名，幸好到目前并没有实施。

浅间接过盒子，离开了宾馆。他拦了一辆出租车，前往警视厅的方向。虽然盒子密封了，但想到里面装了别人的阴毛，就觉得放在口袋里也很不舒服。

一回到警视厅，他直奔搜查一课课长的办公室，敲了敲门。“请进。”

里面传来了声音，他打开门。前方有一张办公桌，那须坐在办公桌前，浅间的直属上司木场站在他旁边。虽然是上司，但浅间并不尊敬他，也从来不靠他，觉得他只是课长的传话筒而已，但那须今天没有通过传话筒，而是直接向浅间发出了指示，浅间猜想那须应该有什么特别的盘算。

“他们说你要我把毛发带过来，所以我就带来了。”浅间把盒子递到那须面前。

但是，那须没有接过盒子，而是向木场使了一个眼色。

木场拿出一张影印纸，上面印着地图。

“你把这个送去那里。”

“啊？”浅间看着股长的圆脸,“人手不够吗？我可以介绍快递公司。”

木场生气地瞪着他。

“这是极机密任务，”那须压低嗓门说，“所以不能交给快递公司，也不能交给新手警官。我和木场商量之后，认为你很适合。”

浅间交替看着课长和股长的脸，最后低头看着地图，地图上有一个 × 的记号。

“有明……吗？那是什么地方？”

“上面只写了‘警察厅东京仓库’。”那须回答。

“仓库噢，那实际是什么地方？”

“你去了之后就知道了。不，搞不好你去了也仍然搞不懂，但无论如何，希望你先去亲眼看一下，所以才找你送去。你这种类型的人，如果不是自己亲眼看到的事，即使费尽口舌说明，你也无法理解。”

浅间觉得自己被看扁了，但与其现在闹别扭，不如看看这些精英分子到底在打什么主意。

浅间伸手接过地图。

“只要送过去就好了吗？之后呢？”

“只要送过去就好，交给对方之后就回到这里。再怎么厉害，也不可能马上有结果。”那须微微摇晃着身体笑了起来。

“你说结果是……”浅间看着手上的盒子，“可以从这个查出什么结果吗？”

“我不是说了吗？即使现在向你说明也是白费口舌，不必着急，反正几天后就会知道答案了。”

“快去吧。”木场说，“你可以搭出租车，收据记得交给会计课。”

“我自己出钱。”浅间转身走向门口。

地图上标记的地方有好几栋真正的仓库，浅间下了出租车后，走路找了很久，费了好大的工夫，才找到那栋建筑物。写着“警察厅东京仓库”的招牌比想象中小很多。

建筑物四周是灰色的围墙，开闭式的铁栅栏旁有一个对讲机。浅间按了对讲机的按钮。

“有什么事吗？”对讲机中传来一个男人的声音。

“我是警视厅派来的。”

“请问贵姓？”

“我姓浅间。”

“好的，请稍候。”对讲机挂断了。

浅间等待片刻，旁边的小门打开了，一个看起来像是警卫的男人走了出来。他个子高大，钻过小门时有点儿吃力。

“可不可以麻烦你出示一下身份证明？”男人问道，和刚才对讲机内的声音相同。

浅间出示了警视厅的徽章，警卫了然于心地点了点头。

“这边请。”

浅间跟着警卫走进了小门，经过停车场，终于走向建筑物，打开入口的门走了进去。浅间跟着警卫走在昏暗的通道上，不一会儿，来到电梯前。电梯很大，足以容纳一辆小型轿车。警卫打开电梯门，对浅间说：“请进。”

原来要去地下室。浅间猜想着。他刚才从外面观察到，建筑物本身并不高。

电梯停了下来，门打开了，一个男人站在面前。男人身穿白袍，年约四十岁，白净的脸上有一双细长的凤眼，一头乌黑的头发向后梳着。

“这位是警视厅的浅间先生。”警卫说。

“辛苦了。”男人向浅间鞠躬打完招呼，看着警卫说，“你去忙吧。”

警卫点了点头，搭电梯离开了。男人看着电梯门关上之后，再度转头看向浅间。

“我已经听那须课长说了，你带了分析物过来，是吗？”

“你说的分析物是这个吗？”浅间从内侧口袋拿出塑料盒子。

男人点了点头：“我听说是毛发。”

“是阴毛。”

“很好，这边请。”男人迈开步伐。

“你不收下吗？”

男人停下脚步，缓缓转头看着浅间。

“我不能收下，这里有这里的规矩，你必须亲自交付。”

“交给谁？”

男人轻轻一笑说：“你马上就知道了。”

“不管是课长还是你，都神神秘秘的。你虽然说，这里有这里的规矩，但这里到底是什么地方？你又是谁？我甚至不知道你的名字。”

男人似有所悟地扬起下巴，把手伸进了白袍的内侧，拿出了名片。

“失礼了，我还以为那须课长已经告诉你了。这是我的名片。”

男人递过来的名片上写着“警察厅特殊解析研究所所长　志贺孝志”。

“特殊解析研究所……是研究什么的？”

“顾名思义，就是研究特殊解析。”志贺说完，再度迈开步伐。

志贺走在弥漫着阴森空气的走廊上，然后在一道门前停了下来。门口完全没有任何标志。志贺把左手放在门旁的感应板上，门静静地向一旁滑动。那似乎是静脉辨识系统。

一走进室内，浅间瞪大了眼睛。里面放着各种电子仪器和装置，最引人注目的是放在中间的巨大仪器，差不多有一人高。

“要去太空吗？”

志贺听到浅间的话，轻轻笑了笑。

“是探究比太空更神秘的东西的装置。”

浅间耸了耸肩。

志贺走向深处，那里也有一道门，他随手打开了。

“不要开门！”房间内传来男人的尖叫声，“不是说了吗？进来之前要先敲门！”

“啊，不好意思。”志贺道歉，“因为警视厅的侦查员来了……”

“再等五分钟，我就出去。”

“好。”志贺静静地关上门，重重地吐了一口气。

“房间里面的那位是？”浅间问。

志贺露出犹豫的表情后，露出了苦笑。

“很难向你说明，而且你也不需要知道。”

“不是要把这个交给他吗？”浅间出示了盒子。

“不是交给他，是交给另一个人。”

“是噢。”浅间点了点头，这里似乎还有其他人。

他再度打量室内，只是猜不透这个房间到底是干什么的。他可以想象应该是分析他带来的头发和阴毛，只不过猜不透要怎么分析。

“这里和科警研是不同的机构吗？”浅间问。科警研是“科学警察研究所”的简称，隶属于警察厅，是专门研究科学办案的机构。

“原本是在科警研的旗下，但在正式运作之后就独立出来了，地点也不宜公开。”

“是噢，看来有很大的秘密。”

浅间用揶揄的口吻说道，里面那道门“咔嚓”一声打开了，一个三十岁左右的男人现了身。他的表情很严肃，头发有点儿长。

“呃……”志贺语带迟疑地开了口。

“‘他’刚才已经离开了。”长发男子说完看着浅间问，“这位是？”

“这位是警视厅的浅间副警部，带来了疑似属于命案凶手的分析物。”

男人点了点头，把门开得更大：“请进，只是里面没怎么整理。”

门内是一间大约三十平方米的房间，中央放了一张会议桌，墙壁旁放着书架、柜子和计算机。光看这些东西，觉得只是普通的办公室，但放在房间角落的画架，完全改变了室内的感觉。画架上放了一块画布，上面画了人的双手。画得很细腻，双手的形状似乎捧着什么东西。

“刚才打扰到他了，”志贺说，“结果挨了骂。”

“好像是，他留下了纸条。”男人露齿一笑，向浅间递上了名片，“这是我的名片。”

“神乐龙平先生……原来是主任解析员。”浅间接过名片，巡视着周围。

“怎么了？”

“‘他’是谁？”

神乐看着志贺，露出意味深长的笑容后，将目光移回浅间身上。

“他已经离开了，所以不必在意。”

“我刚才不是说了吗？你不需要知道。”志贺在一旁说道。

“我并不是想知道，只是觉得很奇怪，因为这个房间并没有其他出入口，我想不透那个人从哪里离开的。”

神乐用戴着银色戒指的手指搓了搓人中。

“浅间先生，你来这里之前，不是经过了很复杂的通道吗？难道不认为即使这个房间有秘密通道也不足为奇吗？”

“秘密通道噢。”

浅间很想一拳打向神乐端正的脸，他觉得自己被耍了。

“闲聊就到此结束，要不要来谈正事？”神乐拉了会议桌旁的椅子后坐了下来，“听说你带来了分析物？”

“请你把刚才的东西交给他。”志贺对浅间说。

浅间把塑料盒子递给神乐。

“我确认一下。”神乐接了过去，打开盒子后，从里面拿出一个塑料袋，里面装了一根头发和两根阴毛。

“没问题，那我就收下了。”

神乐把椅子一转，打开后方柜子的抽屉，从里面拿出一张文件，用笔写了几个字后递到浅间面前。是签收单，上面有神乐的签名。

“解析要多长时间？”志贺问神乐。

“一天就足够了，但为了保险起见，就说两天吧。”

志贺点了点头，看着浅间说：“请转告那须课长，两天后会和他联络。”

“等一下，又不是小孩子跑腿，在你们告诉我要怎么处理那根头发和两根阴毛之前，我不能就这样离开。可不可以请你们好好解释一下？”浅间交替瞪着志贺和神乐的脸。

神乐低着头，似乎决定由志贺来应付。

志贺轻轻哼了一声说：“没问题，反正你早晚会知道，那就告诉你吧。我们接下来要检查这几根毛发的 DNA，检查后进行解析，就是这么一回事。”

“DNA？你们要鉴定 DNA 吗？”

“如果这么说，你比较能够理解，这么说也无妨。”

浅间冷笑一声。

“这么郑重其事，我还以为要做什么了不起的事呢，原来只是 DNA 鉴定。这种事，连小学生都知道，有什么好笑的？”浅间看到神乐低头笑了起来，忍不住问道。

“浅间副警部，你对 DNA 根本一无所知。”志贺说，“DNA 是信息的宝库。”

“我当然知道。”

“不，你并不知道。你所知道的 DNA 鉴定，是用头发或血液，确认是否属于某一个人。但是，你想一下，这次发生的命案，不是还没有发现任何嫌犯吗？目前还没有找到可疑人物，不是吗？那要怎么进行 DNA 鉴定？和谁的 DNA 进行比对？”

志贺的话让浅间感到不解。他说得没错，在现阶段，根本没有进行 DNA 鉴定的对象。

“那你们到底要做什么？”

“不是说了吗？要进行解析啊。”神乐不耐烦地说道。

“神乐。”志贺对他摇了摇头，似乎在责备他，然后对浅间露出微笑，“解析很多信息，我们可以从这根头发中发现很多事。”

“比方说？”

“两天之后，你就会知道了。”

“浅间副警部，我们在侦查会议上再见。”神乐抬眼瞪着他。

浅间原本想要说什么，但咬着嘴唇忍住了。

“我很期待。”说完，他站了起来。

## 2

涩谷的命案发生至今已经整整过了两天，侦办进度很不理想。虽然已经查出了被害人的身份，但完全没有发现任何线索。被害人是大学生，平时都在涩谷一带玩乐，清查了她的交友关系，也没有找到可能是凶手的人。虽然不是没有可疑人物，但那些人都有不在场证明。

和被害人一起走进宾馆的应该是刚认识的男人——浅间的猜想对了。宾馆虽然有监视器，但并没有拍摄到任何画面，因为之前发生故障之后，就一直没有修理。

浅间正在四处打听，希望能够找到目击证人，口袋里的电话响了。是股长木场打来的，通知他要在警视厅召开侦查会议，要求他马上回去。

“警视厅？不是在涩谷分局吗？”浅间问。这起命案的搜查总部设在涩谷分局。

“是特例，你就按照指示去做，不要迟到了。”木场说完，挂上了电话。

浅间把电话放回口袋时，想起了神乐和志贺的脸。

回到警视厅，走进指定的房间，浅间不禁大惊失色。除了那须以外，他猜到理事官和管理官可能会出席，没想到连刑事部长也在，还有好几张陌生的面孔。涩谷分局的局长和刑事课长等人也在场，但看起来很不自在。木场缩着身体，坐在最前排。

浅间行了一礼后，在木场旁边坐了下来。每个座位前都放了一台液晶屏幕。

“除了我们以外的现场办案人员呢？”他小声问木场。

“这次只有我们，所以你要好好听清楚。”

“听清楚？接下来要干吗？”

“你马上就知道了。”

木场话音刚落，就传来开门的声音。浅间回头一看，发现志贺和神乐刚好走进来。神乐手上拿着笔记本电脑，他和浅间四目相接，但脸上的表情没有任何变化。

他们并排坐在空位上，志贺开了口。

“我是警察厅特殊解析研究所的志贺。关于日前在宾馆发生的女大学生谋杀案，现场采集到的毛发的解析结果已经出炉，请容我向各位报告。”

一旁的神乐操作着计算机，下一刻，浅间他们面前的液晶屏幕上出现了文字。浅间瞥了一眼内容，立刻瞪大了眼睛，其他人也都发出了“哦”的惊叫声。

神乐抬起头。

“我是主任解析员神乐，解析结果就是目前显示的信息，我还是念一下。”他停顿了一下后继续说道，“性别，男性，年龄为三十岁到五十岁，血型为O型，Rh阳性，身高一百七十厘米到一百八十厘米，体质容易发胖，垂肩，双手的大小约二十厘米，脚的尺寸超过二十六厘米，皮肤黝黑。脸部的特征为眉毛和体毛都很浓密，鼻塌且宽，大嘴、薄唇。牙齿很健康，但容易蛀牙。下巴很方，声音低沉。喉结比一般人突出。头发偏软，略带棕色，有一点儿天然鬈。眼睛的颜色较浅，偏棕色，很可能有近视。没有先天性疾病——除此以外，还了解到其他细节，记录在下一页。”

浅间让第二页的信息显示在屏幕上。“指甲短，脚的中趾可能比大拇指更长。”

“这是什么啊？”浅间忍不住出声问道。

“罪犯侧写。”神乐解说道，“这称为DNA罪犯侧写，美国在几年前就已经开始实施。美国有各种不同的人种，光是靠 DNA 分析出人种，就对办案大有帮助。”

“虽然曾经听说过，但没想到竟然可以了解得这么详细。”刑事部长发出感叹的声音，“这些特征都正确吗？”

“当然。”志贺回答，“人的特征都由 DNA 决定，任何人都无法违抗这一点。”

“近视是身体特征吗？”那须问。

“有容易近视的体质。”神乐说，“比方说，眼球的形状。当眼球的形状扭曲严重后，晶状体就不容易调整，即使在小时候进行矫正，也无法充分改善，容易发展为远视或近视。”

“原来是这样。”那须语带佩服地应了一声。

其他人也都接二连三地发问，志贺和神乐胸有成竹地回答了这些问题。浅间听着他们的对话，终于了解了眼前的状况。

这是新型侦查方法的发布会，是为了让警方高层了解警察厅特殊解析研究所的能力，以及这些能力将会如何改变办案。

“我们根据罪犯侧写的结果，将凶手的容貌图像化，也就是 DNA 合成照。这就是我们仿真的图像。”

神乐敲击着键盘，屏幕上出现了一个长方脸的男人。有人发出了“哦”的叫声。男人有两道浓眉，鼻大、嘴大，戴着眼镜，头发理得很短，完全符合刚才的分析内容。

“决定发型时，除了考虑到发质以外，也结合了时下的流行和脸型的搭配。当然，凶手也可能是其他发型。”志贺补充道。

“太厉害了，简直就像照片——对不对？”刑事部长征求坐在旁边的那须的意见。

“是啊。”那须也点着头。

浅间无法继续保持沉默。

“虽然图像很出色，但是，这样固定对凶手的印象没问题吗？”

听到他的发言，所有人都看着他。木场用手肘捅了捅他。

神乐也露出敌视的眼神看着他：“有什么问题吗？”

“一旦看了像照片这样明确的图像之后，就很难再对其他的脸产生反应，这也正是办案时避免使用合成照，重视用素描画罪犯肖像的原因。维持某种程度的模糊，效果更理想，这是常识。”

神乐听到浅间的回答，露出了苦笑。

“请不要把只是根据人的记忆拼凑出五官的罪犯合成照和 DNA 罪犯侧写混为一谈。目前各位所看到的就是凶手的照片。如果有办法拿到嫌犯的照片，你们应该也会用在通缉令上吧？”

浅间摇了摇头：“我无法相信。”

“我能理解你的意思。”刑事部长转头看向浅间，“所以，目前并不打算公布这张照片，但如果这张照片正确性没有问题，将成为我们极有力的武器。”

“如果正确性没问题的话……”

刑事部长咧嘴笑了笑。

“你们赶快将凶手逮捕归案，这样就能够判断这个图像是否发挥了作用。”

“虽然部长这么说，但光凭这些信息，根本不可能抓到凶手。”浅间用下巴指着液晶屏幕。

“你这个人真性急啊。”神乐说，“我的话还没说完呢。”

“还有其他的信息？”

“接下来才是重点。”志贺巡视着所有人，“接下来就向各位展示我们的研究成果。神乐，把那些信息秀出来。”

神乐敲着键盘，屏幕上出现了文字，是地址和姓名。

“住在东京都江东区的山下郁惠——凶手是这名女子三等亲以内的人。另外，这是参考信息，凶手的性格胆小而谨慎，防卫心很强，忍耐力很差，也就是很容易暴怒，反社会等级则是七级中的第四级。”

神乐的声音在室内回响，所有人都陷入了沉默。

## 3

浅间打开电动车窗，用打火机点了烟，然后向斜上方吐出灰色的烟，顺便抬头看向夜空。虽然没有云，但完全看不到一颗星星。已经好几年没有在东京看过星星了。

“浅间先生，在跟踪监视时不能抽烟啦。”户仓在一旁笑着说道。

浅间把烟夹在手指上，撇着嘴说：“这是课长的口头禅吧。这个年头，只剩下刑警抽烟了，就连黑道也开始注重养生，只要喷云吐雾，就好像在昭告天下，这里有刑警。”

“很有道理啊。”

“是啊，但现在大楼内全面禁烟，也不能在路上抽烟，只有在车上才能抽烟了。”

“与其抽这种焦油含量只有零点三毫克的烟，不如干脆戒烟算了。”

“我也不想抽这种烟啊，但即使是吸烟区，很多地方也禁止焦油量超过一毫克的烟。”

“这样还有烟味吗？”

“怎么可能有嘛，尼古丁才零点零三毫克啊。”

户仓正在苦笑时，浅间的电话响了，是刑警同事打来的。

“刚才桑原打电话到店里，很快就会来这里。”

“了解，一旦确认那家伙进入大楼，我们会守住出口。只要他一进店里，就立刻逮人。”

挂上电话后，浅间看着前方的大楼，捻熄了香烟。那栋大楼里有好几间酒家，桑原裕太应该会去其中一家。因为他喜欢那间酒家的一个坐台小姐。

“桑原真的是凶手吗？”户仓一脸不解地问。

“应该是吧，DNA 完全吻合啊。”

桑原裕太虽然居无定所，但不久之前，他和一个在池袋上班的酒家女同居。他以前使用的梳子还留在女人家里。在检查留在梳子上的毛发后，确认与涩谷宾馆女大学生命案中所采集到的头发和阴毛的 DNA 完全吻合。

“但是，这么简单真的没问题吗？”户仓偏着头问。

“不知道。”浅间只能这么回答。

户仓有这样的疑问很正常。因为他们查到桑原裕太这个人的过程实在太简单了。

他们根据神乐提供的信息，调查了江东区那位名叫山下郁惠的家庭主妇的血缘关系，发现她的三等亲以内总共有八个男人，分别是她的父亲、儿子、哥哥、两个外甥、伯父和两个舅舅。

符合血型是 O 型的只有三个人，只要调查这三个人的 DNA 就可以解决问题。最后发现山下郁惠的外甥桑原裕太的 DNA 完全吻合。他今年三十二岁，自称是音乐制作人，但其实是靠向色情店和酒家介绍小姐赚钱。曾经和他同居的酒家女证实，他是个花花公子。

浅间认为他应该就是凶手，只不过内心总觉得有点儿不太对劲，但并不是像户仓所说的这次的办案未免太简单，觉得不过瘾。

办案简单是一件好事，但是，他忍不住心生疑问，这种办案方法真的不会出错吗？并不是指抓错人这件事，而是这样的办案方式，对人类社会没有任何不良影响吗？

“啊，是不是那家伙？”户仓问。

一个身穿黑色皮夹克的男人迈着轻快的步伐走了过来。那个男人长方脸，短发，没有停下脚步，直接走进了那栋大楼。

“你有没有看到？和计算机中的图像一模一样。”户仓语带兴奋地说。

“这不重要，赶快通知里面的人。”

浅间下了车，向在周围待命的侦查员发出暗号。

侦查员都守在大楼的出入口，浅间和户仓一起在大门待命。他把手伸进上衣内侧，摸了摸手枪。桑原很可能持有凶器。

浅间看了看手表，桑原进去已经五分钟了。

他正准备把手再度伸进上衣内侧时，楼梯上传来叫声。“他跑了！”是刑警同事的叫声。

下一刻，立刻看到桑原脸色大变地冲下了楼梯。他的皮夹克已经不见了。

户仓正准备上前逮人，没想到桑原整个人撞向他。户仓被撞得飞了出去，但桑原也停了下来，正准备拔腿而逃时，浅间抓住了他的手臂。

“放开我！”桑原大叫着。

浅间把他的手臂一扭，对着他的肚子踹了一脚。桑原发出呻吟，身体弯了下来。浅间扫向他的腿，当他扑倒在地时，跨在他的背上，直接为他铐上手铐后，开始脱他的鞋子。

“浅间先生，你在干吗？”户仓跑过来问道。

“你别管我，你帮我按住这家伙的手臂。”

浅间脱下了桑原的袜子，抓起他的脚踝，检查他的脚趾。

“太惊讶了……”浅间嘀咕道。

桑原的中趾比大拇指更长。

## 4

“……以上就是涩谷分局辖区内发生的女大学生命案的侦查结果。桑原裕太对犯罪事实供认不讳，移送检方之后，应该可以顺利起诉。”会议室内响起木场略微紧张的声音。

这是警视厅内的会议室，刑事部长和搜查一课的主管，以及涩谷分局的干部都围坐在圆桌旁。只有木场和浅间是第一线的办案人员，警察厅特殊解析研究所的志贺和神乐也参加了这次会议。志贺始终面带笑容，他应该对研究所的解析结果有助于迅速破案感到得意。神乐的表情好像有点儿扫兴，似乎眼前发生的一切都在他意料之中。

“真是太厉害了，对不对？”刑事部长满面笑容地征求那须的同意。

那须用力点了点头。

“没错。只靠 DNA 就能够这么精准地锁定嫌犯，有助于大幅提高破案率。而且不光是毛发和血液，从少量唾液和汗液中，也能够采集到 DNA。”

“除此以外，也可以从黏膜、皮脂和耳垢中采集。”志贺立刻补充道。

那须露出满足的笑容。

“除了命案以外，也有助于强暴事件和窃案的破案吧，只是恐怕无法对外公开这起命案的办案过程。”

“检方有说什么吗？”刑事部长问。

“检方认为罪犯侧写和最终的 DNA 鉴定应该没有问题，只是认为最初锁定嫌犯的过程可能有点儿麻烦……”

“因为那项法案还没有通过。那这次打算如何处理呢？”

那须看着木场。木场清了清嗓子说：“就说涩谷分局接获线报，在案发当天晚上，有人在命案现场附近看到了像是桑原的人。根据这个线报调查了桑原的情况，最终进行了 DNA 鉴定。”

刑事部长听了木场的话，点了点头。

“这样就没问题了，也不需要特地安排一个证人。好，就这么办。”

“是。”木场回答。

“等一下，这是怎么回事？”浅间问道。

刑事部长和那须同时看向浅间，似乎不了解他有什么问题。浅间看着他们的脸说：“为什么不如实公布侦查过程？为什么要虚构目击证词？”

那须皱起了眉头。

“因为特解研这个机构还没有正式对外公布，你参加了第一次会议，应该了解这件事。这次的侦查算是试运转。”

“即使这样……”

“浅间，”刑事部长开了口，“你这次的表现很好，这样不是就够了吗？至于其他不必要的事，你就不需要多想了。”

浅间无言以对，眼角扫到刚才始终不发一语的神乐露出了一丝笑容。

会议结束之后，浅间叫住了走在前面的神乐。志贺不知道和刑事部长等人去了哪里。

“我有事想要请教你，可不可以占用你一点儿时间？”

神乐打量着浅间的脸说：“刑事部长不是叫你不需要想其他不必要的事吗？”

“这不是不必要的事，而是很重要的事。总之，占用你一点儿时间，十分钟就够了。”

“那好吧，给你五分钟。”

他们搭电梯来到地下停车场。

“那到底是怎么回事？为什么要捏造侦查过程？”

神乐把手指伸进长发，抓了抓头。

“很抱歉，我无法向副警部等级的人谈这件事。”

“那你听我说，这只是我的想象。”

“虽然我没闲工夫听你的想象，算了，你说吧。”

浅间瞪着神乐端正的脸，深呼吸了一下。

“第一次会议上，我就很在意一件事。用DNA进行罪犯侧写很不错，我也很佩服科学持续发展。但是，你最后补充的那些信息，让我感到纳闷。你在会议上说，凶手是住在江东区的山下郁惠这个女人的三等亲以内的人。我们也根据这些线索找到了桑原，并将他逮捕归案。”

“我知道啊，你想要再炫耀一次吗？”

“我调查了那个叫山下郁惠的女人，她没有前科，也从来没有被视为任何犯罪事件的嫌犯，你们怎么会有她的DNA信息？怎么会知道凶手是她三等亲以内的人？”

神乐的脸上仍然带着笑容，但眼神变得很锐利。

“所以呢？你到底想象了什么？”

“三个月前，山下郁惠曾经去东京都内的一家医院看了妇科，除此以外，这几年她都不曾去过大医院。当然，她说迄今为止，从来没有接受过DNA检查。”

“所以呢？”

“以下是我的想象内容。她看病的那家医院，未经当事人的同意，就将她的DNA样本交给了你们研究所。不光是那家医院，很可能有好几家医院都有类似的行为。果真如此的话，你们研究所就有数量庞大的DNA数据。当然，不用说，这是违法行为。建立在这种违法行为基础上的侦查，当然也是违法侦查，所以那须课长说，最初锁定嫌犯的过程有点儿麻烦。我的想象正确吗？”

神乐收起了笑容，搓了搓鼻子下方，叹了一口气。

“如果你的想象属实，真是太有趣了。”

“高层到底在想什么？继续用这种方式办案，一旦真相曝光，就会天下大乱。”浅间不以为然地说道。

神乐纳闷地偏着头。

“为什么？”

“那不是理所当然的吗？怎么可以擅自运用别人的DNA信息进行侦查？”

“我们并不是擅自做这种事，而是已经获得政府高层的许可。准确地说，是他们做出了指示，我们才会进行这些工作。”

“但未经当事人的同意啊。”

“政府未经当事人的同意使用个人信息的情况比比皆是，如果不这么做，连税金都收不到。”

“这根本是两……”

“是同一件事。”神乐很干脆地说，“没有任何不同，只是因为目前还没有正式获得许可，所以暂时无法公开，但这种状况很快就会改变。刑事部长不是也说了吗？只要在国会的下一次会期通过法案，我们就能够正大光明地进行DNA侦查。”

“法案？”

“有关个资的法案，让警方也能够在办案时使用DNA信息。一旦这个法案通过，就可以管理所有受刑人的DNA信息，警察厅也会呼吁民众登记DNA信息，加强犯罪预防。”

“这种法案怎么可能通过？”

神乐轻轻张开双手。

“不可能不通过，政府已经拨给我们预算，很希望能够管理国民的DNA信息，和在野党也已经谈妥了。”

“民众怎么可能同意让政府管理DNA信息？”

神乐惊讶地张大了嘴，无声地笑了笑。

“民众不会同意？浅间先生，民众有能力做什么？无论是示威抗议或是发表演说，政治人物都会逐一通过自己想要通过的法案。迄今为止，不都是这样吗？民众的反对根本不重要，而且，无论再不合理的法案通过，民众只有在初期会怒不可遏，但很快就会习惯那种状况。这次也一样，最后大家都会觉得，政府管理大家的 DNA 信息也不错。”

浅间看着长相端正的神乐说话的样子，觉得自己和他属于不同的人种。真搞不懂怎样的人才会有这么讽刺的想法。

“总不可能强制民众登记 DNA 信息吧？所以不会有民众愿意提供协助。”

“虽然不会强制，但似乎打算向登记者提供减税等各种优惠措施。只要民众知道确实有用，早晚每个人都会去登记。”

“怎么可能这么顺利？”

“当然会顺利啊，这起命案不是也靠 DNA 信息轻松破案了吗？”神乐低头看着手表，“原本只打算聊五分钟，没想到聊了将近十分钟。我在赶时间，那就先告辞了。对了，听说这次是你为凶手戴上手铐，不是立了大功吗？只要和我们合作，你还会继续立大功。”

浅间目送神乐大步离去的背影，内心感受到的不安更胜于不舒服。那种感觉，就像看到有人在即将雪崩的雪山上安置了炸弹。

不久之后，神乐的预言就成真了。执政党向国会提出了以预防犯罪为目的的个资相关法案——俗称 DNA 法案。这项法案的内容是，在政府的监督下，办案机构可以视实际需要，使用在经过当事人同意情况下采集的 DNA 信息。

在野党议员质疑这项法案有个资外泄和侵犯隐私的隐忧，国家公安委员会的委员长答询时说："相关信息将会严格管理，不会连接任何网络，也绝对不会用于犯罪侦查以外的目的。除非有血缘关系者犯了罪，否则，登记者的信息将封存一辈子。这个系统除了可以在犯罪侦查中发挥威力，同时能够有效吓阻犯罪。"

电视、报纸和网络上都针对这项法案展开了各种讨论，从这些讨论中发现，超过一半的民众都反对这项法案。大部分是本能地表示反对，对政府掌握自己基因的相关信息感到不舒服。

这些结果在浅间的预料之中，没想到国会的发展完全如神乐的断言。

持续反对的在野党，渐渐收起了对立态度，最后几乎是全数议员同意，通过了这项法案。执政党在国会有超过一半的席次，通过这项法案本身并不让人意外，只是浅间对这样的结果感到惊讶。他恍然大悟，原来神乐说的"和在野党已经谈妥"是这个意思。

## 5

用手机调整频道后，液晶画面上出现了志贺孝志白净的脸，一头向后梳的黑发好像安全帽。

屏幕右上方的字幕写着"奠定终极科学办案的男人"。

男记者开始发问："日前在大阪发生的杀人强盗案中，通过掉落在现场的烟蒂，顺利查到了凶手，请问具体做了哪些工作？"

志贺面无表情地开了口："烟蒂不是在现场，而是在遭抢的被害人家旁的巷子里发现的。距离丢下烟蒂的时间并不久，通常那里不会有人停留，所以猜想歹徒很可能曾经躲在那里，于是就由本研究所负责解析工作。”

“解析之后，发现了什么吗？”

“从 DNA 了解到很多特征，长相、骨骼、体形等外表的特征几乎都可以了解，如果有任何先天性的疾病，也同样可以了解。”

“但是，根据这些特征，很难知道是谁丢的烟蒂吧。”

“我们同时在数据库中搜寻条件相符的人。数据库内有所有有前科的人的数据，如果是再犯，马上就可以比对出来。”

“但是，这次的歹徒是初犯。”

“在登记的信息中，发现了可能和丢弃烟蒂者有血缘关系的人。DNA 侦查系统具备这样的弹性，我们根据这条线索进行比对后，发现了一个可疑人物。之后的情况你也知道了，警方从歹徒的家中发现了有被害人指纹的纸币，所以就迅速将他逮捕归案了。”

“真的很了不起，太令人佩服了。特殊解析研究所目前登记了多少笔信息？”

“很抱歉，恕我无法回答这个问题，因为是极机密事项。”

“听说在 DNA 法案通过之前，就已经试验性地在实际办案过程中使用了 DNA 检索。”

“利用该系统进行了罪犯侧写，也在当时法律范围内实施了检索。”

“听说你们曾经在未告知当事人的情况下采集 DNA 信息。”

“这中间应该有什么误会。”

浅间看到志贺镇定自若的表情，忍不住咂着嘴。真是睁眼说瞎话。

坐在旁边的户仓探头看着手机画面。

“他是特解研的所长吧？最近常上电视。”

“是为了宣传吧。想要借由大力宣传可以对防止犯罪发挥这么大的作用，希望更多人去登记 DNA 信息。”

电视上，男记者继续发问：“请问你们要继续采集 DNA 信息吗？”

“当然啊，网越密，猎物越不容易逃脱。”

“很多人对由警方管理基因这件事持否定的看法，是否应该针对隐私和道德伦理等方面的问题进行更进一步的讨论？”

“为了避免误会，我在此澄清，并不是由警方管理，而是由政府进行管理。和户籍、纳税记录相同，警方只是得到政府的许可，使用这些信息而已。我认为必须针对这些问题持续进行讨论，但是，请各位不要忘记，自从采取 DNA 侦查后，破案率大幅提高，也很明显地遏制了犯罪。如果你不希望你的家人犯罪，只要去登记 DNA 就好，一旦这么做，就能有效扼杀亲戚中可能想要犯罪的人罪恶的萌芽。因为 DNA 无法造假，基因不会说谎。”

浅间关了视频，志贺自信满满的脸消失了。

辛苦了。浅间嘟囔了一声，看向桌上的计算机。计算机屏幕上出现了他写到一半的报告。最近的文书工作增加了不少。

志贺所言不假，破案率的确提高了。只要能够在犯罪现场采集到毛发、体液、血液或唾液，就一定能够找出嫌犯，很少需要再四处打听目击线索。

但是，浅间始终不认为这个系统能够为人类带来幸福。他不由得想起小时候看过的一本科幻小说，那部小说中，政府在全体国民身上植入了IC芯片，严格监视每个人在哪里做什么。他觉得那个故事很可怕，但政府管理个人的 DNA 信息，不是和那本小说的情节大同小异吗？

他意兴阑珊地想要继续写报告时，警铃响了，计算机画面突然切换成地图和写了事件内容的文字。那是报案中心传来的信息，似乎发生了命案，由木场小组负责这起命案。

办公室内的气氛顿时紧张起来。浅间操作计算机后，将内容传到自己的手机。他拿起上衣，站了起来。

“户仓，有车吗？”

“地下室有一辆紧急出动专用的车辆。”户仓也已经做好了准备工作。

“很好，我们一起去。”

如果其他刑警也要搭便车就麻烦了。浅间推着户仓,冲出了办公室。

死者被人发现陈尸在千住新桥旁的堤防上，下方就是荒川。傍晚的时候，一群在堤防清扫垃圾的志工发现了被塑料布盖住的尸体。

死者是一名年轻女性，皮包丢弃在一旁，里面有皮夹和驾照，所以立刻就查到了她的身份。她是池袋一所专科学校的学生，年龄二十二岁，独自住在埼玉县川口的大厦公寓。

她的头部被小口径手枪射穿，应该是当场死亡，明显有遭到强暴的痕迹，更令人惊讶的是，体内残留了精液。

精液当然立刻被送去了特殊解析研究所。

“会不会和八王子事件一样？”户仓目送着尸体被搬离现场时说道，“杀害的方式相同，体内残留精液这一点也一样。目前 DNA 侦查引起广泛讨论，不戴保险套就直接强暴杀人的家伙应该不多吧。”

浅间默默地点了点头。因为他也在想同一件事。

五天前，八王子也发生了一起命案。一名女高中生遭到杀害，和这次一样，头部中枪身亡。正如户仓所说，体内也残留了精液。和浅间不同组的其他刑警负责那起命案，但案情似乎并没有明显的进展，也就是说，特殊解析研究所也没有解析出有效的结果。

“我有一种不祥的预感。”浅间小声嘀咕。

隔天下午，在千住分局召开了特殊解析研究所的报告会，但参加会议的几乎都是干部层级的人员。警察厅之前指示，DNA 侦查的相关会议，要将参加人数控制在最低限度。

“首先向各位报告一件事。”神乐说，“这次送来本所的样本，和日前发生的八王子事件所解析的样本完全相同，也就是说，两名被害女子和同一名男子发生了性行为。”

“果然是同一名凶手。”那须拍着桌子。

“我只是说，两起命案的精液一致而已，并没有断定和她们发生性行为的人就是凶手。”

说话绕什么圈子？浅间忍不住暗自咒骂。

“所以，解析结果已经出炉了吗？”木场问神乐。

“已经出炉了。之前在八王子的搜查总部也已经报告过了，在这里重新报告一次。首先是罪犯侧写的结果。”神乐把放在一旁的资料发给所有人。

上面写着“血型是 A 型 Rh 阳性。身高为一百六十厘米，正负误差五厘米，有强烈肥胖倾向”等特征。

“合成照呢？”木场催促道。

神乐敲击着键盘，然后把屏幕转向大家。

上面出现了一个眼皮浮肿的圆脸男人。

“等一下会打印出来交给你们。”神乐说。

那须看着资料，叹着气说：“只能和八王子那些人一起侦办了。无论如何，非要找到照片上这个人不可。从现场的状况来看，两起事件的弃尸地点都不是杀害的现场。凶手很可能在其他地方杀了两名女子后，用车子将尸体载到那里丢弃。因为必须展开大规模搜查，所以也要请求其他分局的支持。”

“呃，课长，”木场语带迟疑地说，“这些是所有的解析结果吗？有没有和数据库的数据进行比对？”

那须皱着眉头。

“对噢，我在八王子那里已经听过报告了，但你们还不知道。神乐，你把那件事向大家说明一下。”

“好。”神乐回答后，巡视着所有人。

“很遗憾，目前无法在数据库中找到和这次的样本高度一致的数据，特殊解析研究所将这次的样本登记为‘NF13’。”

“NF？”浅间脱口问道。

“‘NOT FOUND’的缩写，之前也曾经有十二个样本找不到相符的数据，这次是第十三个。”

“搞什么啊，原来这么没用啊。”

“之前的十二个样本中，有八个已经在增加数据库的数据后解决了，NF13是谁也早晚会查出来。”

浅间偏着头说：“这就难说了。”

“你有什么不满吗？”神乐问。

“犯下这种案子的凶手，几乎都犯过同样的性犯罪案，只要检索有前科的人的 DNA 数据，一定可以找出相符的数据。之所以无法比对出来，代表这个系统一定有疏漏。”

神乐笑着摇了摇头说:“有前科的人最了解 DNA 侦查有多么可怕，这种人不可能特地留下精液。这两起命案的凶手是初犯,绝对不会错。”

“如果系统有缺陷呢？”

神乐听了浅间的话，脸上的笑容消失了。

“喂，浅间，”木场插嘴说道，“少说废话。”

“没有缺陷，系统完美无缺。”神乐瞪着浅间说道。

“是吗？不久之前，一位知名的数学家在网络上评论，技术上根本不可能将全体国民的 DNA 信息都登记在计算机上，并完善地加以管理，全世界都找不到这样的计算机。”

“我们开发了特殊的程序，是那种泛泛之辈的数学家想不到的程序，但即使告诉你，你应该也搞不懂。”神乐收起计算机后站了起来，巡视室内所有的人，“特殊解析研究所的报告完毕，我们将在今后持续扩大数据库，全力找出 NF13。”

## 6

神乐一走进新世纪大学医院内，立刻抬头仰望着闪着银色的建筑物。这栋大楼每个房间的窗户都很大，看起来就像是一栋玻璃帷幕的大楼。“有规律地接受阳光照射是维持健康的秘诀”是这家医院创办人的信念，大楼的防震设计很完善，玻璃绝对不会破裂掉落，但院方似乎并不担心病人会被步枪瞄准。

神乐每次抬头看这栋建筑物，都忍不住想，在当今这个不知道谁会在什么时候变成杀人凶手的时代，这样的设计也未免太大意了。

他从玄关走进大楼内，正准备穿过候诊室时，停下了脚步。几个身穿白袍的男人正坐在角落的一张细长的桌子前，他们的背后贴了一张纸，上面写着“敬请协助登记 DNA”。

神乐恍然大悟。这几个人接受特殊解析研究所的委托，在这里采集民众的 DNA 信息。其他医院也在举行相同的活动。拜这些人的努力所赐，研究所采集的 DNA 信息持续增加，有时候一天就采集到超过一万条信息。

神乐走向他们，其中一名职员正在说服一个看起来像是家庭主妇的女人。

“自从运用 DNA 办案，破案率大幅提高，首先希望你能够了解这件事。”

“我知道啊。”主妇似乎并不愿意登记，说话时东张西望，想要找借口离开。

“能不能请你协助登记呢？”职员露出谄媚的眼神问道。

不需要这么低声下气吧？神乐在一旁看在眼里，忍不住心浮气躁。

“但是，如果我的亲戚中有人犯罪，其他人不是马上就知道那个人和我有血缘关系吗？这不太好吧，而且不算是侵犯隐私吗？”

“但是，国会已经通过了这项法案……”职员仍然支支吾吾地回答。

神乐大步走了过去。

“只要你的亲戚不犯罪就好，就这么简单。”

主妇听到他的声音，惊讶地抬起了头。

“请问你是？”职员问神乐。

“我是负责 DNA 侦查系统的人。”神乐向职员点了点头，转头看向那位主妇，“你似乎有点儿误会，DNA 登记的真正目的，不光是为了逮捕罪犯，最大的目的是遏制想要犯罪的人。”

“但有时候会因为一时冲动，或是鬼迷心窍犯罪啊。”

“你认为应该放过这些罪犯吗？”

“我并没有这么说，只不过……”

“正如你所说的，即使现在使用 DNA 侦查系统，仍然有人犯罪。虽然一旦犯罪，就会遭到逮捕，却有很多肤浅的人没有想到这件事，只因为一时冲动而犯下类似随机杀人的案子。我希望你想象一下那些被害人的心情，或是被害人家属的心情。他们一定千方百计想要抓到凶手，DNA 侦查是对他们最大的支持，他们发自内心地希望登记者持续增加，增加抓到凶手的可能性。”

“这我也知道……”

“如果这种随机杀人的凶手是自己的亲戚，被人知道很没面子，所以不愿意配合侦查——你能够在那些受害者的家属面前说这种话吗？”

主妇听了神乐的话，忍不住低下了头。她一定感到很不满，为什么自己要受到这样的指责？

“你不必担心，”神乐语气缓和地继续说道，“只要你的亲戚中没有人犯罪，你的 DNA 信息就绝对不会遭到滥用，因为政府会进行彻底的管理，还是你认为亲戚中有人可能会犯罪？”

她抬起头，瞪着神乐。

“怎么可能有这种事？”

“既然这样，”神乐笑着对她说，“可不可以请你协助这项有助于改善治安的措施？只要你率先做个榜样，其他人也会跟进。我之所以会拜托你，是因为我认为你有点儿关心这件事。如果你漠不关心，早就起身离开了。不，如果你不关心的话，一开始就不会坐下来。”

主妇脸上的表情出现了变化，她开始在意周围人的眼光。神乐说话声很大，候诊室的人都看了过来。

“可以请你协助登记吗？”

神乐乘胜追击，主妇吐了一口气说：“我该怎么做？”

神乐听了，立刻看向在一旁听他们说话的职员。

“麻烦你向这位女士说明登记的手续。”

男性职员好像回过神似的睁大了眼睛。

“哦……请你先在这份资料上填写姓名和联络方式，然后让我采集口腔内侧的黏膜就好。”

“比验血型更简单。”神乐说完，对主妇笑了笑，转身离开了。

全国各地的医院都在进行相同的活动，但是采集 DNA 信息的进展并不顺利。即使每天采集到一万条，也要花上四十年的时间，才能采集到全国所有民众的信息。DNA 侦查还需要走很长一段路，才能成为完美的预防犯罪系统。

许多国民就像刚才那名主妇一样，对提供 DNA 信息面露难色。他们可能会有一种莫名的害怕，但神乐认为很大的原因来自媒体不负责任的报道。

DNA 侦查提高了犯罪的破案率，但同时也导致了加害人的家人曝光。因为是根据 DNA 进行办案，当然会怀疑所有有血缘关系的人，在侦办过程中，不可避免地会被周围人知道这件事。于是，不断有媒体提出疑问，罪犯当然是罪有应得，但不是会因此导致对和罪犯有血缘关系者产生歧视吗？

神乐内心觉得，这根本不是问题。

只要家族中没有人犯罪，就不必承受别人异样的眼光。这个世界上根本没有所谓不得已犯了罪，或是亲戚中有人无可奈何犯了罪，罪犯完全可以凭自己的意志防患于未然。正因为有能力却不为，所以才会自食其果，遭到世人的歧视。

他认为必须赶快推动登记义务化，事实上，执政党也正在讨论相关的法案，只是听熟悉内情的人说，暂时还不会针对这项法案进行协商。

他穿过候诊室，走在通往隔壁脑神经科病房的通道上。新世纪大学医院脑神经科的医疗水平在世界上也是首屈一指。

神乐走进通道尽头的电梯，按了顶楼的按钮。那个楼层有三间VIP专用的病房，但目前三间病房都被同一名病人占据。准确地说，是一名病人和她的哥哥。虽然因此耗费庞大的费用，但费用并不是问题。因为由警察厅支付所有住院费用。

电梯来到了顶楼，正前方有一道门，门旁是静脉辨识系统的感应板。神乐把右手放在感应板上，门静静地打开了。

神乐走在门内的走廊上，在一道厚实的棕色门前停下了脚步。门旁有一块牌子，上面写着“非相关人员禁止入内”。他看了一眼手表，确认比约定的时间提前一分钟后，按了对讲机的门铃。稍微提早并没有问题，但严禁迟到。之前因为迟到了两分钟，对方就很不高兴。

房间内传来一个男人应门的声音，是蓼科耕作。

“是我。”神乐回答。

但是对方并没有立刻回答，停顿了一拍后，再度问道:“哪一位？”

神乐耸了耸肩，装在斜上方的监视器应该拍到了他的身影，显示在屏幕上，但在报上自己的姓名之前，蓼科耕作不会打开门。并不是因为蓼科顽固，而是他的妹妹不允许他这么做。

“我是神乐。”

神乐稍微提高了音量，终于听到了门锁打开的声音。

门打开了，蓼科探出头。他嘴巴周围仍然留着胡子。

“还好吗？”神乐问。

“马马虎虎吧。”蓼科看着神乐背后回答。

“没有人跟着我，你不是从摄影机中看到了吗？也未免太神经质了。”

蓼科没有露出笑容，说了声：“请进。”把门开得更大了。

神乐走进房间，一个女人正走进里面的房间。她身材肥胖，从背后看起来，就像是一颗巨大的鸡蛋。她在关门时，神乐瞥到了她的侧脸。她的右侧脸颊有一大片紫色的胎记一直延伸到脖子。之前听蓼科说，因为这块胎记，她从小就被取了“世界地图”的绰号。

神乐巡视周围。房间内放了十几台计算机，而且都在运作。这些计算机的主机是一台超级计算机，放在另一个房间。虽然这里是医院，但这个空间完全不像是病房。

房间内只有两张附有轮子的椅子，蓼科兄妹可以坐在椅子上迅速移动，操作这些计算机。

“你正在和你妹妹开会讨论吗？”神乐看着桌子问道。桌上放了酸奶瓶，旁边有一个蓝白条纹的扁平袋子。神乐猜想可能是巧克力。

“只是休息一下。”蓼科拿起酸奶瓶，丢进旁边的垃圾桶。

“很好，你们偶尔也需要休息一下，如果整天被算式和程序包围，脑子会出问题吧。”

神乐随口说道，但蓼科紧闭着嘴唇瞪着他。神乐这才想起这里是脑神经科的病房。他皱着眉头，做出了投降的姿势。

“你别露出这样的表情，你应该知道我并没有恶意，如果惹你不高兴，我道歉。”

蓼科摇了摇头，吐了一口气。

“这种事不重要，我有事要和你谈。”

“嗯，你很难得主动找我，有什么事？”

蓼科低着头，搓着双手。

“系统的情况怎么样？”

“系统？什么怎么样？”

“有没有出现什么问题？”

神乐露出了笑容。

“如果你是问DNA侦查系统，我会回答说，一切都极其顺利。目前的警察厅长上任得真是时候，如果一切顺利，在他的任期中，破案率或许可以回到昭和时代的水平。”

蓼科停止搓手，抬眼看着神乐。

“真的很顺利吗？”

他的眼神透露出某种意图，神乐露出严肃的表情。

“不瞒你说，我觉得数据有点儿不足，有些案子无法在检索系统中找到相符的数据。我刚才也说服了一个不太想登记的大婶。”

“你是说 NF13 吧。”

听到蓼科的回答，神乐忍不住注视着他的脸。

“原来你知道？”

“志贺所长会把报告送来这里。我要和你谈的，就是这件事。”

“NF13 怎么了？”

蓼科听到神乐的问题，露出了犹豫的表情，随即轻轻摇了摇头。

“我打算和你慢慢聊这件事，因为内容有点儿复杂。你等一下不是要让水上教授看病吗？”

神乐撇着嘴角。

“不是看病，是研究。你可以想成是我和教授在进行一项共同的研究。”

“总之，你要去见教授。见完教授之后，可以安排出时间吗？”

神乐在回想今天一天的行程后，点了点头。

“没问题。”

“‘他’怎么样？虽然现在问你，可能也问不出所以然。”

“没问题，‘那家伙’每次都不会耗太多时间，最多四五个小时而已。”

“那结束之后，你可以再来这里一趟吗？”

“好。”

神乐走出蓼科兄妹的病房后，再度搭电梯来到四楼。天花板上垂下的牌子上写着“精神分析研究室”。

他沿着走廊，来到第一道门前停下脚步，敲了敲门。

“请进。”门内传来一个干涩低沉的声音。神乐缓缓推开了门。

前方放了可以让两个人面对面坐下的桌椅，后方有一张大办公桌，一个身穿白袍的人站在桌旁。那个人看着窗外，但随即转头看着神乐。鹰钩鼻、眼窝很深、脸颊瘦削的长相，经常让人怀疑他有欧美人的血统，但他说自己是纯正的日本人。

“你是不是去见了蓼科兄妹？”水上洋次郎用平静的语气问道。

“对，耕作找我。”

“他找你？真难得啊。”

“我也这么觉得，所以来这里之前，就先去见了他，但他说可能要聊很久，叫我先来找你。教授，你知道他找我有什么事吗？”

“不，我不知道。”水上拉着椅子坐了下来，“这一阵子，他们的精神状态都很稳定。你也见到他妹妹了吗？”

“不，我一进去，她就去里面的房间了。”神乐叹了一口气，“每次都这样，她至今仍然没有对我敞开心房。”

水上把双肘架在桌子上，握住了双手，把下巴架在双手上。

“这应该是你的问题吧？”

“什么意思？”

“就是你是怎么看她的。”

“我认为她是天才数学家和程序设计师。”

“只是这样而已吗？”

神乐耸了耸肩。

“不行吗？除此以外，还要怎么看她？正因为她是这样的人，我才会对她有兴趣。即使蓼科早树有重度的精神疾病，也和我没有关系。我想我之前已经说过，我很庆幸自己来这家医院的第二大原因是遇见了你，最大的原因就是认识了那对兄妹。如果没有他们的协助，

DNA 侦查系统就不可能完成。”

水上无奈地摇了摇头，同时露出了苦笑。

“你似乎满脑子都只有那件事。对了，前几天我在电视上看到你们的志贺所长，他自信满满地宣传 DNA 侦查系统。”

“他原本不太愿意上电视，还叫我去上电视。但想要寻求社会大众的理解，宣传活动很重要。”

“看来登记人数不如预期，你开始焦急了。”水上笑着说道。

“教授，你好像幸灾乐祸，你希望我们的工作停摆吗？”

“我才没那么坏心眼儿，只是很久没看到你焦急的样子了。”

“我并没有焦急，但有点儿心浮气躁，真希望执政党赶快推出义务化的法案。”

水上无奈地摇了摇头。

“凡事欲速则不达，即使看起来很顺利，也一定有隐忧。民众对管理 DNA 信息这件事，仍然有很大的反弹。”

“问题就在这里，我完全搞不懂他们反弹的理由。想要管理保护民众，掌握基因是最好的方法，不想被管理根本是小孩子的想法。虽然自己会被管理，但别人也会被管理，也就是说，可以因此减少受到他人危害的风险，搞不懂他们为什么没有注意到这一点。”

“这种事不能讲理，而是情感上的问题。”

“感情无法解决任何问题，社会构造就是一种程序，只有冷静的理论，才能让社会构造变得更合理。”

水上恢复了笑容，站了起来，他的手上拿着一个小盒子。

“你向来认为，基因是决定人生的程序。”

“我认为基因是构成人生这个程序的基础。人类在生存过程中，接收到各式各样的信息，有时候会加以修正，但是，要在人生中运用哪些信息、舍弃哪些信息，取决于每个人与生俱来的初期程序。”

“也就是基因吗？”

“没错。”

水上偏着头，在神乐面前的椅子上坐了下来，同时也示意神乐坐下。“恕我失礼了。”神乐说完，坐了下来。

“我无法同意你认为人心也由基因决定的论调。”

“我并没有说基因可以决定人心的一切，但我认为和导致犯罪的心理有关。犯罪的人都有精神方面的疾病，已经有好几份研究论文证实，精神疾病和基因之间的关系。”

“但有精神疾病的人并不等于罪犯。”

“所以我想要了解其中的构造。教授，我没有太多时间，可不可以赶快开始？我刚才也说了，等一会儿还要和蓼科耕作见面。”

水上用眼窝很深的双眼注视着神乐。

“我们这样聊天也是治疗的一部分。”

“治疗——我一直认为这是研究。”

“是了解基因信息和心理关系的研究吗？”

“没错。”

“你想要解开人心之谜，而且是用自己的肉体和心灵，我并不认为对你有帮助。”

“我只是根据自己的信念采取行动。如果发现一个人的基因能够创造出完全不同的心理，我当然会产生兴趣。教授，我认为这项研究对你也大有益处。”

水上用力收起下巴，抬眼看着他。

“我认为你是病人，而且有必须解决的问题，所以才会像这样和你见面。”

“你这样想完全没有问题，只是我和普通的病人不一样，我对能不能治好这种病没有兴趣，只是想知道而已。”

“我并不认为了解一切是一件重要的事。”

“把握状况很重要，因为不知道下次什么时候有机会再做相同的研究，即使能够找到相同的病例，也无法保证对方愿意配合。”

“那我要告诉你，‘他’——隆并不配合。”

神乐忍不住撇着嘴。每次听到“隆”这个名字，他都会起鸡皮疙瘩。

“好像是这样，但‘他’会画画啊，然后交由你进行分析，我只要能够拿到相关信息就够了。你该不会说，不能交给我吧？病人有权利了解自己的精神分析结果。”

“我很想知道‘他’对你这些意见的看法。”

水上打开了手上盒子的盖子，里面有十根像是香烟的东西。他递到神乐面前。

“请务必告诉我，我也很有兴趣。”

神乐把手伸向盒子，拿出一支“烟”，另一只手从口袋里拿出打火机点了“烟”。

“那就一会儿再见。”听到水上说完这句话，他用力吸了一大口气。

他感觉到烟进入了肺部，水上的身影渐渐开始扭曲，周围的一切也开始模糊。

脑袋深处渐渐麻痹，当这种感觉也渐渐消失时，他突然失去了意识。

## 7

风拂过脸颊。虽说是风，但其实只是空气微微地流动。是空调。他意识到这件事的同时，耳朵也听到了声音。那是什么声音？他忍不住思考起来。是汽车在远处行驶的声音。

我似乎醒了。隆意识到这件事。

他睁开眼睛，看到了白色桌角。每次都是这张桌子。这是水上教授办公室的桌子，上面有一个烟灰缸，烟灰缸里有一根烟蒂。但他知道，那不是普通的香烟，也知道是水上教授捻熄了这支烟。“他”——神乐在吸了这支烟后，就失去了意识，在手上的烟掉在地上之前，由教授捻熄后放在烟灰缸里。

隆抬起头，水上凝视着他。那是观察的眼神。

“感觉怎么样？”水上问道。

“就这样啊。”

“神乐对你很好奇。”

隆无声地笑了起来，坐在椅子上摇晃着身体。

“他可以不必管我，不过，这是不可能的，对他来说，就像是有另一个人住在他脑袋里。”

“肚子会不会饿？”

“饮食我都交给神乐，大小便也是，还有做爱也是。”

“你之前就说过，几乎没有这些生理需求。”

“虽然不是完全没有，但我不想把时间浪费在这些事上。因为我的人生很短暂，大部分时间都在沉睡。正因为人生短暂，所以只想做自己想做的事。”

“我知道，你想要画画。”

“没错。因为你给神乐的反转剂的剂量很少，所以除了在这里以外，我很少有机会画画。”

“如果乱用反转剂，可能会导致人格障碍。”

“我知道，所以我很忍耐。”

水上拿起一把钥匙放在桌上。

“谢谢。”隆说完这句话，拿起钥匙站了起来，走向门口，但在开门之前转过头。

“我之前就很想问一件事。”

“什么事？”

“水上教授，你有办法治好我们的症状吗？有办法治好这种奇妙的疾病吗？”

水上露出一丝犹豫的表情之后点了点头。

“我认为一定可以治好，至少和神乐想要做的事相比，实在容易多了。”

“真令人欣慰啊。”

“你会不安吗？”

“不，并不会，只是有点儿在意而已。”

“在意什么？”

“假设这种症状治好的话，不知道谁会消失。”

“消失？”

“不是这样吗？目前神乐和我的人格同时存在，但是，治好这种症状之后，神乐或是我的人格就会消失，难道不是这样吗？”

水上缓缓眨了眨眼睛后，摇了摇头。

“必须等到那个时候才知道结果，但目前我认为两种人格会融合。”

“融合吗？我觉得那样会比现在更麻烦。算了，我只是随口问问而已，况且即使我消失，我也无所谓。那我就借用一下那个房间。”

“你慢慢来。”隆走出水上的办公室，听到背后传来水上的声音。

他搭电梯来到上面那个楼层。走廊上静悄悄的。以前这个楼层用来进行人类基因体解析的研究，在这项研究完成，设备移至他处之后，成为各科的仓库。

隆继续走向楼层深处，在一道门前停下了脚步。他把水上交给他的钥匙插进了钥匙孔。虽然这些都是空房间，但都上了锁。

走进房间，打开了灯。房间内放了很多画，都是隆的作品。他逐一巡视了每一幅画，几乎所有的画都只画了手而已，很多都是双手捧着什么东西的构图。

中央有一个画架，画架上是一块空白的画布，应该是水上准备的。旁边的小桌子上放着颜料和画笔。

隆拿起画笔深呼吸时，听到了敲门的声音。

他情不自禁地露出微笑。他不觉得被人打扰了，因为他知道来访者是谁，甚至可以说，自己在等她。

他打开门，站在门外的是一个长发女生，看起来十五六岁，身材苗条，但脸有点儿圆润。双眼皮的眼睛眨了几下，抬眼看着隆，然后嫣然一笑。

“你好。”女生对他说。

“嘿。”隆回答。

她理所当然地走进了房间，看着空白的画布后，回头看着隆说：“这个给你。”她递给隆一罐果汁。是柳橙汁。

“谢谢。”

“今天要画什么？”她问。

隆握紧了那罐柳橙汁，犹豫了一下后回答说：“当然已经决定了啊。”

她再度露出笑容，圆脸上的那双眼睛眯了起来。

## 8

昏暗的走廊一直向前方延伸，既感到熟悉，又令人害怕。

他缓缓走在走廊上。走廊两侧都是拉门，每一扇门都是相同的形状。无论怎么走，都看不到走廊的尽头；无论走多久，两侧仍然是拉门。他不敢打开拉门，只能继续往前走，内心期待着可以走到某个地方，希望拉门可以消失。但是，走廊看不到尽头，持续到永远。拉门也没有止境，无限的拉门令人绝望。

精疲力竭的他内心产生了一丝期待，也许拉门正是自己追求的出口。只要打开拉门，或许将通往另一个世界。

这种期待不断膨胀。他知道是因为自己想要逃避这种状况，才想到这个一厢情愿的答案，但仍然把手伸向了拉门。

“住手。”有人大叫着。他不知道那是谁的声音。那个声音继续叫喊着，“一旦打开那里，后果不堪设想。”

他在心里回答那个声音。不然我还能怎么样？难道要我继续走在这条通往永远的走廊上，继续走向黑暗吗？这样有什么意义？我已经受够了，我要离开这里。

“住手。”他无视那个大喊的声音，把手放在拉门上，然后用力打开了拉门。

有人站在那里。黑色的人影一下子拉长。仔细一看，才发现人影不是站在那里，而是悬在半空。

一个男人被吊在那里。男人看着他，那是一双死人的眼睛。

神乐在全身痉挛的同时醒了过来。他知道自己在醒来之前，发出了分不清是呻吟还是悲鸣的声音，全身都冒着汗。

神乐躺在地上，每次都这样，这是“他”画画的房间。当“他”陷入沉睡之后，神乐就会醒来。醒来的时候都会做相同的梦，走在通往永远的走廊上和拉门的梦。

神乐躺在地上无法动弹，这也是每次都一样的状况。脑袋里好像充满烟雾，隐隐作痛，需要一点儿时间，烟雾才会散去。

他抬头看着架在旁边的画架，画布上画了一名少女——一头长发，穿着白色洋装，面带微笑地看着前方。她的眼中完全感受不到任何负面的感情。神乐不认识这名少女，但不禁被她纯洁的眼神吸引。

画架的正下方有两罐果汁，两罐都喝完了。神乐不认为“他”会买这种东西，所以应该是画中的少女带来的。那名少女到底是谁？什么时候和“他”——隆变得这么亲近？

神乐缓缓坐了起来，但还没有力气站起来，只能靠在墙上。他用这个姿势巡视室内。墙壁上挂了很多画，大部分是人手。

水上教授提供的这个房间算是隆的画室，同时也是神乐解开人心之谜的资料宝库。隆为什么要画画？这些画中隐藏了什么信息？不，隆到底是何方神圣？他为什么会存在？神乐必须从这些画中解开这些谜团。

他再度注视着画着少女的画，认为画得很不错，也觉得自己画不出来。

但是，神乐完全不了解这幅画是否具有艺术价值，他甚至搞不清楚艺术的意思。“艺术”这个字眼对他来说就像是一道白色帘子，似乎可以看到帘子的另一侧，却又看不清楚。他脑袋里经常有一个疑问，是不是帘子后方什么都没有。

一个人的声音在神乐的耳边苏醒。

“艺术并不是创作者在思考后创造出来的，而是相反，艺术操纵创作者，让作品诞生，创作者是奴隶。”

说这句话的不是别人，而是他的父亲——神乐昭吾。

神乐昭吾被称为清高的艺术家。在使用新技术和新素材的陶器不断普及的环境下，坚持用传统的技法，持续提供任何人都无法模仿的独创作品。他向来不滥造，只留下自己真正喜欢的作品。他的态度和艺术性受到了高度评价，他的作品也很受欢迎，价格设定都接近最高等级，每次开个展，行家都优先购买价位高的作品。

但他同时也不适合家庭生活。他虽然相亲结婚，但在神乐五岁时，他的太太厌倦了这种禁欲的生活，抛夫弃子，离家出走了。

神乐很喜欢父亲，看到他持续捏土，直到做出自己满意作品的身影，觉得如果自己也可以像父亲一样生活，不知道会多么幸福。他发自内心地尊敬父亲具备了他人无法模仿的创造力。

但是，从某一段时期开始，神乐昭吾的作品在收藏家之间频繁买卖，无论怎么想，都觉得数量有问题。

美术品调查委员会和警方合作，决定查明真相，结果发现大量赝品流入市面。因为在市面上发现了好几件完全相同的作品。不光是造型，连材质、烧制的方式也完全一致。众所周知，神乐昭吾向来不会制作两件相同的作品。

除了神乐昭吾的作品以外，受到高度评价的陶艺家的作品，也遭到大量复制。赝品充斥市场，市场陷入了混乱。

不久之后，就发现了某集团有组织地制作赝品。侦查员在搜查该集团的秘密工厂时，看到那里的东西之后大惊失色。

那是机器人。准确地说，是机器手。

随着计算机技术的进步和新材质的发明，机器人的进化日新月异。机器手完成了革新的进步，能够忠实重现人手的动作。手指需要进行人体中最复杂的动作，机器手几乎能够百分之百重现，所以广泛运用在各个方面。远距离手术就是其中之一，远离手术室的医师只要戴上特殊的手套活动手指，设置在手术室内的机器手就能够重现他手指的动作。医生可以看着屏幕上的患部，像往常一样开刀。在运用这项技术后，只要医院内有机器手，病人就能够请世界各地的医生为自己动手术。

令人惊讶的是，赝品集团的秘密工厂内发现了这种手术用机器手，但操作机器手的并非人类，而是另一台计算机。

赝品集团的成员彻底分析了一流陶艺家的作品，成功地将构成要素写成程序。只要计算机按照程序发出指示，机器手就能够正确重现陶艺家的手。

如果只是这样，充其量只是精巧的模仿，但歹徒正在计划下一步，他们打算制作还没有问世的独创作品。当然，默默无闻的陶艺家即使推出作品，也无法牟取暴利，所以歹徒打算利用计算机和机器手，制作出看起来很像是知名陶艺家制作的“独创作品”，卖给收藏家。

陶艺家和美术专家都嗤之以鼻，他们认定复制的作品或许能够骗过客人，但机器制作的独创作品根本不可能成为艺术品。

全面反驳这个论调的不是别人，正是赝品集团的首脑 K。

“既然这样，可以请专家鉴定我们的试作品和陶艺家们未发表的作品。如果能够鉴别出哪一个作品是机器手制作的，我们就认输。”

令人意外的是，法院支持这个来自牢狱的挑战。因为制作赝品虽然是犯罪，但精巧的程度决定了罪行的轻重。如果赝品连专家也难以分辨真伪，就是极度恶质的犯罪。也就是说，对 K 来说，这种试验很可能是自掘坟墓，但显然他有想要坚持的信念，所以才会豁出去。

K 曾经是专做机器人的优秀工程师，以前当上班族时，曾经获得好几项相关的专利，但是有一次，他参与开发的机器人发生了事故，他被迫辞职，扛下了那起事故的责任。他做梦也没有想到，自己为公司创造了巨大的利益，竟然会被公司以这种方式一脚踢开，同时也对低估他能力的整个业界产生了愤怒。他是基于这样的私怨，才开始制作赝品。因此，虽然证明机器人也可以制作出完美的艺术品会导致加重他的刑罚，但他无论如何都要这么做。

有几名专家接受了这项挑战。在警察、媒体和法院相关人员的见证下，举行了那场前所未有的鉴定大会。

K 和他的手下制作的十件作品，和陶艺家提供的十件未发表的作品放在专家面前。专家拿起这些作品仔细检查，想要分辨到底哪一件是机器人制作出来的。

鉴定结果通过网络实时公布。神乐至今仍然可以回想起当时画面上出现的文字。

结果是——专家鉴定团的命中率为百分之四十八。

因为真品和赝品各半，即使闭着眼睛，也有百分之五十的概率可以说中。这样的结果等于宣告无法鉴定真伪。

参加鉴定的专家将责任推卸给陶艺家。

“现在的陶艺家缺乏个性，虽然能够制作出漂亮的作品，却感受不到人情味，难怪会轻易遭到模仿。以前的陶艺家制作的作品，有着绝对无法模仿的个人风格。这次的结果虽然令人遗憾，但也只能真挚地加以接受。”这番话出自有四十年经验的艺术品经销商之口。

也有人说：“通过这次的事情深刻体会到，不是机器人优秀，而是人类越来越接近机器人。”

一部分媒体也刊登了 K 的看法：“这是理所当然的结果，我完全不感到惊讶。”

这个结果震撼了美术界，因为试验证明就连专家也无法辨别机器人做的赝品，也因此导致大众对陶艺品的信赖度一落千丈。这种现象很快就波及了其他美术工艺品，几乎所有作品的价格都暴跌。一位画家心急如焚地表示：“绘画和原本就可以用机械制作的工艺品不同，画家的作品融合了复杂的构思，机器人不可能制作出赝品。”也引起了工艺家的反感。

神乐昭吾对这种状况感到震怒，他的愤怒针对那些落败的鉴定师。

“真是太丢人现眼了，竟然无法分辨出人类精心制作的作品和机器制作的东西，难怪艺术爱好者会感到心灰意懒。”

昭吾认为K和他的同伙的行为亵渎了热爱艺术的心。

“艺术会在接触作品的人心中结晶，就连当事人也无法说明为什么会感动，被哪个部分打动了心。正因为这样，艺术才尊贵，才能够丰富心灵。但是，艺术仿冒品横行，就会影响真正的艺术在人心中结晶的能力。这是非常严重的罪，绝对无法原谅。”

昭吾通过媒体向K下了战帖，他豪迈地宣称，无论模仿多么巧妙，他一定可以辨别出自己作品的真伪。

但是，K回答说："已经没这个必要了。"他似乎对于在之前的鉴定对决中，证明了自己的高度技术感到满意。法院也认为再度对决没有意义，所以并没有表现出支持昭吾的态度。

昭吾正为此感到焦急不已，某家电视台主动找上了门，声称有好几件据说是神乐昭吾制作的陶艺品，能不能请他亲自鉴定真伪。

昭吾对这个邀请面露难色。因为他担心观众认为是电视台的节目，无法相信结果。因为观众可能会猜想，电视台方面事先告诉了昭吾鉴定对象的真伪。

“会怀疑的人，无论采用任何方法，都会抱持怀疑。”电视台的制作人说道，“我们会用非常严谨的态度制作这个节目。老师不必想太多，只要专心鉴定就好。观众并不傻，只要我们认真做好节目，他们一定能够感受到。”

这番话让昭吾下了决心。

那是神乐小学五年级那一年的夏天，他有生以来第一次走进电视台的摄影棚。如果是平时，他一定会因为好奇四处走动，但那一天，他一直陪在父亲身旁，就好像守护着准备挑战冠军的拳击手一样，带着期待和不安，默然不语，一动也不动地守在那里。

节目终于开始了。那是现场直播的节目。主持人按照事先排演的方式主持着节目。神乐坐在观众席的角落，注视着父亲认真投入的比赛。

神色紧张的昭吾面前放了三个盒子，他必须找出其中的赝品，但是电视台方面并没有告诉他其中有几件赝品，昭吾也认为没必要事先知道。

盒子里分别放着茶碗、大盘和坛，或许是因为距离很远，神乐觉得看起来都像是父亲的作品。

昭吾很快就鉴定完那三件作品，即使神乐坐在远处，也能够感受到父亲充满自信。神乐暗自松了一口气，他确信父亲赢了。

“那就请公布答案。请问哪一件作品是真品，哪一件是赝品？”主持人问昭吾。

昭吾直视前方开了口。

“不需要仔细看，我一眼就知道答案了。电视台方面可能期待我判断错误，所以才拿出这些作品，我不会上当。我能充满确信地断言，这三件作品全都是我亲手制作的，绝对都是神乐昭吾的作品。”

昭吾信誓旦旦地说道。神乐为这样的父亲感到骄傲，很想告诉旁边的人，自己是他的儿子。

“呃，所以说，这三件作品中没有赝品吗？”主持人挤出的笑容中带着一丝困惑。

“没错，”昭吾点了点头，“全都是真品。”

“你是否要更改结论？时间还很充裕，还可以再一次确认。”

“不需要，对于自己的作品，我甚至记得当初制作时的状况，不可能搞错。”

“是噢……”主持人瞥了一眼节目的工作人员。

别吊人胃口了。神乐感到心浮气躁。既然父亲已经说不需要再确认了，那就应该赶快公布答案。神乐猜想可能因为父亲回答得太干脆了，节目的工作人员感到失望。谁管你们啊！神乐在内心吐着舌头。

“好，既然你这么有自信，我们继续拖延也没有意义，那我就来公布答案。”主持人似乎终于下定了决心般说道，他的笑容消失了。他舔了舔嘴唇，轻轻吐了一口气，似乎在调整呼吸，然后宣布，“神乐先生，我想你会很惊讶，不瞒你说，这三件作品都是赝品，没有任何一件是真品。”

摄影棚内顿时鸦雀无声，之后响起一阵喧哗。摄影棚的情况就像是神乐思考状态的写照。他脑袋一片空白后，陷入了极度混乱。

不可能。他嘀咕道。

但是，昭吾应该比他更加混乱。昭吾傻傻地站在那里，瞪大了眼睛，即使在远处，也可以看到他双眼充血。

“怎么可能……有这种荒唐事？”他好像在呻吟般地说道，“不可能。”

“但是，神乐先生，真的就是这样。正如我刚才说的，我们准备的问题很促狭。我们认为全都是真品，或是全都是赝品，比真品和赝品混在一起更难以辨别，最后，我们决定全都用赝品，和老师的答案完全相反。”

主持人说话的语气有所顾虑。神乐也听出主持人在同情昭吾，这反而更令人感到不堪。

昭吾突然走近作品，拿起茶碗，摇了摇头。

“我无法相信，不可能有这种事。这是我制作的，是我亲手制作的作品。”

“不是。”主持人说，这次说话的语气带着冷酷，“我能够理解你不愿相信，但是你错了，这些都是赝品，是赝品集团用机器人制作的。”

“你说这是赝品……”

昭吾的眼神中带着杀气，他高高举起了手上的茶碗。

工作人员很快察觉了危险，从他身后靠近，从背后制止了他。

“让我打破，如果不打破，我无法信服。”

昭吾挣扎着大喊，被众多工作人员制服了。

神乐和昭吾坐着电视台准备的车子回到家中。昭吾在车上不发一语，眉头深锁，始终闭着眼睛。神乐看到父亲的样子，也不敢对他说话。

神乐父子住在西多摩，当初是买下建于昭和初期的日式老房子后重新装潢的。

一回到家，昭吾就走向画室。神乐没有跟着父亲，因为他觉得父亲的背影在对他说，不要跟过来。

不一会儿，画室就传来像是呐喊般的怒吼声，接着又听到摔东西的声音。神乐知道，昭吾在摔自己的作品。

他无法阻止父亲，只能从壁橱里拉出被子蒙住头。

不知道过了多久，神乐发现家里静悄悄的，听不到任何声音。他钻出被子，走去父亲的画室。

他沿着昏暗的走廊，站在画室门口。入口是拉门，他打开了拉门。

地上散乱着陶器的碎片，令人联想到散落在战场上的尸体。画室中央的作业台上也都是碎片。

然后——

昭吾的身影出现在作业台的上方。神乐起初以为他站在作业台上，但其实并非如此。父亲的双脚悬在作业台上方。

神乐听到声音抬起了头。外面很吵，可能是有急诊病人送到医院。这并不奇怪，因为这里是医院。

他摇了摇头，头痛稍微好转了。

又想起了不愉快的事。他自虐地笑了笑。每次从隆那里收回意识时都会这样，每次都会做走廊和拉门的梦。

但是，那个梦并没有后续，应该是他在看到父亲上吊的尸体之后，就失去了记忆。当他再度醒来时，发现自己躺在医院的病床上。事后才听说，他在昭吾的画室睡着了，全身裹着毛毯，在角落缩成一团。

很快赶来的警察发现了神乐，因为摇不醒他，所以就通知了医院。

警察为什么会赶到？因为接到了报案电话，报案人在电话中说，父亲在家上吊自杀了。

从内容判断，是神乐打的电话。报案中心的记录也显示，报案人是神乐龙平。

但是，神乐完全不记得了。当警察问他发现尸体后做了什么事时，他也完全无法回答。

失去记忆的那段时间，他并不是只有打电话而已。因为当警察进入画室时，地上已经打扫干净。神乐看到的那些陶器碎片都已经清扫干净了，那应该也是他做的。

医生向他说明，他应该是承受了太大的打击，导致精神陷入了恐慌，失去那段时间的记忆，也是很常见的现象。只不过神乐的情况比较特殊，他在这段时间内并没有做任何违背常理的事，而是非常冷静，有条不紊地行动。接到报案电话的警察也很佩服他条理清晰地说明了状况，完全不像是小学生。

神乐现在认为，那时候应该是隆第一次出现，但是，当时完全不知道这件事，只是相信医生说的，“不需要太在意”。

更重要的是，神乐当时陷入失去父亲的悲痛，根本无法思考其他事。虽然他被送去昭吾的亲戚家，但他连续好几天都几乎不和任何人说话，也不去学校，整天躲在房间里。

起初每天都很悲伤，但在悲伤过后，每天都感到愤怒。他诅咒那些严重伤害父亲，最后逼得他走上绝路的赝品制造者；他整天闷闷不乐，思考着是否能够向他们复仇。

愤怒过后，随之而来的是空虚。原来机器也可以做出值得尊敬的父亲的作品。在接受这个事实的瞬间，彻底颠覆了他之前的价值观和世界观。

人和机器到底有什么不同？——他开始思考这个问题。除了构成的物质不同以外，有什么根本的不同吗？

心到底存不存在？心又是什么？也许只是大脑这种物质创造出的控制行动的程序？最好的证明，就是一旦大脑故障，也会对精神造成不良影响。众所周知，补充脑内物质有助于改善抑郁症。

神乐注视着自己的手。他持续看了好几个小时、好几天，思考着内脏、大脑和血液的事。不久之后，他的思考对象变成细胞。

最后，他终于抵达了终点。那就是基因。

他被送进孤儿院后，为了解开基因之谜，开始用功读书。他在大学专攻基因工程学和生命工程学，随时思考人和机器到底有什么不同。

二十一岁那年夏天，神乐终于得出一个结论。人心是由基因决定的，这也成为“人类和机器在本质上并没有任何差异”这个结论的序曲。

差不多就在那个时期，开始出现一些奇怪的事。他经常会突然失去意识，更奇怪的是，周围的人并没有察觉这件事，反而为他失去了那段时间的记忆感到担心。

神乐也不知道在怎样的情况下会失去意识，他惴惴不安，很担心继续这样下去，会引发重大的事故。

不久之后，神乐就发现在自己失去意识的同时，会发生的某个现象。在他周遭一定会留下画作。起初只是随便乱画，但渐渐变成精巧的画作。

是谁画的？和他同一个研究室的女生告诉了他答案。

“我走在走廊上，正准备回家，看到研究室还亮着灯，所以就探头张望了一下，发现你坐在桌子前，而且听到你正拼命用笔写着什么的声音。因为最近很少有人用笔写字，所以我很好奇地伸长脖子，想看看你到底在写什么，结果发现你在用铅笔画画。因为我不知道你的兴趣是画画，所以感到很意外，但又觉得不便打扰你，于是没有向你打招呼就离开了。你以前就喜欢画画吗？”

神乐听了，感到惊愕不已。因为那个女生说看到他的时候，正是他失去意识的时候。

神乐看了有关人格的研究论文，最后决定去见一个人。他就是水上洋次郎。水上是研究多重人格的权威。

水上在诊察神乐后，直视着他的眼睛说："你的判断正确，你的身体内还有另一个人格，也就是说，你有双重人格。"

听到敲门声，神乐回过了神。有人正在用力敲门。

"神乐，你还没有清醒吗？隆，你还在吗？"是水上的声音。

神乐站起来，打开了门，水上苍白的脸出现在他面前。

"发生什么事了？"

水上眨了眨眼睛后开了口。

"出了大事。"

"什么事？"

水上用力深呼吸，似乎努力让自己平静，然后注视着神乐的眼睛说："他们……蓼科兄妹……被人杀害了。"

## 9

浅间坐在户仓驾驶车辆的副驾驶座时，接到了木场打来的电话。他们出门打听 NF13 的案子，正准备回警视厅。今天也一无所获。

木场指示他前往新世纪大学医院。

"那里发生了什么事吗？"浅间问。在 NF13 的搜查过程中，从来没有出现过这家医院的名字。

"发生了事件，是命案。"

“凶器呢？”

“手枪。两名住院病人遭到了杀害。啊，不对，是病人和她的哥哥。”木场说话时，似乎看着手上的便条纸。

“凶手有可能是NF13吗？”

“那就不知道了，目前也无法确定是否和之前那几起案子的手枪一致。”

浅间握着电话，皱起眉头，看着身旁的户仓。

“既然这样，就不需要我们赶过去，先交给辖区警局，如果发现很可能是NF13，再改成共同侦查也不迟啊。”

“问题是没办法这么做。”

“为什么？”

“这次的事件无法交给辖区警局，不光是这样，也不是警视厅搜查一课的任何人都可以接手的，暂时先由了解状况的人去处理。”

“什么状况？”

“现在没时间和你详谈，总之，你先去医院，我也马上过去，搞不好那须课长他们也会一起赶去那里。”

“搜查一课的课长也要去？到底发生了什么事？”

“我不是说了吗？这次的案子非同小可，现在没时间和你多聊了，你赶快去新世纪大学医院。”木场说完，挂上了电话。

浅间缓缓摇着头，对户仓说了目的地。

“新世纪大学医院？那是一家以最先进的医疗技术出名的综合医院，那里发生了命案？”

“听说是病人遭到杀害。听股长的口气，似乎还不知道凶手是谁。

在大医院里，有办法射杀病人，却没有被任何人发现吗？”

浅间用手机查了新闻快报，没有找到任何相关的新闻。

“有没有什么新闻？”户仓一边开车，一边问道。

“完全没有，看来消息被封锁了。”

浅间收起了手机。最近除非封锁消息，否则在向警方报案的同时，事件内容通常就会流传到网络上。

大约十五分钟后，他们的车子驶入了新世纪大学医院的停车场，浅间发现这里和普通的命案现场感觉不一样。如果在平时，都会有一整排警车占满马路和空地，今天完全看不到任何警车。熟悉的警用车都停在停车场，外人根本不知道那些是警用车。

浅间猜想，应该是警视厅和医院方面隐瞒了这起事件。

走出停车场时，他打电话给木场，木场已经抵达了现场。

“你从正面玄关进来后，往脑神经科的病房走。电梯厅有人站岗，你出示证件之后，一个人来顶楼。”

“我一个人吗？户仓呢？”

“让他在楼下等。”木场不等浅间的回答，就挂上了电话。

浅间把通话内容告诉户仓后，这名后辈刑警耸了耸肩说：“看来是一件很棘手的案子，我也不想和这种案子扯上关系。”

“这让一开始就被指名的我情何以堪？”

“我只能对你说，请你好好加油。”

浅间咂着嘴，走向大楼。

他按照木场的指示，走向脑神经科病房的电梯，看到一名戴着“警备”臂章的便衣刑警站在那里。浅间认识那名刑警，所以不需要表明自己的身份。

“戒备很森严，”浅间对负责警戒的刑警说，“到底发生了什么事？不就是杀人案吗？”

“我们也还不知道详细的情况。”年轻的刑警偏着头回答，“辖区警局的人都没来，我第一次遇到这种事。”

“在顶楼吗？”

“是 VIP 专用的楼层。”

浅间搭电梯上了楼。七楼是顶楼。

当电梯停下，门一打开时，就看到有人驼着背站在前面。看到那个人的矮胖身材，浅间立刻知道是谁。那个男人转过头。

“哎哟，终于来了啊。”木场不满地说。

“我已经火速赶来这里了，现场在哪里？”

“这里，你跟我来，别忘了戴手套。”

前方的门敞开着，木场走进了那道门。门旁有静脉辨识系统的感应板，也就是说，平时除了相关人员以外，外人无法进入这个房间。

鉴定人员正在铺着塑料地板的白色走廊上进行鉴定作业，但他们身上穿的并不是浅间熟悉的制服。

“这些人是谁？”他小声地问走在前面的木场。

“等一下告诉你。”

走廊中央拉起了两条封锁线，木场走在两条封锁线中间，浅间跟在他身后。

走廊前方有一道棕色的门，门旁有对讲机，木场用戴着手套的手按了门铃。

门立刻从内侧打开了。浅间并不认识开门的人。他很瘦，看起来五十岁左右，五官轮廓很深。因为他穿着白袍，浅间猜想他是这家医院的医师。

“他是我的下属浅间。”木场向那个人介绍。

男人点了点头，自我介绍说，他叫水上洋次郎，是脑神经科的教授。

浅间在水上的催促下走进了房间。搜查一课的那须课长和年轻的管理官已经在那里了，但室内的情况令浅间感到惊讶。墙边有一整排计算机屏幕，除此以外，还有大桌子、椅子、沙发和茶几。

“这里是怎么回事？不是病房吗？”浅间问。

“是病房啊。”水上回答，“只不过是 VIP 病房，病人要放什么都可以，只要不是会导致病情恶化的东西都没有问题。”

“到底是怎样的病人？”

“这件事无法由我来向你说明。”

浅间叹了一口气，看着那须。因为他是现场的最高负责人。

“说来话长，真的很长，”那须说，“简单地说，就是无论对政府、对警方来说，都是极其重要的人物。”

“原来如此，难怪是 VIP。”浅间看着地上画的白色人形。总共有两个人形，一个在沙发旁，另一个在大桌子旁中了枪，周围都是斑斑血迹。

“现在还不能乱碰。”那须说，“尸体刚搬走，接下来才要正式展开鉴定作业。”

“对了，在外面进行鉴定作业的，是哪里的鉴定人员？”

那须点了点头，似乎认为他问到了重点。

“是科警研派来的特别小组。”

“科警研？还真是大费周章啊。”

除了警视厅以外，警察厅也想要隐瞒这起事件。

“尸体还在解剖吗？”

“没错，正在其他病房解剖。”

“遭到杀害的病人是男性吗？”

“病人是女性，她的哥哥也一起遭到了杀害。”

木场在一旁递上了照片。照片是在这个房间拍摄的，三十岁左右的男子倒在沙发旁，嘴边蓄着胡子，头部中了枪，额头正中央有一个黑洞。

桌子旁有一具肥胖的女性尸体，胸部中了枪。

“女性死者身上有遭到强暴的痕迹吗？”浅间问道。

“应该没有，在这个房间突然遭到枪杀，甚至没有想要逃离的迹象。”

浅间用力抓着头：“我可以请教一个问题吗？”

“当然可以，但别乱把头发弄得一地，会影响鉴定作业。”

“第一拨侦查要怎么处理？目前的情况来看，似乎无意通知辖区警局，机搜也没有来这里，这样有办法搜集到目击证词吗？”

“你不必担心这个问题，我刚才和刑事部长讨论了，这次要避免传统的大规模四处打听，这种侦查方式也不可能增加效果。这次要用少数精锐主义的方式办案，由木场股长负责指挥工作，但想要任命你担任实质的现场负责人。”

“我吗？”

“你有什么不满吗？”

“也许课长忘记了，我目前负责一起重要的案子。NF13——连续强暴杀人事件。刚才听了大致的情况，发现这次的命案和 NF13 完全没有关系，这样仍然要由我来负责吗？”

不知道是否事先猜到了浅间的疑问，那须露出了淡淡的笑容。

“关于这一点，大家刚才讨论了一下。那起事件会交给其他人负责，希望你专心侦办这起命案。”

“为什么由我来侦办？应该有其他人更适合政府相关的案子。”

“这是为了预防消息走漏。”另一个地方传来声音，房间深处有另一道门，那道门打开了，浅间认识从门内走出来的男人。白净的脸上有一双凤眼，额头饱满。他是警察厅特殊解析研究所的志贺。

浅间撇了撇嘴角，显示他内心的无奈。

“没想到你也被找来了，VIP 遭到杀害，连办案的阵容都很豪华啊。”

“事实和你的理解稍有不同。我比警视厅的各位先到这里，然后我通知了那须课长，所以我不是被找来的，而是我把各位找来的。”

浅间不了解他的意思，皱了皱眉头。志贺看着那须他们问：“由我说明被害人的情况没问题吗？”

“务必请你来说明，”那须说，“因为我们也才刚听说而已。”

浅间听到他们的对话，终于恍然大悟。

“被害人和特解研有关系吗？”

志贺面色凝重地点了点头。

“你说对了，不，不只是有关系而已。他们是研发目前我们所使用系统的核心人物，不，甚至可以说是系统本身也不为过。”

“核心人物……”浅间嘀咕后，突然对在场的成员产生了疑问。既然和特解研有关，那个人没理由不出现在这里，他问志贺，“怎么没看到你的搭档？他怎么没来？”

“他来了，只是目前还无法说话。”

“什么意思？”

志贺默默看向刚才走出来的那道门。

浅间走过去打开门，发现里面是卧室。卧室内有两张床，应该是遭到杀害的兄妹之前睡觉的地方。

然而，有一个男人躺在照理说应该没有人的床上。因为男人闭着眼睛，所以脸上不见平时的阴暗表情，但他正是神乐龙平。

## 10

特别鉴定小组进入现场开始勘验后，浅间和其他人必须转移到其他地方。水上负责的精神分析研究室就在这栋病房大楼的四楼，一行人前往那里的接待室继续讨论。

“昏倒？神乐看到尸体竟然昏倒了？”浅间看着水上的脸问道。

“对，当我通知他蓼科兄妹遭到杀害时，他立刻去了那个房间。打开房间，一看到那对兄妹的尸体，他就当场昏了过去。”

浅间听了水上的话，耸了耸肩。

“没想到那么自信满满的人，神经竟然这么脆弱。”

“他的神经极度细腻，”水上一脸严肃地说，“而且很复杂，普通人难以想象。”

水上的语气听起来不像是在袒护神乐，浅间直视着水上的脸问：“什么意思？”

“关于这件事，”志贺插嘴说道，“不需要现在讨论，因为两者没有关系。不过，我可以明确地说一件事，被害人对神乐非常重要，所以得知他们遭到杀害，他会当场昏倒也完全可以理解。”

“不要故弄玄虚了，赶快告诉我到底是什么状况。遭到杀害的蓼科兄妹到底是什么人？他们制作了系统的核心，又到底是怎么回事？”浅间不耐烦地问道。

志贺点了点头，拿起一旁的资料夹，从里面拿出一张纸放在浅间面前。上面打印了一则网络新闻，除了报道内容以外，还有一张肥胖的女孩的脸部照片。脂肪的重量把眼皮都压得垮了下来，下垂的脸颊上长了青春痘。不知道是否因为没有看镜头，脸上的表情看起来很冷漠。照片下写着“蓼科早树”的名字。

“这就是这起命案的被害人吗？”浅间问。

“没错，但这是她十四岁时的照片，也就是九年前。”志贺回答说，“我不知道你是否已经听说了，新世纪大学可以跳级升学，蓼科早树在中学部求学期间，就取得了数学博士的学位，这就是当时的报道内容。”

“哦哦，我记得很久以前曾经听说出现了数学天才少女。”

浅间拿起了那张纸，上面介绍了蓼科早树的博士论文，但他当然完全看不懂上面写的什么。

“你给我看她读中学时的照片也没用啊，有没有最近的照片？”

志贺听了浅间的问话，摇了摇头。

“没有其他照片了，因为蓼科早树绝对不让别人拍照，当时的这张照片也是记者偷拍的。大学方面表达了抗议，让立刻删除了那篇报道，这张照片是大学方面作为抗议资料保管下来的。”

“她讨厌拍照吗？”

“更准确地说，她讨厌被别人看到。”水上回答说，“应该说，她害怕被别人看到。”

“什么意思？”

“这张照片上看不太清楚，她的右侧脸颊有一块很大的胎记，从整个脸颊一直延伸到脖子，所以是很大的一片，而且是深紫色，根本无法靠化妆掩饰。如果在小时候接受手术，或许可能变得比较不明显，但她的父母没有足够的经济能力。”

听了水上的说明，浅间再度低头看向照片。虽然蓼科早树并不知道有相机偷拍，但她侧着脖子，似乎想要遮住右脸。她应该也不愿让记者看到她的右脸。

现在就连小学生都带化妆品出门，但照片中的少女似乎对自己的容貌漠不关心。浅间猜想也许是情非得已。

“因为这块胎记，蓼科早树从小就不愿和别人接触。她找不到自我存在的意义，陷入强烈的自我厌恶，她已经心如死水，也许和她的母亲在生她的时候去世，以及父亲完全不顾家的性格有关系。她在十一岁时被带到这家医院。”水上平静地说道。

“是所谓的抑郁症吗？”

水上偏着头说：“通常会避免轻易使用这个字眼，因为太模糊了，但是，她的情况可以使用这个字眼。强烈的心灵创伤引起了大脑神经损伤，由于在很年幼时发生，所以她出现了和先天性大脑功能障碍相同的症状。从这个角度来说，很像是自闭症。照理说，自闭症不可能因为环境等外界的因素导致后天发病，也许蓼科早树本来就有遗传的要素。”

浅间发出低吟，抱着双臂，看向也在一旁听水上说话的那须。

“我不太了解你告诉我这些的目的，我有必要详细了解被害人的病历吗？”

“非常有必要。”答话的是志贺，“刚才水上教授介绍了蓼科早树的病历，但她的病历也同时是她身为天才数学家的经历。”

“病历也同时是经历？”

“如果蓼科早树只是普通的自闭症少女，”水上继续说了下去，“我们应该会对她和其他病人一视同仁，至少不可能给她专用的病房，甚至提供学费和生活费，让她进入新世纪大学初级部就读。”

“她从那个时候就是天才了吗？”

水上用力点了点头。

“自闭症的儿童中，有些人表现出名为学者症候群的天才性，但是，以刚才所说的严格定义而言，蓼科早树并不算是自闭症，所以我们一开始也没有针对那方面进行检查，结果发现她对有意外性的事物有浓厚的兴趣。她的哥哥告诉了我们这件事。”

水上说，蓼科早树的哥哥耕作说：“我妹妹热爱数学。”她避免和任何人接触，但大量阅读数学书籍，主动挑战各种难题。

“于是，我们请数学教授和她讨论数学，代替心理咨询。虽然她极度厌恶和他人接触，但听到对方是数学家就答应了，也因此有了戏剧性的发现。”水上不知道是否回想起当时的事，说话的语气也越来越激动。

“发现？”

“发现了她具有天才的头脑。和蓼科早树对话的教授发现她已经具备了大学教授程度的理解力，而且还在不断成长。和她面谈的教授立刻向大学高层报告了这件事，不久之后，就决定让她免费入学。形式上是进入初级部，但实质上是参与大学的研究。她在三年后取得博士学位，震惊了社会，但我们从她入学后就持续观察她，认为是理所当然的结果。”

“一个读中学的女生啊。”浅间摇了摇头，他对数学几乎一无所知，但至少知道那是很了不起的事，“那名天才少女和特解研有什么关系？”

“接下来由我来说明。”志贺接了下去，“将国民的 DNA 数据化，建立数据库，靠些微的线索查出凶手——DNA 侦查系统是在十多年前开始正式建构，由我和一位基因解析工程学的优秀研究人员进行这项计划。浅间副警部，你也知道那名研究人员的名字。”

浅间一时不知道他在说谁，但看着志贺那双像狐狸般狡黠的眼睛，终于恍然大悟。

“你是说那位看到尸体就昏倒的老兄吗？”

“相信你也知道，DNA 侦查系统由罪犯侧写系统和检索系统这两大部分组成。在神乐的努力下，罪犯侧写系统的研究进展顺利，但检索系统遇到了瓶颈。DNA 包含了各式各样的信息，而且，将来有可能必须储存一亿人口，不，也许是超过一亿条的 DNA 信息，必须将所有的信息都数字化后建立数据库，并且能够视实际需要进行检索和比对。光是亲子关系的鉴定，就需要熟练的技术，更何况是要让计算机读取数据后，做出正确的判定。计算不能太耗时间，但也绝对不能发生误判的情况。最重要的是，所有的数据资料都必须彻底变成密码，所谓彻底，就是被外人解读的可能性是零。如何解决这个难题？我们束手无策，甚至认为必须重新检讨 DNA 侦查系统。”

浅间真希望那个系统就这样宣告失败，但他没有把这句真心话说出口。

"就在那个时候，神乐遇到了蓼科早树。神乐看了她打算发表的研究论文，受到了极大的震撼。只要运用她的数学理论，不仅可以把为数庞大的 DNA 信息以计算机数据的方式进行处理，而且可以在彻底变成密码的状态下作为数据使用。一切就从那里开始，和蓼科兄妹联手合作之后，原本几乎是纸上谈兵的想法，一下子变成现实。蓼科兄妹在那个病房内写出了我们需要的所有程序，之后的情况，你已经知道了。DNA 侦查系统开始实际使用，如今已经成为逮捕凶手不可或缺的工具。"

"也有像 NF13 那样的案例。"浅间摊开了双手，"所以我今天上午也四处奔波，寻找目击线索，然后就被叫来这里了。"

"NF13 并不是系统有问题，而是因为数据不足，也可以说是国民的理解不足造成的。"志贺面不改色地说。

"这不重要，总之，我了解情况了。反正是对政府和警方都很重要的人物遭到了杀害。"

"我相信你也了解了任命你担任侦查主任的原因。"那须说，"目前只有极少数人知道这家医院和 DNA 侦查系统有密切的关系。这起事件不会对外公开，对外只会说是意外。虽然会成立侦查小组，但不会告诉侦查员，蓼科兄妹在这里干什么。"

"等一下，这样根本无法进行像样的侦查啊。"

"有没有办法进行像样的侦查并不是由你来判断，你只要遵从指示就好。"

浅间在上司面前重重地叹了一口气。

"那先要做什么？从哪里开始着手？"

"只要你了解状况，接下来可以按照平时的方式侦办，"那须说，"调查现场，向相关人士了解情况，然后检讨鉴定结果，最后进行报告。和平时的案子没什么两样。"

"我一个人侦办吗？"

"我刚才不是说，会成立侦查小组吗？你要几个兵都没有问题，也不必在意预算。你可以随时和木场讨论。"

"听到课长这么说，真是太感谢了，只是要再多搞不清楚状况的兵也没有屁用。"

"浅间！"身旁的木场厉声制止，那须在一旁做出安抚的动作。

"我知道这次的侦办工作很困难，正因为这样，才会交给你负责。还是有比你更出色的人选？如果有的话，欢迎向我推荐。"

这种话也敢说。浅间瞪着上司。他们之所以挑选浅间，是因为他已经了解了 DNA 侦查系统的情况。

"我要去向刑事部长报告，所以就先告辞了。"那须看了一眼手表后站了起来，但在走出房间之前，再度低头看着浅间，"一有状况，立刻通知我，可以把我的办公室视为搜查总部。"

那须和管理官一起离开后，木场问浅间："你希望谁加入侦查小组？"

"你全权处理就好。"

"那就由我来决定。决定之后，就让他们立刻开始侦办和极机密事项无关的部分，你去向相关人士了解情况。水上教授愿意提供协助，特别鉴定小组会负责现场勘验。总之，千万不要向外人透露事件的相关情况，否则不光是你，连我和课长也会饭碗不保。"木场说完，起身离开了房间。

“我要回研究所了。”志贺也说，“有什么情况，请随时和我联络。”

两个人离开后，浅间从上衣内侧口袋拿出了香烟，但又立刻放了回去。因为他想起这里禁烟。

没想到水上起身后，拿着烟灰缸走了回来：“请用这个。”

浅间瞪大了眼睛。

“可以吗？”

“当然啊，”水上回答，“这里是让病人的精神获得救赎的地方。为了让他们敞开心房，只要不违法，必须提供他们需要的东西，比方说，香烟或是数学。”

“太好了。”浅间嘀咕着，把香烟放进嘴里。

“你接下了一项艰巨的任务，只要有我可以效劳的地方，请随时吩咐。”

浅间听了水上的话，吐着烟，向他鞠了一躬。

“非常感谢，教授，你也参与了 DNA 侦查系统吗？”

“不，怎么可能！我只是蓼科早树的主治医生而已，而且只是每周为她进行一次心理咨询，说白了，就是陪她聊聊天。”

“尸体是你发现的吗？”

“不是，是警卫发现的。这栋病房楼专任的警卫。”

“是噢，有没有叮咛那名警卫，请他不要对外张扬这起事件？”浅间偏着头问。

“我想应该没问题。”

“为什么？”

“因为这名警卫是特解研决定和蓼科兄妹合作时，志贺所长带来的，也就是说，他很了解状况。”

“原来是这样。”

真是彻底啊！浅间不由得想。

警卫办公室在一楼，就在紧急出入口旁。虽然有窗口，但水上直接打开了旁边的门。

一名身穿制服的年轻警卫坐在桌前写着什么。

“这位是警方人员。”水上向年轻警卫介绍浅间，“关于刚才那起事件，打算向富山先生了解情况，现在没问题吧？”

“应该没问题。”年轻警卫回答。

里面还有另一道门，水上敲门之后门被打开了。

“警方的人想要了解情况。”他对着室内说道。

“请进。”房间内传来一个声音。水上对浅间点了点头。

门内是六平方米左右的狭小空间，室内放了一整排监视器的屏幕，一名身穿制服、四十岁左右的男人坐在屏幕前。来这里之前，浅间就听水上介绍说，这名警卫姓富山。

房间内有铁管椅，浅间和水上一起坐了下来。

“请你再说一次发现尸体时的情况。”水上说。

富山点了点头，转头看着浅间说：“七楼的监视器突然发生状况。”

“监视器？”

“对。”富山看着背后的屏幕。

“这栋大楼的走廊、电梯内都安装了监视器，按照规定，我在这里监视所有的画面，只要有可疑人物进入，就会立刻前往查看。”

浅间伸长脖子看着画面，的确看到了电梯和各楼层的走廊。影像很清晰，也显示了时间。

“也同时录像吗？”

“当然。硬盘上记录了二十四小时的影像。”

“你说七楼的监视器发生了状况。”

“就是这个屏幕。”富山指着右侧最上方的屏幕，屏幕上一片空白，“原本应该显示七楼走廊的情况。那个楼层一出电梯，就是通往 VIP 病房的出入口，所有进出那里的人，一定会出现在屏幕上。”

“结果突然没有画面了吗？”

“没错，只有显示时间而已，所以我记下了时间。”富山拿起放在旁边桌子上的纸片，“傍晚六点十二分。”

“之后呢？”

“我原本以为是屏幕出了问题，所以试着调整了一下，但后来发现好像不是屏幕有问题，于是决定去查看一下。我调整屏幕只花了两三分钟的时间。”

富山在这番话中已经为自己拉起了防护线，避免别人责怪他没有及时采取行动。

“你去查看情况了吗？”

“对，我去查看时，请原本在外面的人代替我监视屏幕。”

“你搭电梯去了七楼吗？”

“没错。”

“摄影机有异常吗？”

“凭目测无法看出异状，但我很担心 VIP 病房的情况，所以就去了那里。”

“那里的出入口有静脉辨识的自动门禁系统，有没有任何异状？”

“应该没有特别的异状，所有警卫中只有我的资料输入在内，我像平时一样走了进去，然后按了 VIP 病房的对讲机门铃，但没有回应。为了慎重起见，我还敲了敲门，也没有回应。于是我试着转动门的把手，发现没有上锁。”富山停顿了一下，舔了舔嘴唇后继续说了下去，“所以我就打开门，结果发现了他们兄妹的尸体。”

“之后就马上报警了吗？”

富山听到浅间的问题，摇了摇头。

“按照规定，如果蓼科兄妹发生状况时，必须先通知特解研的志贺所长，我按照规定通知了志贺所长，应该是志贺所长通知了警视厅。”

浅间和水上互看了一眼，点了点头。难怪志贺刚才说，他比警视厅的人更早抵达现场。

“再回到刚才的话题，”浅间说，“在一台监视器的屏幕画面消失之前，你同时监视了所有的画面，当时有没有在其他屏幕上发现任何异状，比方说，有没有拍摄到可疑人物？”

富山稍微放松了脸上的表情。

“如果发现任何异状，我会马上采取行动。”

那倒是。浅间认为他所言不假。

“但一个人同时监视那么多屏幕，恐怕难免会有疏漏吧？”

“虽然平时努力注意避免这种情况发生，但并不是完全没有这可能性。”富山坦承道，“其实我从刚才就一直在看录像画面，还是没有发现任何异常，你要看一下吗？”

“可以马上看吗？”

富山面对屏幕，开始操作前方操作盘上的开关和旋钮。好几个屏幕都同时变成静止画面，随即开始反向播放。

不一会儿，一直没有影像的七楼监视器屏幕上也出现了画面。富山按了暂停。

“你看，是十八点十二分。”他指着右下方说道，“然后影像就消失了。”

浅间点了点头，确认了其他屏幕。虽然有些楼层有人走动，但看起来并没有异状。在那个时间点，没有人使用电梯。

“可不可以再看更前面的内容？”

“可以啊，只要转动这个旋钮就好，你可以转到你想看的地方。”富山指着操作盘说道。

浅间看着屏幕，小心谨慎地转动着旋钮，但是没有人搭电梯前往VIP病房所在的七楼，只有四楼以下有人走动，五楼以上一直都是无人的状态。

“五楼和六楼有在使用吗？”浅间问水上。

“六楼目前是计算机室和资料室。蓼科兄妹的房间内有计算机屏幕和键盘，靠电缆和六楼的主机连接在一起。”

“平时不会有人进出。”富山在一旁插嘴说，“只有蓼科兄妹偶尔会去而已。”

“那五楼呢？”

“以前曾经是研究室。”富山回答。

“以前是什么意思？”

“之前人类基因体的研究小组曾经使用那个楼层，”水上回答说，“因为研究告一段落，研究小组搬去了其他地方，所以目前五楼由其他小组自由使用，说白了，其实就是仓库。”

“这个仓库很耗经费啊。”

“会遭到这样的冷嘲热讽也很正常，只不过因为蓼科兄妹就在楼上，医院方面不得不小心谨慎。”

“尽可能将 VIP 病房和外界隔离吗？”

“你说对了。”水上点了点头。

浅间将视线移回屏幕，继续转动着旋钮。屏幕上显示的时间距离发现尸体的时间已经超过四个小时。

继续看也没有太大的意义。正当他这么想的时候，空荡荡的五楼走廊上突然出现了一个人影。

“哦……”

浅间回放了影像。一个男人走出电梯，沿着走廊来到走廊深处的一道门前，打开门锁走了进去。

他再度倒带，在可以看到男人侧脸的位置按了暂停。

“这是……”浅间忍不住发出低吟，因为他认识画面中的那个人。

“是神乐。”水上说，“只有他不是把五楼当作仓库使用。”

“那家伙……他去五楼干什么？”

水上耸了耸肩。

“恕我不能说明详细情况，因为关系到病人的隐私。”

“病人？”

“他是我的病人，会来这里定期接受治疗，今天也一样。”

“水上教授，你是脑神经科……的医生吧？”浅间注视着水上的鹰钩鼻子。

“神乐的大脑并没有受到物理损伤，但在精神方面，有不同于常人的特征。遇到这种情况时，掌握症状最重要。他去五楼就是为了这个目的，那个房间可以说是分析他精神状态的空间。”

“除了他以外，还有其他人在那个房间吗？”

“没有，只有他一个人。他离开后，由我来分析他留下的东西。”

“留下的东西？留下什么？”

水上听到浅间的问话，讶异地皱起了眉头。

“和这起事件有什么关系吗？”

“目前还不知道，只是想问一下。”

水上缓缓摇着头，露出凝重的表情。

“我不认为他的症状和这起事件有关，除非我认为有必要，否则正如我刚才所说，我不会透露病人的病情。”

医师会说这样的话很正常，浅间只能点头。他也不认为神乐的病和事件有关，只是好奇而已。

“对了，你刚才说，他的神经很细腻，而且复杂程度超过普通人的想象。”

“我的确这么说过。”

“这句话是指他的疾病吗？”

水上移开了视线，也许在犹豫该不该回答。

“你这么认为也无妨，只是他很排斥别人认为那是疾病。”

“排斥？正因为知道是疾病，所以才会来接受治疗，不是吗？”

“他认为这是研究，用自己进行神秘的研究……不，就到此结束吧，继续说下去，只会刺激你的好奇心。”水上说着在自己面前摇着手。

## 11

神乐醒来时，一时不知道自己身在何处。他躺着的床和家里的完全不一样，因为灯光调得很暗，所以室内光线昏暗，隐约看到没有任何装饰的白色墙壁，也让他感到陌生。

不，并不是完全陌生。之前在哪里看过相同的墙壁。到底是哪里？

旁边传来动静，神乐转过头，看到一个身穿护理师制服的女人背对着他，不知道在做什么。

“请问。”他开了口，声音很沙哑。

女人惊讶地转过头。她看起来三十岁左右，圆脸，眼睛又大又圆，有点儿厚的嘴唇露出了笑容。她的面前有一台加湿器，刚才似乎在调节加湿器。

“你醒了吗？我马上去叫医生。”

“请问我为什么会在这里？”

她露出一丝困惑的表情，但随即露出刚才的亲切笑容：“医生会告诉你详细情况。”说完，她就走出了房间。

神乐看着她离开后的那道门，终于想起来，这里是病房。

为什么自己会在病房？到底发生了什么事？

神乐把手放在额头上，努力搜寻记忆。

但是，他不需要费力思索，因为下一刻，各种信息充斥了他的脑海。

最先浮现在他眼前的是凄惨的景象。有两具尸体躺在那里。两个人都遭到枪杀,倒在血泊中。旁边是好几台计算机,正不停地进行演算。

在看到这个景象的同时，响起了水上的声音："蓼科兄妹被人杀害……"

神乐在床上坐了起来，双手抱着头。

没错，那是他们兄妹的尸体。蓼科兄妹被人杀害了。那不是梦，也不是幻觉。从水上口中得知这件事后，自己急忙来到顶楼，穿过走廊，冲进了他们的房间，于是就目睹了他们倒在血泊中的样子。

之后就是一片空白。再度醒来时，就躺在这张床上。

神乐巡视周围，自己的东西都放在枕边。他立刻伸手拿起电话打给志贺。

"神乐吗？看来你清醒了。"志贺一接起电话就说道,听他的语气,应该了解目前的状况。

"蓼科兄妹的情况怎么样？"

志贺在电话中倒吸了一口气。

"如果你是问他们的安危，我只能告诉你绝望的消息。两个人都几乎当场死亡。"

神乐觉得意识渐渐模糊，他拼命克制，握紧了电话。

"是谁杀了他们？"

"这是接下来要调查的事。"

"但是，命案一旦公之于世，外人就会知道，系统的核心部分在这里。"

"所以我要求警视厅极机密地侦查，我们这里也会尽力协助。等你身体状况恢复后，立刻协助破案。”

“我马上加入也没问题。”

“你以为现在几点了？今天晚上就算了，你先好好休息。”

神乐拿起手表，发现快半夜十二点了。

“明天的行程已经决定了吗？”

“九点要在警察厅开会，主要内容是由科警研的鉴定小组进行报告。”

“九点在警察厅吗？”

“你不必勉强，但我相信你应该也坐不住。”

“没错，但是，到底是谁杀了那对兄妹……”

“这就不知道了，但有一件事很明确。”

“什么事？”

“蓼科早树的死亡，将导致DNA侦查系统的程序在未来五十年都无法升级。”

“……是啊。”

“虽然不要说五十年，未来一百年都不需要升级。因为蓼科早树写的程序完美无缺。也就是说，这次的事件对我们DNA侦查系统没有任何影响，难道不是吗？”

“希望如此。”

“如果你这位共同开发者这么没信心，可就伤脑筋了。那就明天上午见。”

神乐把电话丢在一旁，再度躺了下来。他的脑袋隐隐作痛，思考回路好像有好几处都中断了。

他对蓼科兄妹的死没有真实感，所以也不会感到悲伤。即使对他们的死有了真实感，他觉得自己还是不会感到悲伤，而只是感到失落而已。因为对神乐来说，那对兄妹只是设计出优秀程序的装置而已。蓼科早树始终无法对神乐敞开心房，她的哥哥耕作也只是忠实地扮演妹妹和神乐之间的窗口。事实上，神乐也只是把他当成窗口而已。

虽然志贺很乐观，但神乐不认为失去那对兄妹的损失这么微小，也许今后将会发生巨大的问题，只有他们的能力才能解决这个问题。虽然并没有实际的根据，但神乐渐渐感到不安。

对了——

蓼科耕作曾经说，要和神乐谈事情。他很少主动要求见面，而且他说是关于 NF13 的事。神乐想起他曾经说，这件事有点儿复杂。

NF13 是最近发生的连续强暴杀人案凶手的代名词，虽然凶手在现场留下了许多痕迹，但 DNA 侦查系统无法比对出相符的对象或是相关的人物。神乐和志贺都认为只是数据不足造成的结果。

蓼科耕作找自己到底有什么事？恐怕再也无从得知了。想到这里，就有一种浑身发烫的焦躁感。

这时，传来了敲门声。“请进。”神乐不假思索地回答。

门打开了，一个身穿白袍的人走了进来。病房内的光线太暗，看不清楚那个人的脸，但从对方的体格判断，他知道是水上。

“可以把灯开亮一点儿吗？”

“麻烦你了，我也正想这么做。”

水上操作着墙上的开关，把天花板的灯调亮了。白色的墙壁很刺眼。

“感觉怎么样？”水上走到病床旁。

“如果只是指肉体，应该已经没问题了。”

“在精神上，想必你不可能好过，这对兄妹对你而言的重要性超过任何人，也难怪你会昏过去。”

神乐摇了摇头。

“太丢人现眼了。照理说，尸体我已经见多了。”

“并不是只有恐惧和激动会导致昏迷，人类的大脑更加复杂。”

“不管怎么说，都给你添了麻烦。”

“不必介意，反正既没有叫救护车，也没有进行任何治疗。原本很担心你在昏倒时撞到头，幸好似乎没有这个问题。”

“我只是昏倒而已吗？”

“我猜想你应该在担心这件事，别担心，你只是昏倒而已。让你在蓼科兄妹的床上躺了一会儿之后，就送来这个病房了。只是你迟迟没有醒来，让我有点儿担心而已。”

“太好了，我还担心在我失去意识时，‘他’擅自做了什么事，不知道要怎么向其他人解释。”

“所以才要使用反转剂啊，效果受到认同，真是太好了。”

“是啊。”神乐点了点头。

反转剂是水上发明的药，正式名称是“次人格出现控制剂”。有多重人格者服用该药物后，能够有意识地引导出次人格，不仅可以让医生顺利地和次人格进行沟通，也可以预防病人在意想不到的情况下发生人格转换。

神乐得知自己有双重人格后，也是因为服用了反转剂，才能够专心投入研究，没有对日常生活造成太大的影响，所以，对他来说，很幸运在初诊时遇到了水上这位医师。

“到底是谁做了那种事……”神乐抓着头发。

“不知道。很难想象有人杀害他们兄妹会得到什么好处，但也无法想象有人憎恨他们，因为他们完全远离了社会生活。”

“蓼科耕作或许还有可能，因为他还和外界的人有交集。”

但是，水上偏着头说：“我应该完全掌握蓼科耕作和哪些人有交集，和他接触的人有一个共同点，那就是都需要蓼科早树，你不也一样吗？”

神乐叹了一口气。

“志贺所长认为DNA侦查系统没有问题，但失去那对兄妹的损失无法估计，这是国家的损失，这种说法一点儿都不夸张。除了蓼科早树以外，我不知道还有哪个人能够用心算的方式，计算出十次方程式的答案。”

水上皱起了眉头。

“目前只向理学院的院长和校长报告了她的死讯，两个人都很心痛。因为蓼科早树是数学界的瑰宝。校长也同时兼任这家医院的院长，所以就更头痛了。这次的事将会以意外身亡的方式对外公布，世界各地的数学相关人员一定会抨击这家医院的管理体制，追究为什么没有将意外防患于未然。”

蓼科早树不仅协助神乐他们的计划，也同时独自进行各项研究，由蓼科耕作向全世界发表她的研究成果。虽然蓼科早树在一般人眼中并不是名人，却是数学界的超级明星。

“会召开记者会吗？”

“听说明天下午会在大学举行。”水上看着手表说，“校长会说明相关情况，但我身为蓼科早树的主治医生，也必须出席记者会。至于要说是发生了怎样的意外，还必须和警方讨论后再决定。明天一整天应该都不好过，当然，你们应该也一样。”

“是啊，你说得对。”

“你指哪一件事？”

“那对兄妹的死，无法为任何人带来好处。”

水上耸了耸肩，露出淡淡的微笑。

“总之，你今晚就好好休息。如果睡不着，我请护理师拿安眠药给你。”

“不用了，谢谢。”

“晚安。”水上说完，走向门口，但中途停下脚步，转过头问，“那个少女是谁？”

“少女？”

“就是画布上的少女，穿着白色衣服的。”

“哦。”神乐点了点头。水上说的是“他”的画。

“我也不知道，正在纳闷儿那个人是谁。”

“不知道是‘他’幻想的产物,还是‘他’记忆中的人物。”水上偏着头。

“会不会是‘他’偷偷把女朋友带了进来？”

“这不可能。我刚才在警卫室看了监视录像机的影像，你……不，‘他’进入画室之后，没有人去五楼。”

“既然这样，那就应该是只存在于‘他’脑袋里的人。”

“下次我来问‘他’。只是不知道‘他’愿不愿意告诉我。”水上说完，走出了病房。

“下次”是下个星期。目前每个星期使用一次反转剂。

## 12

科警研派来的特别鉴定小组的负责人是四十岁左右的穗高。他虽然个子不高，但姿势很挺拔，看起来很有威严，说话时的表情和微微上扬的下巴也充满了自信。

“调查后发现，七楼的监视器之所以没有画面，是因为电缆被切断了，切断的地点就在一楼警卫室旁的控制盘。虽说是切断，但并不是用刀子割断，而是使用特殊装置，阻隔流过电缆的电力讯号，就是像这样的装置。”穗高把一个黑色小盒子放在桌子上。

“窃贼想要行窃装有监视器的房子时，在潜入房子之前，会先装好这个，然后设置定时器，就可以在想要行窃的时间阻隔讯号，也可以远距离操作。网络上就可以买到。”

“网络上净卖一些乱七八糟的东西。”那须抱怨道。

现在还在说这种话。浅间很想对他吐槽。从几十年前开始，罪犯就在比警察更有效地利用网络。

浅间今天早上才接获通知，要在警察厅开会。警视厅方面只有那须等三名主管，以及木场、浅间这五个人出席这次会议，警察厅方面却有来自刑事局、科警研和特解研等超过十名的人员参加。浅间也因此发现，这起命案的侦查工作由警察厅掌握主导权。

穗高继续说道：“分析警卫室的监视录像机影像后发现，在七楼的屏幕没有影像的期间，只有警卫富山搭电梯前往七楼。影像是在十八点十二分消失，富山在十八点十七分搭电梯抵达七楼，也就是说，凶手是在这五分钟内行凶。”

“有可能在五分钟内完成吗？”志贺抱着手臂问。

“应该易如反掌吧。”浅间说，“两名被害人显然是在毫无防备的情况下遭到攻击。凶手一打开 VIP 病房的门就枪杀了他们，然后立刻逃走——通常都会这么认为。凶手应该是经常用枪的人，至少经常杀人。”

“根据我们的分析，”穗高低头看着资料说，“从两具尸体身上的弹痕角度和形状推测，凶手是站在 VIP 病房的门口，对准站着的蓼科耕作的头部开枪，接着走向坐在椅子上的蓼科早树两三步，对着她的胸口开枪，证实了浅间副警部的意见。”

“凶手是怎么逃走的？”那须问。

“凶手进入和离开时，应该都使用了逃生梯。”穗高立刻回答，“监视器已经证实，凶手并没有搭电梯。通往逃生梯的门，通常都从内侧锁住，但在案发之后，发现那道门没有锁。另外，门把上并没有采集到指纹。”

“既然平时从内侧锁住，不是无法从外面进入吗？”那须皱着眉头。

“只要事先打开锁就好了，凶手也可能有备用钥匙。”

听到浅间的回答，那须露出沉思的表情。

“果真如此的话，凶手就是医院内部的人。”

“也可能是有医院的人作为内应。”

浅间的话音未落，门打开了，一个男人走了进来。他走到穗高身旁，把一份资料交给他的同时，向他咬耳朵。穗高立刻露出凝重的表情。

“有一件重要的事要向大家报告，”穗高站起来说，“是关于行凶的手枪，根据残留在被害人体内的子弹确认了手枪，是美国制造的三十二口径手枪。从子弹的特征判断，认为和目前警视厅正在侦办的连续强暴杀人事件——特解研称为 NF13 的事件所使用的是同一把枪。”

## 13

警察厅的会议结束后，神乐比志贺早一步回到了位于有明的研究所。一个小时后，志贺才回到研究所，两个人面对面坐在会议桌前。

志贺把一个玻璃盒放在桌子上。盒子里有一根毛发。神乐拿起盒子，凝视着盒内。

“这是……”

“这是鉴定小组交过来的，听说附着在蓼科早树的衣服上，在胸口附近。从外观就知道不是她自己的头发，也不是蓼科耕作的。”

“是凶手的吗？”

“目前认为这种可能性最高。蓼科早树身上的衣服是案发两个小时前，洗衣店送回来的，警卫送去了他们的房间。之后，没有人去过他们的房间。鉴定小组认为，很可能是凶手在枪杀蓼科早树之后，走过去确认她是否断气时，头发掉落在她身上的。”

“会不会沾到了之前就掉落在地上的头发？”

听到神乐提出的疑问，志贺摇了摇头。

“不可能，因为蓼科早树是胸口朝上倒在地上，几乎当场死亡，所以不可能翻身。而且你可能不知道，蓼科耕作每天早上都会打扫房间，几乎不可能有他们兄妹以外的头发掉落在房间内。事实上，鉴定小组也断言,在房间内采集到的所有头发都是他们兄妹的,除了这根。”

神乐把玻璃盒放在桌子上。

“要解析这根头发的 DNA 吗？”

志贺点了点头，靠在椅子上，轻轻吐了一口气。

“这下子应该可以破案了。无论是动机还是犯罪手法，听凶手亲口交代最直接了。”

听他的语气，好像已经抓到了凶手。

“你对今天上午的事有什么看法？”神乐问。

“哪一件事？”

“就是科警研的穗高先生说的话,凶手使用的手枪和NF13的一致。”

“真是太惊讶了。”

“这表明这次的凶手和 NF13 是同一人吗？”

“通常可以这么认为。”

神乐偏着头。

“NF13 是连续强暴杀人事件的嫌犯，这个人为什么能够突破森严的警备，杀害蓼科兄妹呢？而且蓼科早树并没有遭到强暴。”

志贺揉着脖子后方，似乎认为这种事并不重要。

“所以啊，最好让凶手自己交代清楚。总之，请你赶快解析，如果和 NF13 一致，就没有争论的余地了。”

神乐虽然无法释怀，但还是点了点头。志贺说的话完全正确。

“还有一件事，”志贺竖起了食指，“这件事在今天上午的会议中并没有提到。鉴定小组说，在调查蓼科早树使用的计算机后发现，上面留下了她正在设计新程序的痕迹。”

“新的程序？是关于哪方面的程序？”

“不知道，虽然有痕迹，但程序本身并没有留在计算机内。程序的名称叫‘猫跳’。”

“猫跳？猫跳滑雪的猫跳？”

“蓼科早树应该不会研究滑雪，你有没有什么头绪？”

神乐摇了摇头。

“我完全没有听说过，可能是她个人的研究，和 DNA 侦查系统并没有任何关系。”

“我也这么认为，总之，你把这件事记在心上。”

“我知道了。”

“解析头发大概需要多少时间？”

神乐看了手表，时间是下午一点多。

“我马上交给分析组，核酸序列要到傍晚才能出炉，之后会输入系统，最快晚上十点左右就可以有结果。”

“是噢，所以你在系统分析出答案的十点之前都有空吧？”

“是啊，有什么事吗？”

志贺露出比刚才稍微柔和的表情说：“我想难得我们一起吃顿饭，你没有特别的事吧？”

“是没有……但只有我们两个人吗？”

志贺听了神乐的问题，摇晃着肩膀苦笑着。

“两个大男人吃饭也不好玩吧。我想介绍一个人给你认识，当然是女生，而且既年轻，又算是，不，应该是很漂亮，我可以拍胸脯保证。”

“女生？”神乐忍不住皱起了眉头。

志贺露出困惑的表情打量着他。

“我搞不懂，你以前在科警研时，就最受女职员的欢迎，但你完全没有传过任何绯闻，你该不会对女生没兴趣吧？”

“我在恋爱方面很正常，虽然没有向所长报告过，但我曾经交过女朋友。只是和女生第一次见面时，我不知道该怎么和对方相处，所以觉得压力很大，而且还要一起吃饭……”神乐叹了一口气，“会食不知味。”

“所以，你是很容易紧张。不必担心，有我在，而且你以后和她在工作上也会有密切的接触。”

“工作？是怎样的女生？”

“不久之前，在美国研究 DNA 的罪犯侧写。虽然在美国长大，却是百分之百的日本人，日文当然也很流利。她接下来这段时间会在我们研究所工作，学习我们 DNA 侦查系统的技术。”

“我第一次听说这件事。”

“因为蓼科兄妹发生了那样的事，所以一直没机会说，不过也是临时决定的。一方面有 NF13 的事，你也需要助手。”

“我一个人也——”

神乐的话还没说完，志贺就伸手制止了他。

“这是所长命令，不得违抗。”

“……好吧。”神乐小声回答。

“我和她约好傍晚七点在青山见面，你到附近时，再打电话给我。”志贺说完后站起来，直接走了出去。

神乐耸了耸肩，撇着嘴，再度拿起玻璃盒子。

最后一次见到蓼科耕作时，他说有关于 NF13 的事要和自己谈，而且还补充说，内容有点儿复杂。

蓼科兄妹知道有关 NF13 的情况吗？如果认为是因为这个遭到杀害，似乎很合理，只不过他们到底知道什么？之前以为是因为数据不足，才无法找出 NF13，难道不是这样吗？

神乐摇了摇头，站了起来，他告诉自己，一切要等到解析了这根头发的 DNA 之后才能见分晓。

## 14

浅间将视线从屏幕上移开，用双手按摩着眼睛。虽然是快进的画面，但持续看二十四小时的监视画面，眼睛难免会疲劳。

他把代替烟灰缸的空罐拉了过来，拿起了烟盒。才刚买的香烟，已经有一大半都空了。

“你烟抽得很凶啊。”一旁的富山惊讶地说道。

“啊，不好意思。”

浅间正准备把烟放回烟盒，富山慌忙摇着手说：“你别放在心上，我并不是在挖苦你，只是觉得对身体不太好。”

“我在三十年前就知道对身体不好，但怎么也戒不掉啊。”

“我有一个朋友也一样，无论去哪里，都要先确认那里有没有吸烟的地方。你不必介意，如果因为不能抽烟的压力，导致影响了工作效率，那就是本末倒置了。”

“对不起，那我就失礼了。”浅间又叼了一支烟。警卫室原本禁烟，但富山特别同意他可以抽烟。

吐了一口烟之后，浅间再度看向屏幕。

“无论怎么看，都没有看到任何人靠近。”

“七楼吗？”富山也从旁边探头张望。

“紧急逃生口那里。虽然有好几个人去了七楼，但完全没有人靠近紧急逃生口。只有在案发前一天晚上十点左右，有一名年轻警卫靠近。”

“那是巡逻的时候。”

“对，我也向当事人确认了，当时紧急逃生口的门是锁住的。当然，如果他是凶手，情况又不一样了。”

富山轻声笑了笑。

“我认为他值得信赖。”

“我也没有怀疑他，在案发当时，他在家里睡觉，这个星期他上晚班。”

“我们每两个星期轮班一次。”

“真辛苦啊。所以，案发前一天晚上十点，紧急逃生口的门是锁着的，直到案发之前，都没有人靠近。如果凶手是从紧急逃生口进出，到底是怎么打开门锁的？”浅间抓着头，“我问了好几次，但七楼紧急逃生口的钥匙真的只有三把吗？”

“只有三把。医院本馆的事务局内有一把，这里有一把，还有一把在负责建筑物维修那家公司的窗口那里，至少我听说是这样。”

浅间叼着烟，点了点头。他已经从建造这家医院的建筑公司窗口听说了这件事，但凡事都有表面文章和隐情，他猜想其中会不会有，所以才向富山确认。

三把钥匙的下落也已经确认，的确保管在富山所说的地方，当然也没有被动过的痕迹。钥匙内部有 IC 芯片，所以不可能复制。

既然这样，只有一个方法打开紧急逃生口的门。那就是有人从内部打开。

问题是并没有任何人靠近紧急逃生口。这到底是怎么一回事?

屏幕上显示的是命案即将发生之前七楼的情况。数字显示为十八点十一分，当数字变成十八点十二分后不久，画面就变成一片漆黑。

“我已经说过好几次，在画面消失的两三分钟后，我就去了七楼。”富山说。

“我知道，电梯的监视器也证明了这件事，你到七楼时是十八点十七分。”浅间把香烟的灰弹进了空罐内。

十八点十二分到十七分之间的五分钟，是凶手可以自由使用的时间。凶手可能在这段时间内从紧急逃生口进入，枪杀了蓼科兄妹后，再度从紧急逃生口逃走。

共犯会不会也是在这个时候打开了紧急逃生口的门？但是，目前已经确认，在监视器的屏幕画面消失后，只有富山搭电梯上楼。也就是说，当时共犯就已经在七楼了。

原本靠在椅背上的浅间坐直了身体，把香烟在空罐中捻熄了。

还有一个可能性——

蓼科兄妹的其中一人，或是两个人都是共犯。

不，“共犯”这个字眼不够贴切。但可以认为他们并不知道自己会遭到杀害，所以才会开了门，让某个人进来。为什么不搭电梯？因为不想让别人知道，那个人去了蓼科兄妹的房间吗？但是，有监视器，即使走紧急逃生门，警卫室的人也会看到那个人走进蓼科兄妹的房间。

难道那个人——蓼科兄妹的其中一人，也知道监视器停了吗？但他们应该知道，一旦发生这种情况，警卫会立刻赶到。难道他们打算让入侵者在此之前逃走吗？他们如此大费周章，到底要让谁进来？而且只有短短的几分钟而已。

“怎么了？”浅间突然沉默不语，富山担心地问道。

“不，没事。”浅间露出亲切的笑容，准备伸手去拿香烟，但觉得不太好意思，中途把手缩了回来。

虽然好像看到了一线光明，但微弱的光明像仙女棒一样渐渐消失。这次的事件很棘手，被害人有太多不解之谜。

“不好意思，影响了你的工作。”浅间站了起来。

“好像没帮上什么忙。”富山语带遗憾地说。

“不不不，”浅间摇着手，“因为这里有监视器，所以才能确定凶手的行动，问题在于监视器没有拍到的部分，我们必须查明真相，却完全没有着力点，真是太窝囊了。”

“千万别泄气，请你们一定要赶快逮捕凶手。我和那对兄妹虽然没有太深入的交往，但我很喜欢他们，他们真的很纯真，难以想象现在还有像这样的年轻人。”

“有什么令你印象深刻的事吗？”

“有很多啊，最近曾经发生了这样一件事。我朋友送我巧克力，但我不吃甜食，所以就拿去送给那对兄妹，不过，妹妹当时关在里面的房间，之后她哥哥向我道谢，说他妹妹很高兴。我问他，是不是喜欢巧克力，他回答说，是喜欢巧克力的袋子。”

“袋子？”

“巧克力装在一个漂亮的袋子里，我记得是蓝色的条纹图案，上面系了一个小蝴蝶结。听哥哥说，他妹妹很喜欢这种可爱的东西，但如果穿在身上，或是使用那么可爱的东西，会被人嘲笑，所以从来没有自己买过。”

“为什么会被人嘲笑？”

“因为，”富山吞吐了一下后，继续说道，“因为她很在意脸上的胎记啊，她好像认为，像自己这样的人喜欢可爱的东西，别人会觉得很滑稽。我猜想她小时候可能遇到过这种事，想到这里，就觉得她很可怜。”

浅间想起之前水上介绍过蓼科早树的身世，因为脸上有胎记，导致她变得很内向，也因此培养了特异的才能。

“所以，在别人眼中只是一个很简陋的袋子，对她来说，是很重要的东西。之后我去他们房间时，看到那个袋子折得很整齐放在那里，忍不住有点儿感动。”

浅间点了点头。如果不了解被害人的情况，会以为是年幼少女的故事。当然，富山能够发现这些小事的感性也很值得尊敬。

“我并没有泄气，一定会抓到凶手。”浅间断言道，“日后还会向你请教很多，到时候还请你多帮忙。”

“好，随时都没问题。”富山站直了身体说。

浅间走出警卫室，认为有必要多了解被害人的情况。

# 15

神乐在晚上七点整来到青山。他走在青山大道的人行道上，打电话给志贺。志贺指定了离他所在的位置走路只要几分钟的日本料理店。

一小段坡道下方，有一栋数寄屋式的房子。神乐进去之后，立刻被带进了包厢，志贺和一名年轻女人面对面坐在包厢内，正在等他。

“对不起，让两位久等了。”神乐低头打招呼。

“我来介绍一下，这位就是我白天和你提过的白鸟小姐。”

“我姓白鸟。”年轻女子面对神乐跪坐着，拿出了名片。名片上印着“白鸟里沙”的名字。

神乐也拿出自己的名片，然后重新打量着她。她有一头齐肩的漂亮黑发，五官很有日本味。虽然是单眼皮，但眼尾上扬，注视着神乐的眼神也很锐利。

神乐坐在志贺身旁。虽然是榻榻米包厢，但脚可以伸到桌下腾空的空间。

“头发的情况怎么样了？”志贺问。

“已经按照原定计划，确认了核酸序列，目前正在同时进行罪犯侧写和数据库的比对工作，如果快的话，两个小时后，结果就会出炉。我已经设定完成之后，会自动将粗略结果传到我的手机上。”

志贺心满意足地点了点头，然后转头看向白鸟里沙。

“神乐从 DNA 侦查系统的开发阶段就开始参与，可以说比任何人更了解系统的全貌，只要有不了解的地方，任何事都可以问他。”

白鸟里沙露出微笑，用好奇的眼神看向神乐。

“不光是 CIA 和 FBI，美国的各大组织都对日本的 DNA 侦查系统兴趣浓厚，尤其对检索系统有极大的关心，我希望能够学习这方面的知识，还请你多多指教。”

“只要我力所能及，当然会大力相助……但有所谓知识产权的问题，所以还必须请示上级。”

志贺缓缓摇了摇头。

“关于专利的问题，都已经谈妥了。今后，日本将和美国合作建构整个系统，打算建立双方共享数据库的架构。更长远的计划是希望能够管理全世界人口的 DNA 信息，无论在哪里发生刑案，都可以立刻进行比对。这是我以前就曾经和你谈过的构想，我们又朝梦想迈进了一步。”

“实在太棒了。”白鸟里沙说话时很用力，“一旦真的实现，或许可以打造一个没有犯罪的世界。当然，我相信必须等到遥远的未来才能真正实现，因为光是采集全世界人口的 DNA 信息，就需要花费好几年的时间。”

“这件事仍然是令我们头痛的问题，神乐为了这件事也很努力，最重要的是，一般民众很难理解，他们似乎认为会变成可怕的管理型社会。”

“美国开始用 DNA 进行罪犯侧写时，也曾经遭到很多反弹，大部分民众对于借此确定嫌犯人种这件事很排斥，但我认为目前应该已经得到了民众的理解，最重要的是让成果说话。”

白鸟里沙在说这番充满自信的话时，房间的纸拉门打开了，服务生走了进来。看到服务生利落地将菜肴摆满桌子，白鸟里沙发出了感叹的声音。

啤酒也送了上来，志贺为白鸟里沙的杯子里倒酒后，也准备为神乐倒酒。神乐用手盖住了杯子。

“不好意思，我等一会儿还要工作。”

“我知道，但机会难得，大家一起干杯吧。”

“干杯吗？”神乐垂下视线。

“是啊，你有什么意见吗？”

“不是有什么意见，才刚发生那样的事件，干杯似乎不太妥当。”

志贺拿着啤酒瓶，露出凝重的表情。

“这是为欢迎白鸟小姐而干杯，不要那么不近人情。”

“志贺所长，我觉得神乐先生的话很有道理。我很感谢你的心意，但今天还是免了吧。等破案之后，我们再来好好干杯。我今晚也不喝酒。”

神乐惊讶地眨了眨眼睛：“不，你不需要这么做，你请随意喝。”

“那怎么行，我打算从今天晚上开始协助你。既然你不喝，我当然也不能喝。”虽然她的嘴唇绽着笑容，但眼神很锐利。

志贺拿着啤酒瓶，皱起了眉头。

“真伤脑筋，不喝酒的欢迎会吗？”

“志贺所长，你请喝吧。”白鸟里沙拿起手边的啤酒瓶，递到志贺面前，“就当作是欢迎会兼作战会议，神乐先生，对不对？”

“那我就来一点儿吧。”志贺拿起了杯子。

没有干杯的聚餐终于开始了。白鸟里沙每吃一口菜，脸上就露出丰富的表情，表达了有点儿夸张的感动。

神乐加入他们谈话时，不时看着手表。系统转寄结果的时间快到了。

“你果然很在意工作的事。”白鸟里沙说。

“不，没有啦。”

“当然会在意啊，毕竟不是普通的事件。”她露出严肃的表情，“蓼科早树小姐在美国也很有名，她遭到杀害，不光是对日本，也是全世界的损失。”

“我已经向她说明了大致的情况，”志贺对神乐说，“也告诉她这是只有相关人员才了解实情的秘密事件。”

“我也很受打击，因为我正准备来学习 DNA 侦查系统，结果创造这套系统的人竟然遭到了杀害，真不知道该说什么。”白鸟里沙露出悲伤的眼神摇了摇头，“这必然成为我协助你的第一起事件，说起来真的很讽刺。”

神乐惊讶地看着志贺。

“这次的事件我可以一个人进行。”

志贺在自己面前挥着筷子。

“既然她已经来了，就让她帮忙，还是有什么问题？”

“不，那倒不是……”

“我刚才也说了，我打算从今天晚上开始，就担任你的助理，请多指教。”白鸟里沙再度深深鞠躬。

神乐无奈之下，也只能简短回答：“请多指教。”

志贺开始向白鸟里沙介绍蓼科兄妹的情况。虽然他说话的语气，好像是他发现了蓼科早树的能力，但神乐并没有插嘴。

在料理差不多上到后半段时，神乐的手机响了。他从上衣内侧口袋里拿出手机，志贺和白鸟里沙也停止交谈，看着他的手。

“系统传来什么结果了吗？”志贺问。

“罪犯侧写似乎已经结束了。性别是男性，血型是AB型的Rh阳性，身高一百七十五厘米，误差为正负五厘米……”神乐把液晶屏幕上显示的内容读出来后抬起头说，“不符合。”

志贺不发一语地皱起了眉头。

“不符合什么？”白鸟里沙问。

“不是NF13的意思，之前罪犯侧写的结果，血型是A型，推测出的身高较矮。”神乐再度低头看着液晶屏幕，“体形和头发的颜色也不一样……”

“所以，杀害蓼科兄妹的并不是NF13吗？但是，为什么手枪一致？两个不同的人使用了同一把枪吗？”志贺抱着双臂。

“会不会是共犯？”白鸟里沙问。

“很有可能。”神乐点了点头，“NF13犯的案子和这起事件的性质完全不同，有某种关系的两个人，基于不同的目的使用了同一把枪杀人的说法最合理。”

“检索系统的结论呢？”

“目前还没有出炉。”

“啊呀啊呀，明天的会议上一定会议论纷纷。”志贺一脸沮丧，继续吃了起来。

神乐滑动着液晶画面。虽然他并不记得NF13的所有内容，但除了血型、体格和头发的颜色以外，还有几项特征也完全不同，应该可以断定完全是不同的人物。

最后，画面上出现了根据DNA推测的容貌。神乐一看，简直怀疑自己看错了，忍不住倒吸了一口气。

“怎么了？”白鸟里沙问。她似乎在吃饭的同时，也很注意观察神乐。

“不，没事……”神乐把手机放回口袋。

“还有其他问题吗？”志贺也停下了筷子。

“不是，罪犯侧写的结果只有一部分的内容传到手机，详细情况要回研究所后才知道……”

“在明天开会之前准备好，要让警视厅那些死脑筋的家伙也看得懂。”

“我知道了。”

“警视厅的人都很死脑筋吗？”白鸟里沙问志贺。

志贺用鼻子哼了一声。

“高级组的人还不至于，但那些从第一线升上来的家伙中，有不少人仍然相信办案就是要四处打听，我们会慢慢教育他们。”

“呃，所长……”神乐打断了他们的谈话，“不好意思，我可以先告辞吗？检索系统的结果快出来了，我想马上开始工作。”

“这么急干吗？再坐一会儿吧，主菜还没上来呢。”

“其实，我在傍晚已经吃了东西，所以现在很饱。虽然美食当前，真的有点儿可惜。”

“是噢……”

志贺一脸难以释怀的表情，白鸟里沙也一脸讶异地看着神乐。

“两位慢慢用，不好意思，我先走一步。”

神乐不等他们发问，就鞠躬站了起来，打开纸拉门时，刚好和服务生擦肩而过。

“先生，厕所在这里。”

神乐不理会服务生对他说话，走向玄关。

走出餐厅，搭上出租车，对司机说了声“去有明”之后，神乐拿出手机，再度打开了刚才的图片。出现了一张男人的脸。

怎么会这样?

图片中的脸很像神乐。

## 16

神乐冲进研究室，站在操作系统的计算机跟前。首先在屏幕上打开了 DNA 的罪犯侧写结果，上面罗列的身体特征和他完全一致，然后，他又在屏幕上打开合成照。

虽然发型不同，但男人的正面合成照就是神乐。由于是 3D 合成照，所以可以改变角度。他从各个不同的角度打量着合成照，无论怎么看，都是自己的脸。

他又接着进入了 DNA 检索系统，结果应该已经出炉了，他敲击键盘的手指发着抖。

不一会儿，结果显示在屏幕上。检索的结果如下：

神乐龙平　符合率百分之九十九点九九——

神乐一阵眩晕，在椅子上坐了下来。他感到轻微的头痛。

现场采集到的毛发是神乐的，这件事已经不容置疑。为什么会有这种事？他绞尽脑汁思考着。

神乐回溯记忆。案发之前，他曾经去过蓼科兄妹的房间，难道是当时掉落的头发？之后因为某种原因，沾到了蓼科早树的衣服上？

不对。他摇了摇头。

自己去他们房间只有短短一两分钟而已，而且只是打开门，走进房间而已。即使真的掉了头发，也不可能沾到蓼科早树的衣服上。而且，听志贺说，早树身上的衣服是在案发两个小时之前刚送去的。

难道是鉴定小组不小心把神乐的毛发混入采集物中吗？那些鉴定人员都是佼佼者，不可能犯这种初级的疏失。

他完全搞不清楚状况，为此烦恼时，手边的灯亮了。有人进入了研究室。但是，除了神乐以外，只有志贺能够自由出入这里。难道是志贺回来了吗？

他屏住呼吸，听到了声音。

“神乐先生，你在这里吗？”

是白鸟里沙的声音。神乐慌了手脚，不能让她看到罪犯侧写和比对的结果。

白鸟里沙敲响了这个房间的门，他慌忙按了操作板上的几个按键。

“神乐先生，”门外响起说话的声音，“你在这里吗？”

“是，请问是哪一位？”神乐大声问道。

“听声音是神乐先生，我是刚才和你见面的白鸟。”

“等一下，我刚好在忙。”

操作板上的小门打开了，一块十厘米见方的薄板退了出来，上面以数字数据的形式记录了DNA序列的资料。神乐他们称这块薄板为D卡。

神乐把D卡放进衣服的口袋后，跑到门口，把门打开一条缝。白鸟里沙对他露出笑容。

“太好了，这栋建筑物太复杂，我有点儿迷路了。虽然志贺所长已经详细向我说明过了。”

“你怎么会来这里？”

听到神乐的问题，她露出笑容，同时有点儿意外地眨了眨眼睛。

“你不是在工作吗？既然这样，我就要来帮忙啊。我可不是特地从美国来日本吃美食的。”

“志贺所长呢？”

“他知道我要来这里，进来时的密码也是他告诉我的。”

她似乎想要挤进来，神乐伸手制止了她。

“我很感谢你来帮忙，但今天晚上不用了，我一个人就行了。你刚到，应该很累了，明天再开始工作也不迟。”

“那怎么行？你不是在解析杀害蓼科兄妹的凶手吗？这么重要的案例，当然应该从一开始就参与。”白鸟里沙双眼发亮地说。

这个女人真麻烦。神乐很想这么说，但还是忍住了。

“不好意思，今晚就请你忍耐一下，我想一个人处理。”

“那至少让我参观一下。”

“不好意思，容我拒绝，会影响我工作。”

白鸟里沙收起了笑容，单眼皮的双眼露出锐利的眼神注视着神乐。

“关于我来特殊解析研究所学习技术一事，日美政府之间已经谈妥了。照理说，你无权拒绝，但我之所以这么有礼貌地拜托你，是对你们这么优秀的技术表达敬意。如果你坚持不让我参观，我只能马上联络志贺所长。”

神乐摇了摇头，一旦联络志贺就完蛋了。

“好吧，那我就实话实说了。”

神乐把门打开后请她进来。

她巡视着放了一整排巨大电子仪器的房间后，夸张地耸了耸肩。

“这里就是你们智慧的结晶啊，有一种很奇妙的感觉。虽然被没有生命的机器包围，却感到很神秘。”

“你过奖了。正如你所说的，这些都只是机器而已，所以也会出状况。”

“出状况？”白鸟里沙两道漂亮的眉毛之间皱了起来。即使露出凝重的表情，也无损她的美貌。

“系统出了一点儿问题，所以今天无法请你帮忙。”

“出了什么问题？”

“以目前的现象来说，就是检索系统无法发挥功能，出现了错误。”

“你试试看。”

“我已经试了很多次。”

“我想亲眼看一下。”白鸟里沙站在主键盘前，回头看着神乐，“快啊。”

神乐叹了一口气，走到她身旁，然后打开旁边的抽屉，拿出一张D卡。

白鸟里沙睁大了眼睛。

“这就是传闻中的D卡吗？将DNA信息转换成计算机容易处理的形式，这也是你们伟大的功劳之一。”

“不是我们的功劳，是蓼科早树的功劳。”

“杀害蓼科早树的凶手的DNA资料写在这张D卡上吗？”

“没错。”

这当然是说谎。神乐手上拿的是在采集样本时，不慎混入了采集者的皮脂，犯下了很初级的疏失、混合了好几个人DNA资料的失败品。

神乐把假卡放进仪器中，按照正常的步骤开始操作键盘。白鸟里沙在一旁低头注视着，她似乎已经知道这个装置的使用方法。

“通常需要两个小时左右，检索结果才会出炉。”

“没关系，即使要等十个小时也没关系。”

“这句话真令人安心啊，但现在不需要这种决心。”

“什么意思？”

“你看了就知道了。”神乐请白鸟里沙坐在铁管椅上，“要不要坐下？虽然不需要十个小时，但至少要等十分钟。”

“十分钟？”她纳闷地偏着头，坐了下来。

神乐也坐在椅子上。虽然他努力表现得从容不迫，但内心还是很慌张。

白鸟里沙从皮包里拿出记事本，露出严肃的眼神看着装置，不知道开始写什么。

“你真用功。”

“是吗？我只是完成自己的工作而已。”她头也不回地回答。

她的轮廓并没有很深，高挺的鼻子不像日本人。虽然只化了淡妆，但皮肤像陶瓷般白皙而富有光泽。她的美貌即使在欧美人中，应该也算是美女。

“你为什么会选择这种工作？”神乐忍不住问道。

“像我这样的人，不能做这种工作吗？”

“刚好相反，我认为你可以胜任所有的工作。世界上有很多更加光鲜亮丽的工作，我认为你更适合那些工作。”

白鸟里沙停下了正在写笔记的手，看着神乐。她的眼神很冷漠。

“如果你是因为外貌而说这种话，就大有问题。”

“的确有人因为外貌而导致能够选择的职业受限。比方说，蓼科早树如果脸上没有胎记，可能就不会成为数学家。因为我不认为你有什么原因非选这个职业不可，所以才会这么问。如果你觉得回答很麻烦，可以不必回答。”

“并不麻烦，理由很简单，就是与其被别人支配，不如成为支配的一方，这样比较没有压力。”

“支配？”

“如果说管理，可能你比较容易理解。美国开始实际运用 DNA 罪犯侧写时，虽然我年纪还很小，但我觉得以后一切都会受到管理。假身份证、假名字、假护照，无论伪造任何东西，都失去了意义。只要活在世上，就无法伪造基因。既然由国家管理基因，就等于人生受到了支配。‘自由’这个字眼也就失去了意义。”

“既然你这么说，可以加入反对势力啊。”

白鸟里沙嘴角露出笑容。

“过去有多少反对势力改变国家方针的例子？国家管理国民的 DNA 已经成为世界的潮流，没有人能够阻止。我才不希望自己的人生浪费在这种徒劳无益的事上。”

“所以你决定成为支配的一方吗？”

“我知道即使成为支配的一方，仍然会受到管理。但是，我希望能够了解系统，了解系统的实际情况。这样的话，即使发生了什么状况，至少能够接受，自己也要负一点儿责任。”

“我充分了解了。”

神乐点头回答时，屏幕的画面出现了变化。各种数据穿越画面，最后出现了“错误”的文字和错误代码。

“你也看到了。”神乐对白鸟里沙说，“不知道为什么，系统无法检索。不知道是数据有问题，还是系统发生了状况。”

“NF13 之前在检索系统中不是也找不到相符的数据吗？”

“如果这个数据是 NF13，就会显示‘NOT FOUND No.13’。因为目前已经输入了 NF13 的资料，虽然不知道那个人是谁，但至少知道是否吻合。”

白鸟里沙抱着手臂。

“如果是系统故障，会是什么原因呢？之前也曾经发生过类似的情况吗？”

“计算机系统故障的原因不胜枚举，迄今为止，当然也曾经发生过各种状况。我打算重新检查一下整体系统，也许需要重新灌程序，果真如此的话，就需要几天的时间进行调整。”

“好像很复杂，我一定会帮忙。除错有助于充分了解整个系统。”

“谢谢，但今天晚上就不必了，我也想去向从毛发中萃取 DNA 的分析小组了解一下情况。我准备除错时，一定会通知你，在此之前，就请你等我的通知。”

白鸟里沙听了神乐的话，不满地微微扬起尖下巴，但嘴角立刻浮现了笑容。

“好吧，大约是什么时候？”

“目前还无法断言，这两三天内应该可以联络你。”他在说话的同时结束系统，刚才的假 D 卡也弹了出来。

“明天要怎么办？”白鸟里沙问。

“明天？”

“不是要在警察厅开会吗？我记得你要在会议上报告解析的结果。”

神乐差一点儿咂嘴。他几乎忘了这件事。

“目前这种状况，根本没办法报告。我会向志贺所长说明。”

“你会去参加会议吗？”

“要看实际情况，但目前打算去参加。”

“志贺所长说，会安排让我也参加会议。”

神乐注视着白鸟里沙，点了点头，吐了一口气。

“那我们明天在警察厅的会议室见。”

“好，那就明天见。”白鸟里沙注视着神乐，收起下巴。

## 17

离开研究所后，神乐和白鸟里沙分别搭了不同的出租车。他确认了 D 卡还在上衣口袋里。

她今天晚上可能就会向志贺报告，志贺一定会觉得很奇怪。姑且不论初期，最近系统从来没有出过状况，但志贺应该不可能马上怀疑神乐。

自己还剩下多少时间？神乐思考着这个问题。如果隐瞒顺利，也许可以撑过明天一整天，却很难继续隐瞒下去。真正的 D 卡在神乐手上，要重做一个很简单。

二十四小时——这是神乐所剩下的时间，必须在这段时间内查明真相。

神乐在一栋俯视东京湾的大厦公寓旁下了出租车，自从在特殊解析研究所工作后，他一直住在那栋大厦公寓内。

位于二十楼的套房四周都是玻璃。这里并不是他想要住的地方，而是研究所为他准备的住处。虽然视野佳是最大的卖点，但即使是大白天，他也会把窗帘拉起来。

除了最低限度的家具和用品以外，家里什么都没有。神乐从桌上拿了报告纸和笔，坐在双人沙发上。

他注视着报告纸，深呼吸了一次，拿起了笔，首先写下了这句话。

致自称为隆的人——

虽然他并不喜欢这个名字，但既然“他”用这个名字，也只能这么叫“他”。如果不清楚写明这封信诉诸的对象，“他”应该也会感到困惑。

蓼科早树的衣服上为什么会有神乐的头发？假设警方这么问他，他无法回答这个问题。因为在蓼科兄妹遭到杀害时，他失去了意识。

如果只是失去意识，问题还比较简单，但他的情况特殊。虽然失去了意识，但身体未必什么都没做。不，身体的确在活动，只是控制身体的不是他，而是“他”。

因此，关于头发的事，“他”应该知道某些事。听水上说，虽然神乐不知道“他”的意识发挥作用期间的事，但“他”观察神乐的行为，也了解自己周遭发生了什么事。既然这样，“他”应该察觉到神乐目前六神无主。

神乐再度拿起了笔。

客套话就省略不说了，应该也不需要说明我为什么要写这封信，有一件事，无论如何都要问你，当然是关于蓼科早树的事。

写到这里，他停了下来。他重新看了自己写的内容，发现文体有似曾相识的感觉。

神乐之前也曾经写给“他”一封信。得知自己的身体中还有另一个人格存在时，水上要求他这么做。

“隆虽然能够看到你的行动，却不了解你的内心，你必须坦诚告诉隆，自己带着怎样的心情，努力接受另一个人格。你们在未来相当长的一段日子中，必须相互理解，有时候必须彼此忽略。万事开头最重要，不必虚张声势，把真实想法写在信上。”

神乐至今仍然能够清楚地记得当时写给“他”的那封信的内容。

初次见面。这样写或许有点儿奇怪，姑且不论你的情况，但我之前完全不知道你的存在，所以真的是“初次见面”。

得知自己身体中还存在另一个人格，我惊讶不已，完全不知道为什么会发生这种事。水上教授接下来将找出其中的原因，如果你知道什么，希望你告诉我。你好像是在爸爸去世时出现的，如果你可以告诉我当时的情况，或许有助于我理清一些头绪。

目前的我不知所措，老实说，我不知道该怎么和你相处。说句心里话，我很希望赶快摆脱这种状况，也就是希望你赶快消失。

我这么写，你一定很不舒服。但是，水上教授要求我写实话，据说只有这样，我们才能够和睦相处。因为就连教授也不知道这种状态会持续多久，也许一辈子都会这样。果真如此的话，的确必须在一开始，就让彼此了解内心的真实想法。

既然目前无法马上摆脱这种状况，我们就必须考虑一下现实。也就是说，未来的生活中，如何才能够避免对双方造成不利。

首先，我来写一下我的希望和提议。

第一，原则上，我不希望周遭的人知道你的存在。当然，目前除了水上教授以外，没有人知道我们的事，大家只知道我的人格，也以为这是我所有的人格。我不认为改变这种情况有什么好处。但我想你恐怕无法接受，因为既然周围的人眼中的神乐龙平是我的人格，在你支配肉体时，你也必须扮演我的人格。关于这个问题，我们需要好好沟通。

第二，不要干涉和影响彼此的生活。我会按自己希望的方式生活，我相信你也一样，但既然我们共享同一个肉体，某些方面就必须让步。希望你能够明确地告诉我，包括你希望怎样生活在内的各种想法。

第三，也许这是最重要的问题。那就是关于我们治疗的问题。如果接受了水上教授的治疗，治好了这种症状，可能意味着我们其中一方或是双方都会消失。即使这样，我仍然打算继续接受治疗，不知道你对这件事有什么想法。

写信给自己很奇怪，但我认为你是另一个人，希望你也能够坦诚地告诉我你的想法。

之后，通过水上把这封信交给了“他”。听水上说，“他”拿到信之后，“几乎面不改色地快速看完了信”。只要思考一下就不会感到意外，因为神乐在写信时，“他”也醒着，通过神乐的眼睛，看到了信上写了什么内容。

“他”看完信之后，把信纸翻了过来，直接在上面写回信。神乐反复看了好几次，所以也记得“他”的回信内容。

“又不是我的错。”这是回信的第一句话。

又不是我的错。虽然我的存在让你感到困扰，但我也不知道为什么会这样。

回答你的问题。

关于第一个问题，我也有同感。我也不想被其他人知道，也不想和任何人接触，所以对你来说，并没有任何问题。

第二个问题，我也有同感，我对你的人生没有兴趣。

我完全不在意第三个问题，我会在属于我的时候，用我的方式度过。就这样。

神乐看了回信后很恼火。自己的措辞很客气，那家伙的响应竟然这么冷漠。“他”的笔迹也和神乐的不同，字迹潦草杂乱。

之后就不曾有任何书信往来，而是通过水上交流彼此的想法，最后决定了几件事。

首先是名字。为了和神乐加以区别，“他”自称为“隆”。当神乐得知“他”想要叫这个名字时，觉得“他”太矫情了。

隆提出要有一个可以绘画的环境，希望能为他准备指定的颜料、画布和房间，同时还要求任何人不得擅自走进那个房间。

神乐提出了人格反转的周期。他希望两个星期一次。隆对此回答说，如果是两个星期一次，那希望自己的人格能够维持超过十个小时。根据以往的经验，使用反转剂时，只能维持五个小时的人格。神乐和水上商量之后，决定将人格反转的周期定为一个星期一次。

迄今为止，双方都没有破坏这个约定。所以，只有少数几个人知道隆的存在。“他”不曾造成神乐的困扰，神乐也没有给“他”添任何麻烦。

在这个世界上，有一个热衷于画画的陌生人——对神乐来说，隆只是这样一个人。因为绝对不会遇见，所以无视“他”并不是一件困难的事。只有在研究基因和心灵的命题时，才会意识到他的存在。

神乐再度低头看着报告纸。

他觉得是因为受到上次回信的影响，自己这封信才会写得这么直言不讳。可能在无意识中觉得既然对方是那种态度，自己也不必太客气。

他继续写了下去。

我相信你应该也知道了，蓼科早树的衣服上有我的头发。因为我完全不知道是怎么一回事，所以原因应该在你身上。希望你马上向我说明，到底是怎么一回事。我先声明，这里没有绘画的工具，你可能会觉得无聊，但只能请你忍耐了。我等你的回答。

神乐重新检查了内容后站了起来，打开书桌的抽屉，从里面拿出一个像是香烟盒的盒子，走回了沙发。

他放好烟灰缸，从盒子里拿出很像香烟的反转剂。

调整呼吸后，把反转剂叼在嘴上，拿起了打火机，点了火，让肺部吸了满满的烟后吐了出来，然后重复了好几次。

他靠在墙壁上，古董石英振荡器时钟发出“嘀嗒嘀嗒”的声音。

神乐皱着眉头，把反转剂从嘴边移开后注视着。

真奇怪——

平时这个时候，早就已经失去了意识，从来不曾耗费这么长的时间，但现在脑袋仍然很清醒，甚至没有意识朦胧的感觉。

他在烟灰缸中捻熄了刚才那支反转剂，犹豫了一下，又拿出一支新的反转剂放在嘴上。他和刚才一样点了火，用力吸了一口，然后闭上眼睛，努力使心情平静。

但他很快就睁开了眼睛，快速吸了几口之后，把烟吐了出来，再度把变短的反转剂在烟灰缸内捻熄了。

他感到轻微的头痛，但只是这样而已，意识仍然很清晰，和吸反转剂之前完全一样。

神乐站了起来，在房间内徘徊。他拉开窗帘，注视着自己在玻璃窗上映照的身影。外表当然没有任何变化。

这是怎么回事？人格为什么没有反转？

神乐想打电话给水上，但距离上次使用反转剂还不到两天，如果水上问及为什么再度使用反转剂，他一时想不到适当的借口。

他看向放在桌上的反转剂盒子，打算再吸一支。但是，水上严格禁止他连续服用反转剂，他已经吸了两支，继续使用太危险。而且，既然两支无效，第三支恐怕也一样，他认为应该有其他的原因。

他走去盥洗室，用冷水洗脸，正视镜子中的脸。

“怎么了？”神乐对着镜子问，“为什么偏偏今天不出来？赶快出来，向我解释清楚。”

说了这句话之后，他恍然大悟。

神乐以前从来没有想过“他”是否能够控制人格反转这件事，一直以为只要使用反转剂，“他”就一定会出现。但是，假设不是这样——

“他”看了信的内容，一旦出现，就必须回答问题，所以“他”决定不现身。

如果是因为“他”的意志导致人格无法顺利反转，就代表“他”有隐情，无法回答神乐的问题。

神乐瞪着镜子中的脸。

“你杀了蓼科兄妹吗？”

就在这时，玄关的门铃响了。听声音不是在大门按门铃，而是在房间的门口。

神乐皱起了眉头。他不曾同意任何人可以不请自来，更何况现在已经是三更半夜了。

他走去玄关，从猫眼向外张望。

一名少女站在门口，但看不清楚她的脸。

神乐偏着头，打开了门。

“你好。”少女说着露出微笑。

神乐没有说话，注视着她。她的年纪不到二十岁，头发很长，穿了一件白色洋装。神乐见过她的脸。

她就是画布上的那名少女。

# 18

“你……是谁？”神乐问，声音有点儿沙哑。

长发女生露出不可思议的表情看着他。

“不是他……”

“他是？”

“虽然是同一张脸，但并不是他。我知道了，你是神乐，对不对？”她双眼发亮地说，“太惊讶了，没想到可以见到你。我从他口中听说过你的事，他说你是不敢说真心话的胆小鬼。”

神乐也知道她口中的“他”是谁。

“你好像和隆说过话。”

“对，和你的另一个人格说过话。”她偏着头，嫣然一笑。

神乐感到困惑，照理说，只有极少数人知道他有双重人格。

“你是谁？”

“我叫铃兰。”

“铃兰？”

“这是他为我取的名字。这不重要啦，可不可以让我进去？这里有点儿冷。”她皱起了眉头。

神乐迟疑了一下，最后说：“请进。”把门用力打开了。虽然他不太想让来路不明的女生进来，但有很多事想问她。

自称是铃兰的女生一走进房间，直接在沙发上坐了下来，拿起了放在桌上的杂志，但很快就放回了原位。她没有东张西望地打量房间，只是用一双黑色眼睛看着神乐。

“你也坐下吧。”

神乐把计算机桌前带轮子的椅子拉了过来，在她对面坐了下来。“你的本名叫什么？”

“啊？”

“你的本名啊。你刚才说昵称是铃兰，我希望你告诉我本名。”

她不悦地嘟着嘴。

“他从来没有问过我这种问题，因为名字有什么意义？只是代号而已。他叫隆，我叫铃兰，这样就够了。”

“很抱歉，我不是‘他’，所以希望你告诉我真名。”

“如果我不说呢？你就把我赶出去吗？但你不是想问我很多问题吗？比起我的本名，我觉得还有很多更重要的事。”

她的语气听起来似乎乐在其中，好像在调侃神乐。

“好吧，那就先不问本名这件事。铃兰小姐，请你告诉我你和‘他’之间的关系。你是隆的什么人？”

她靠在沙发上，跷起一双细腿。

“当然是女朋友啊，但是，别人都不知道我的事，所以你也不要告诉别人。”

“隆的女朋友？”神乐摇了摇头，“不可能。”

“为什么？”

“因为隆除了水上教授以外，并没有和其他人接触。如果你是他的女朋友，那你告诉我，你们是在哪里认识的？”

“这很简单啊，是在画室认识的。”

“画室？”

“不是在脑神经科病房的五楼吗？你应该也知道。”

“隆画画的房间吗？”

“对，我们就是在那里认识的，你应该也知道，他在给我画画。”

没错。眼前的铃兰正是画布上的样子，服装和发型也都一样。

“我不懂。”神乐说，“除了我们以外，其他人禁止进入那个房间，你不可能在那里和他见面。如果你进出那个房间，监视录像机一定会拍到。”

铃兰耸了耸肩，偏着头说：“那根本是小事一桩，摄影机只是机器的眼睛，只能从光学的角度捕捉事物，要骗过机器很简单，超简单。”

“要怎么做？”神乐问。

她不耐烦地皱着眉头。

“神乐，这种问题有什么意义？我和他怎么见面根本不重要，还是你在看恋爱剧时，非要搞懂情侣之间约会和联络的方式吗？通常不是会在意两个人如何相互吸引，怎样度过在一起的时间吗？至少我是这样。”

神乐叹着气。

“我从来不看恋爱剧，但是算了，我不再追问你们是怎么见面这件事了，反正我以后也会知道。那我换一个问题，你们在一起时干什么？你和他聊什么？”

铃兰开心地眯起眼睛。

“对嘛对嘛，就是要这样问。我们在一起的时间很美好，说得具体一点儿，就是他在画画时，我在一旁看着他。对我们来说，这是最幸福的时光，不会受到任何人打扰的宝贵时间。”

“在我使用反转剂转换人格后，你们两个人每次都这样吗？”

“对啊，在他消失时，我也会离开画室，所以我一直以为不可能见到你。”说完，她抱起纤细的双臂，打量着神乐的脸，“但是太奇怪了，为什么今天是你？为什么不是他呢？”

“我还想问这个问题呢，我吸了两支反转剂，却完全没有任何变化，到底是怎么回事？”说完，他摇了摇头，“即使问你，你也不可能知道。”

“我以为可以见到他，所以才会来这里。”

“关于这件事，我也想问你。你为什么会来这里？为什么觉得会见到他？你应该不知道我使用了反转剂吧？”

铃兰为难地皱起了眉头。

“我必须要向你解释吗？”

“我很想了解。”

“说实话，其实我也不太清楚，如果硬要说的话，就是听到了呼唤。”

“呼唤？”

“他呼唤我。”铃兰说，“隆会呼唤我，呼唤我的心灵。我感应到之后，就会去他指定的地方，于是就会见到他。”

“难以相信，简直就像是心电感应。”

“不行吗？现代科学已经证明，的确有心电感应这件事，你不愿意接受吗？”她露出了意味深长的笑容，“我记得隆曾经说，神乐只相信计量机和计算机认同的东西，还说你的生活方式很不方便。”

神乐抱着双臂，注视着铃兰的脸，想要分辨她是真的在说心电感应的事，还是只是玩弄他而已。但是，她仍然保持着笑容，似乎不想被他看透心思。神乐甚至无法分辨出那是别有用心的笑，还是发自内心地乐在其中。

“所以，你是因为听到他的呼唤才来到这里吗？”

“当然啊，所以觉得他不在这里很奇怪，到底是怎么回事？”

“他怎么呼唤你？”

“我无法用语言解释，心电感应就是这么一回事。”

神乐抓着头。眼前这个女生掌握了重大的关键，他却无法问出任何有用的信息。

“隆在画画时，你也在旁边，对吗？他有没有告诉你，为什么要画画？”

“有啊，他说是在解放灵魂。”

“是噢，还真酷啊。”

“他似乎知道自己为什么会存在，关键好像就隐藏在他的画中。”

“存在？关键？他的画中隐藏了双重人格的秘密吗？”

“他说，只要神乐发现了关键，就可以解开所有的谜。但他也说，你应该不可能发现。你好像不了解他的画有什么意义。”

“哪一幅画？他不是画了很多吗？”

“他画的是看不到的东西。比方说，你不是知道他画了很多手吗？”

“手的画吗？我知道啊，而且的确不了解其中的意义。”

“那是你看到，却也看不见的东西，所以才会搞不懂其中的意义。”

神乐将右手握成拳头按着自己的太阳穴。

“简直就像是禅语问答，你说话为什么要这么拐弯抹角，不能直截了当吗？”

铃兰露出悲伤的眼神摇了摇头。

“不好意思，我无法进一步说明。关于这个问题，你只能靠自己解决，否则就无法摆脱诅咒。”

“继心电感应之后，又是诅咒吗？和你说话会头痛。”

“那就不要说了？”

“不行，我还想问关于他的事。不瞒你说，我写了封信给他，但因为反转剂无法发挥功效，所以我正感到伤脑筋，我希望你代替他告诉我。”

“好啊，只要我能回答。”

“你一定能够回答。因为你直到最后都和他在一起，请你告诉我他当时的情况。”

“情况？和平时没什么不一样啊。那天，他按照之前的约定为我作画。因为这是我第一次当绘画的模特儿，所以有点儿害羞，但还是觉得很高兴。他打量我的眼神很温柔，就让我的心也感到温暖了。”

“他在画画时说了什么？”

“说了很多啊，一些陌生国家的事。”

“陌生国家？”

“只存在于他脑海中的国家，没有歧视，也没有战争，更没有犯罪。人们对大自然充满敬意，大家携手一起生活。虽然没有文明的利器，却具备了更胜于文明利器的智慧。”

“那是绘本中的世界。”

听到神乐的感想，铃兰露出寂寞的微笑。

“他曾经说，神乐一定觉得那是天方夜谭，但对隆来说，目前的现实才不真实，也很纳闷为什么大家喜欢这种好像科幻般的世界。他说，他也不喜欢你的工作。”

“所以呢？他说想要破坏这个世界吗？”

铃兰收起了笑容，露出了严肃的眼神。

“他不会有这种激进的想法，只是感到难过而已。”

神乐把视线移开后，再度看着她。

“他一直都在画画吗？没有做其他事吗？比方说，他有没有离开房间？”

“怎么可能有这种事？他想要一直在那个房间画画，没有其他想做的事。你应该也知道这一点。”

“你什么时候离开的？你刚才说，在他的意识消失之前，你都会和他在一起，那天也一样吗？”

“是啊，看到他静静地闭上眼睛，然后陷入沉睡之后，我才离开那个房间。”

“那时候是几点？”

铃兰露出思考的样子，然后微微摊开双手，似乎表示投降。

“我不知道时间，因为我没有手表。”

“手机呢？”

“没有，因为我不想被网络束缚。”

“你竟然能够在现代社会中生存。”

“这并不是什么困难的事，大家都有问题。”

神乐看着铃兰一派轻松地说话，不由得陷入了思考。虽然不知道她有没有说谎，假设她说的是实话，也无法断言隆和命案无关。也许隆只是假装睡着，在她离开房间后又醒来，去了蓼科兄妹的房间。

“隆有没有提过蓼科兄妹的事？”神乐问铃兰。

“哪方面？”

“任何事都无妨，你刚才不是说，隆不喜欢我的工作吗？所以他是不是也不喜欢蓼科兄妹？”

铃兰把右手放在脸颊上。

“他们只是在做自己喜欢的事而已，隆对这件事应该不会感到不高兴，因为热爱数学和计算机并不是坏事，重要的是如何使用，不是吗？”

“所以，我们的使用方法错了吗？”

“不知道，”她拨起了长发，“我认为你应该自己思考这个问题。”

神乐感到心浮气躁，他站了起来，低头看着铃兰。

“你说话很自以为是啊，你到底是谁？你看起来像高中生，到底从哪里来的？你的父母是做什么的？”

神乐努力让声音充满威严，但铃兰丝毫不感到害怕。她仍然露出意味深长的微笑，一脸纳闷地抬头看着神乐。

神乐正想继续靠近她时，他的手机响了。

“有电话。”铃兰说。

“我知道。”

神乐走向计算机桌，拿起了放在桌上的手机。电话是志贺打来的。他背对着铃兰接起了电话。“喂？我是神乐。”

“我是志贺，现在方便说话吗？”

“没问题。”

“我听白鸟说了，系统好像出了状况。”

“是啊，不知道是什么原因。”

“怎么会这样？如果是初期，还情有可原，最近几乎没有发生问题啊。”

“可能是因为数据增加，对某个部分造成了负担。总之，我明天会尽全力进行调整。”

“关于这件事，你似乎也拒绝了白鸟提出的要求，她很想协助你解决问题。”

“我想靠自己查明原因。”

“不要凡事都想自己搞定，她不是客人，必须成为你的理想搭档。而且系统必须赶快恢复正常，这是很好的机会，让她协助你，这是我的命令。”

“……好吧。”

“明天的会议上，我会妥善加以说明，虽然可能会被数落几句。”

“对不起，那就麻烦你了。”

挂上电话后，神乐咬着嘴唇。白鸟里沙果然马上就向志贺报告了。

不能让她协助检查系统，一旦这么做，就会发现系统并没有任何异状。

只有查明自己的头发为什么会出现在蓼科早树的衣服上，才能打破目前的僵局，而那件事只有隆清楚。

“关于刚才的事……”神乐转过头。

铃兰不见了。神乐慌忙在室内寻找，但他住的是套房，既然在浴室和卫生间都不见她的人影，就代表她已经离开了。

神乐打开玄关的门走了出去，搭电梯来到一楼，快步穿过大厅。

但是，即使来到马路上，也不见她的身影。

# 19

浅间在半夜两点多接到木场的电话。他正在家里喝威士忌的纯酒，这几年，他不喝点儿酒就无法入睡。

木场在电话中要求他立刻赶去新世纪大学医院的警卫室。

“鉴定小组似乎有新发现，明天就要开侦查会议了，你赶快去了解详细情况。”

木场似乎不打算去。浅间意兴阑珊地回答了一句：“知道了。”就挂上了电话。他很庆幸在入睡之前接到电话，如果睡着之后接到电话，说话的声音应该会更不悦。

他搭出租车来到医院，鉴定小组的三名成员在警卫室内，其中一人是鉴定小组的负责人穗高，警卫富山也在。富山穿着便服，应该也是被临时找来的。

“我们都很命苦啊。”浅间对富山说。

“不，我无所谓……”

“因为分析耗费了一点儿时间，所以拖到这么晚。”穗高说，“明天上午不是要开会吗？浅间先生，你是侦查工作的负责人，所以我想在那之前，向你报告情况。”

穗高强调了“负责人”这几个字，似乎在暗示浅间不要为三更半夜被叫来这里抱怨。

“我认为这样的判断很恰当，你说的分析是指？”浅间问道。

“就是这个，我们发现了这个。”穗高说着拿出一个二十厘米见方的扁平金属盒，上面有好几个连着电线的接头。

“在哪里发现的？”

“在整合监视器讯号的控制板旁边。之前说过，七楼监视器的电缆被人用远距离操作的方式阻隔了，结果又发现了另一个机关。我们没有想到会有双重机关，所以没有及时发现，这是我们的疏失。”

“先别急着承担责任，是怎样的机关？”浅间催促他继续说下去。

“百闻不如一见，亲眼看一下最清楚。”

穗高把手上的盒子交给身旁的下属，下属利落地将盒子连在屏幕上。

“好了，”穗高对富山说，“请你像平时一样使用监视器的屏幕。”

富山一脸茫然地坐在监视器屏幕前，打开了操作盘的开关。所有屏幕的电源都打开了，屏幕上出现了影像。因为是深夜，所有的楼层都空无一人。

“请你们注意七楼的屏幕。”穗高说。

屏幕上是浅间也熟悉的画面。那是通往蓼科兄妹房间的入口，和平时不同的是，有什么东西放在静脉辨识的感应板上。仔细一看，是一个熊娃娃。

“那是？”浅间问。

“是我放的，好像是不久之前住院的女童遗忘的，因为留在警卫室，所以我借用了一下。”穗高回答。

“为什么要放在那里？”

“等一下就知道了。”

穗高拿出电话，单手操作着。

“准备好了吗？请仔细看着画面。”说完，他按了一个按键。

浅间凝视着屏幕，发现影像闪了一下。下一刹那，他忍不住“啊”

地惊叫了一声。

前一刻还在画面上的熊娃娃消失了。

浅间回头看着穗高，穗高笑了笑。

“请再仔细看一次。”他再度操作电话。

熊娃娃又出现了。但是，除此以外，没有任何变化。

“这是怎么回事？”浅间问。

“你目前看到的是真实的影像，是七楼目前的情况。”

“那刚才的呢？”

穗高听到浅间的问题后，操作电话。熊娃娃又消失了。

“这是假的影像。”

“假的？”

“刚才那个盒子里有记忆卡，记忆卡中的影像数据代替了监视器所拍到的画面，显示在屏幕上。应该是在其他时间拍的影像。”

“装在控制板上了吗？”

“没错。我们在调查之后发现，可以像这样用电话进行控制，也就是说，只要是了解这个机关的人，可以随时随地骗过监视器。”

“为什么要设置这种机关……”

穗高摇了摇头。

“我们也不清楚，这会导致监视器失去作用，所以显然不是医院方面设置的。”

“是凶手装的吗？”

“这样想应该比较合理。”

“既然这样，用远距离操作的方式切断监视器的电缆又是怎么回事？”

穗高皱着眉头说："八成是为了欺骗我们的幌子。当屏幕突然黑掉，查明是电缆被切断之后，通常就不会继续调查监视器，同时会判断凶手是在这段时间内行凶，有助于凶手制造不在场证明。事实上，凶手可以在任何时间行凶，因为七楼处于完全不受监视的状态。"

浅间发出低吟。

"怎么会这样！这么一来，侦查工作又回到了原点——安装这个装置大约需要多长时间？"

穗高偏着头。

"目前看来，这个装置是手工制作的，能够制作这样的东西，必定具备了相当高的技术。如果只是安装，恐怕只需要不到三十分钟，但是应该花了不少时间准备。我认为应该是熟悉内部情况的人所为，这点应该不会错。"

浅间撇着嘴。

"如果在会议上报告这件事，上面那些人恐怕会大吃一惊。"

"应该吧，或许还有其他令人惊讶的事。"

"什么意思？"

"只要使用这个装置，不光是七楼，还可以瞒过其他监视器。比方说，可以在电梯的监视器播放假的影像，凶手就可以搭电梯了。"

浅间摇了摇头，叹了一口气。

"能够马上确认这件事吗？"

"我们接下来会马上进行分析，一定会赶在明天的会议之前完成的，虽然可能需要熬夜。"

"太辛苦了，那就拜托了。"浅间发自内心地说了这句话，向穗高鞠了一躬。

听了浅间的报告后，几个上司果然都眉头深锁。

“所以说，这代表七楼的监视器影像消失的那段时间已经不重要了吗？上次的会议中认为，蓼科兄妹就是在那段时间内遭到杀害的。”那须用不悦的语气问道。

“如果监视器的影像是伪造的，当然就意味着这样的结果。”浅间回答。

那须用力咂着嘴说：“那些人是在搞什么？还算是科警研的特别鉴定小组吗？竟然没有发现这么重大的事，简直是废物。”

“恕我反驳，他们真的很出色。一般的鉴定人员，在查出屏幕黑掉的原因之后，就不会再继续查下去了，但他们继续调查，才发现了播出伪造影像的装置。”

那须听了浅间的反驳，露出不悦的表情。

“希望这个发现有助于破案。志贺，你那里的情况怎么样，不是说好今天要报告 DNA 的解析结果吗？”

志贺一脸尴尬地站了起来。

“很抱歉，因为系统出现故障，今天无法向各位报告，两三天之后，结果一定会出炉。”

“系统故障？怎么回事？”

“昨天晚上，我接到神乐的电话，他目前应该正在修复。真的很抱歉。”志贺鞠躬道歉。

难怪神乐今天没来，浅间看着志贺旁边的座位想着。志贺身旁坐了一位以前没见过的年轻女人，只知道她是从美国来这里学习 DNA 侦查系统的。

“怎么会这样？案情毫无进展，根本不需要这么一大早来开会。”

“不能说毫无进展。”浅间说，“设置的那个装置相当特殊，不是外行人能够轻易做出来的，而且，凶手对医院内部情况相当熟悉。这两条线索有助于缩小嫌犯的范围。”

那须很不甘愿地点了点头。

“看来这次只能靠这种脚踏实地的方式办案了。”

就在这时，门打开了，一个男人走了进来。是穗高，他的表情很严肃。

“怎么了？如果是监视器播放了伪造影像的事，刚才已经听浅间说了。”那须说。

“关于这件事，发现了新的线索，我可以现在报告吗？”穗高的声音有点儿紧张。

“可以啊，你说吧。”

穗高走向会议桌，打开夹在腋下的资料夹，巡视在场的所有人之后，缓缓地开了口。

“我们在详细调查了安装在监视系统控制板上的装置后，发现除了七楼楼层的监视器以外，还有其他屏幕也播放了伪造的影像。”

浅间睁大了眼睛。

“是电梯吗？”

“不，电梯的屏幕没有任何异状，是五楼的监视器播放了伪造的影像。”

“五楼？那个楼层有什么？”浅间小声嘀咕。

“那个楼层没有任何设备，”穗高回答，“只有一个人使用那个楼层，就是特解研的神乐主任解析员。在分析影像之后，发现在案发当天，连续五个小时播放了伪造的影像，目前推测命案也是在这段时间内发生的。”

## 20

昏暗的走廊一如往常，走廊上有一整排拉门。神乐走在拉门前。走廊没有尽头，拉门也不计其数。

他带着不祥的预感打开了拉门。

那个房间内有一面大镜子，镜子中出现了神乐的身影。但是，他发现那并不是自己。

“你为什么不现身？”神乐问。

“因为我不想现身。”镜子中的“他”回答，“我已经受够了，别来烦我。”

“我希望你告诉我一些事。”

“我什么都不知道。”

“怎么可能？请你老实告诉我，我想要信息。”

“信息、信息，你满脑子就只有这些事吗？你有没有听过，上了年纪，听力变差，反而会长寿吗？知道的信息越多，并不一定会越幸福。不看、不知道、不记得——有时候这样反而比较幸福。”

“那对自己所爱的人呢？通常不是会想要知道对方的一切吗？”

“正因为不了解对方的一切，所以才会受到吸引，一旦知道，爱就结束了。所谓爱，就是填补欠缺的信息。”镜子中的“他”递上一幅画，上面画着手，“你知道这是在画什么吗？”

“这是谁的手吧？”

听到神乐的回答，“他”难过地摇了摇头。

“你什么都没看到。”

“他”转过身，打开镜子中的拉门，走出了房间。

“等一下，我需要你的协助。”

“我不是说了，我已经受够了吗？”

“等一下，喂——”

神乐的头用力垂了下来，他醒了过来。他坐在出租车的后车座，出租车在新世纪大学医院前停了下来。

只有让隆现身，才能解决各种疑问。他决定去向水上求助。既然反转剂无法发挥效果，就只能靠他了。

他走下出租车时，手机响了。一看屏幕，是志贺打来的。他应该正在警察厅开侦查会议。

“我是神乐，会议结束了吗？”

“对，刚才结束，”志贺说，“你人在哪里？家里吗？”

神乐原本想回答“不是”，但立刻闭了嘴。如果说自己在医院，志贺一定会问他为什么要来医院。而且昨天晚上通电话时曾经对志贺说，今天要修复系统。

“我在路上。”神乐回答，“正要去研究所。”

“是吗？辛苦了，我这里结束之后，也会马上回去。”

“我知道了。”

神乐挂上电话后，咬着嘴唇。志贺只要一看系统，就知道神乐动了手脚。

必须赶快向隆问清楚——他这么想着走向医院大门时，手机又响了。这次是白鸟里沙打来的。

神乐不想理会这通电话。因为他觉得白鸟会要求和他一起修复系统，但最后他还是接起了电话。她一定和志贺在一起，如果不接电话，反而容易引人怀疑。

“我是神乐。”

“我是白鸟，你现在人在哪里？”白鸟里沙问道，她似乎压低了声音。

“志贺先生没有告诉你吗？”

“我没有和志贺所长在一起，请你告诉我现在在哪里。”虽然她说话很客气，但语气似乎很紧张。

“我正要去特解研，我不是说了吗？系统需要紧急修复。”

她停顿了一下之后问：“系统真的出了状况吗？”

神乐大吃一惊，握着电话的手渗着汗。

“什么意思？”

“如果系统真的发生了状况，你打算去修复，现在去研究所或许没问题，但如果不是这样——是你基于某种理由刻意让系统故障，现在去研究所很危险。因为你很可能会遭到拘捕，志贺所长和浅间副警部已经一起去研究所了。”

神乐浑身发热，心跳也加速起来。

“为什么会这样？”他努力假装平静。

“你完全不知道吗？”

神乐无言以对，但这种态度等于已经回答了问题。

“你果然心里有鬼。”

“等一下，我完全不知道你在说什么。”

“我认为你不需要对我掩饰，也没有意义。如果我希望你被警方逮捕，就不会打这通电话通知你了。”

她说得对。神乐把手机放在耳边，叹了一口气。

“要用什么罪名逮捕我？”

“当然是杀人啊，你涉嫌杀害蓼科兄妹。”

神乐换了一只手拿手机，空着的手握着拳头。

“有什么证据吗？”

“你并没有感到惊讶。通常听到自己涉嫌杀人，都会惊慌失措。你之所以没有惊慌，代表之前就预料到这种情况了。”

“即使预料到，也未必就是凶手。”

“你说得没错，但为什么会预料到呢？是不是做了什么会让人怀疑的事？”

神乐陷入了沉默，白鸟里沙继续追问：“这件事似乎和系统出状况有关。”

神乐咬紧牙关后开了口：“你说得对，是我故意让系统故障的。”

“果然是这样，你昨晚的态度明显很奇怪。”

“是因为我破坏了系统，所以才怀疑我吗？”

“不是，目前还没有确认系统是否因为人为因素导致故障，所以志贺所长和其他人才会去研究所。”

“既然这样，为什么怀疑我？”

“我只能告诉你，又发现了新的证据，但光是这样，应该不至于逮捕你。所以，如果系统是真的出了状况，你打算去修复的话，即使现在去研究所也没有问题。但是，如果系统修复之后，会发现对你不利的数据，情况就不一样了。”

神乐舔着干涩的嘴唇。

“也许你无法相信，但我真的不知道。”

“我刚才也说了，如果我怀疑你，就不会这么做了。请你相信我说的话，不要去研究所。”

“别担心，我说去研究所是骗你的，我目前在医院门口，我已经来到新世纪大学医院了。”

电话中传来白鸟里沙用力吸了一口气的声音。

“那里也有危险。因为考虑到你可能不会去研究所，所以警方已经派人去了你可能会前往的地方。你赶快离开那里。”

“如果你说的话是事实，的确应该离开这里。”神乐一边讲电话，一边缓缓离开了医院。他向周围张望，并没有看到警察。

“我有必要说谎吗？而且是这么大费周章的谎言。”

“正因为我不这么认为，所以才决定听从你的指示。但是，我有一个疑问，你的目的是什么？虽然我很感谢你救了我，但我想先了解这件事。”

“我当然有目的，只是现在不方便告诉你。你指定一个熟悉的地方，我们约在那里见面。最好是能够混入人群，监视器比较少的地方。”

现在，闹市区几乎到处都是监视器，神乐想了一下之后，指定了在郊区的一家大型书店。虽然那里也有监视器，但监看监视器的人，只有发现有人偷书时，才会瞪大眼睛。

“没问题，我三十分钟后应该可以到。你等一会儿把手机关机，因为一旦开机，警方的追踪系统就会追踪到你。”

“我当然知道，可别忘了我是科警研的人。”

“对噢，如果发生什么意外，导致你无法前往约定的地区，去找一台电脑发电子邮件给我。你知道我的邮箱吧？”

“我知道。”

“那就一会儿见。”白鸟里沙说完，挂上了电话。

神乐关机后，快步离开了医院。刚好有一辆空车经过，他举手拦了下来，但在跳表之前，他就下了车，拦了另一辆出租车。因为他想起医院大门前装了监视器。

## 21

这是浅间第二次造访这栋建筑物。写着“警察厅东京仓库”的广告牌仍然又小又难找。这当然是故意的。

“没想到研究最先进科学办案的机构竟然在这种鸟不生蛋的地方。”户仓看着铁门说道。

“就是啊！我第一次来的时候也吓到了，但当时我连这里是什么地方都不知道。”浅间回答说。

刚才和警卫说话的志贺回到他们身边。

“神乐好像还没到。听警卫说，他昨天深夜离开，之后就没有来过这里。昨晚是和白鸟一起离开的。”

浅间看着手表。

“自从你打电话给神乐后已经超过三十分钟了，如果从他家来这里，应该早就到了。”

“是啊。”志贺一脸愁容地点着头。

浅间向户仓使了一个眼色，户仓从内侧口袋拿出手机，按了按键后放在耳边，但立刻摇了摇头：“还是打不通。”

浅间皱着眉头点了点头。神乐很可能已经关机了。

“志贺先生，你应该没有说什么不必要的话吧？”

“不必要的话？”

“会让神乐起疑心的话，他在接到你的电话之后就关机，也未免太奇怪了。”

志贺噘起了嘴。

“他说他在来研究所的路上，我只是对他说，我也马上回研究所。你不是在旁边听到了吗？”

“之后有没有又打电话给他？”

志贺露出不悦的眼神，把手机递到浅间面前。

“你可以查通话记录，也可以去电话公司调查。”

浅间苦笑着把手机推了回去：“我只是确认一下。”

志贺收起手机，用力叹了一口气。

“昨天晚上和他通电话时，他说要全力修复系统。”

“事到如今，不得不认为系统出现故障这件事也很可疑，很可能是神乐动了手脚，以防自己的行为败露。”

“你似乎认定神乐是凶手。”

“没这回事，我只是在谈论可能性的问题。”

“他不可能杀害蓼科兄妹，一定是搞错了。”

“我也希望如此，但在现阶段，他的确是重要关系人。”

志贺无言以对，板着脸，什么话都没说，走进了研究所。浅间和户仓也跟在他身后。

经过有各种安保系统的通道，终于来到特殊解析研究室前。志贺通过静脉辨识系统后，门打开了。

一走进室内，户仓立刻发出惊呼声。放在中央的巨大装置完全符合浅间的记忆。

“简直就像是科幻世界。”户仓抬头看着装置，小声嘀咕道。

“我第一次看到时，也说看起来像是可以去太空的装置，结果被取笑了。”

这时，户仓的手机响了。他简短地说了两三句之后，转头看着浅间说：“B 小组已经到了新世纪大学医院，神乐今天没有去过那里。”

“好，让他们继续在那里待命。”

浅间拿出自己的手机，联络前往神乐家中的侦查员。为了方便起见，称那个小组为 A 小组。

“公寓的监视器拍到神乐今天一大早出门的样子，之后就没有回来过。”A 小组的成员接起电话后说道。

“有没有去他家里检查？”

“还没有，也没有搜查证……”

“那倒是，你们先留在那里，等待进一步指示。”

浅间挂上电话后，走向志贺。志贺正在计算机屏幕前快速敲击着键盘，他的表情很严肃。

“有没有发现什么？”浅间问。

志贺低吟了一声后开了口：“这不是系统出状况，而是人为地让系统读取错误的数据，伪装成系统故障。”

“可以修复吗？”

“很简单，因为实际上并没有发生故障。”

“是神乐干的吗？”

“只有这个可能，但是，他为什么要这么做……”

“如果系统正常，可能会出现不利于他的结果。”

“但是，他负责解析蓼科兄妹命案的 DNA……”

“解析蓼科早树衣服上的毛发吗？”

“对。”

“结果出炉了吗？”

“罪犯侧写已经完成了，昨晚和白鸟一起吃饭时，他就向我报告了结果，只剩下和已登记的 DNA 数据比对的检索结果。据白鸟说，神乐告诉她，系统在那时候发生了故障。”

“搞不好检索结果已经出炉了。”

“这……也许吧。”

“无法确认吗？”

“很遗憾，无法确认，因为记录已经删除了。”

“那要不要重新比对？应该可以吧？”

“可以是可以，只是无法马上知道结果。”

“你的意思是？”

“因为需要下载了 DNA 信息的 D 卡，但现在 D 卡不见了，被抽走了。”

“神乐带走了。”

“有这个可能。”志贺的语气不太自在。

“有办法重新制作 D 卡吗？”

“可以，只是需要半天的时间。”

“那就赶快去安排，用最快的速度完成。”

志贺很不情愿地拿起电话，不知道打去哪里，似乎是制作 D 卡的部门。

“傍晚之前可以完成。”志贺挂上电话后说。

“很好，只要放进检索系统，就可以知道神乐想要隐瞒什么了。”

“浅间先生，如果神乐与本案有关，他的行动不是很奇怪吗？”户仓说，“他应该可以预料到，只要进行 DNA 解析，就会出现不利于自己的结果。他却是在结果出炉之后，才开始慌了手脚。”

“可能他原本打算巧妙掩饰，只是失算了，所以才慌忙销毁数据，假装系统发生了故障。这样解释不是就很合理了吗？”

“不，神乐按照正常的步骤进行解析，”志贺说，“即使真的出现了不利于他的结果，我认为他也事先完全不知情，所以才会慌了手脚。”

浅间耸了耸肩。

“为什么会慌张？如果没有做亏心事，无论出现怎样的结果，他都可以坦荡荡。”

“神乐本身并没有做亏心事，但并不是完全没有头绪——他有复杂的隐情。”

“什么复杂的隐情？”

志贺想要回答，但又闭了嘴，然后再度开口说：“在回答这个问题之前，我想先确认一件事。”

“确认什么？”

“罪犯侧写的结果数据可能还留着，我确认一下，马上就好。”

浅间想了一下，点了点头。

“没问题，你似乎有什么想法，那就交给你了。”

当志贺再度操作计算机时，浅间的手机响了，是B小组的成员打来的。

“医院的监视器拍到了神乐，是设置在大门的监视器。”

浅间用力握住了手机：“今天上午吗？”

“对，显示的时间是上午十点十七分。”

“十点十七分？不就是刚才吗？”

“就在我们抵达前不久，根据监视的影像，神乐原本打算进去医院，但后来拦了出租车离开了。”

“找到那辆出租车了吗？”

“已经查到出租车行了。”

“好。”浅间嘀咕着，他的双眼盯着志贺面对的计算机屏幕。计算机正根据罪犯侧写逐渐合成照片。

在合成照完成的同时，志贺转头看着他，双眼布满了血丝。

合成照酷似神乐龙平。

“无论如何，都要找到那辆出租车。”浅间对着手机命令道。

## 22

神乐走进自动门，巡视着店内。这家大型书店除了书籍以外，还有丰富的影音产品，每个区域都有客人，也许是因为附近有好几所学校的关系，所以大部分是看起来像学生的年轻人。

白鸟里沙在一楼和二楼之间的楼层，她把手肘架在栏杆上看着一楼。两个人立刻四目相接。

神乐走上楼梯，走到她身旁。

“你可能需要稍微变装一下。”白鸟里沙打量着他的全身后说道，“因为公寓的监视器应该已经拍到你这身衣服了。”

神乐拉了拉自己的衬衫，微微点头。

“离开这里之后，我马上去买。”

“你身上有现金吗？”

“有一些，也有提款卡。”

白鸟里沙皱着眉头，摇了摇头。

“绝对不要使用提款卡，”白鸟里沙说，“一旦你想领钱，警方就会采取行动。同样地，也绝对不要使用其他任何 IC 卡，也不能用电话。你必须认为，这个世界上所有的网络都会用来追捕你。”

神乐摇了摇头。

“我完全搞不清楚状况，为什么警方开始怀疑我。听你刚才所说，我在系统上动手脚的事并没有曝光。”

“很简单，在新世纪大学医院的脑神经科病房大楼，发现了欺骗监视器的装置，警方认为该装置很可能用来制造不在场证明。”

白鸟里沙告诉神乐，新世纪大学医院脑神经科病房大楼的七楼和五楼的监视器，被人安装了随时可以播放假影像的装置。在命案发生的那段时间内，五楼的监视器播放了假影像。

“我根本不知道那个东西。”神乐摇了摇头。

白鸟里沙偏着头，露出审视的眼神看着神乐。

“姑且不论你有没有说谎，但我认为发生了出乎你意料的事，你才会在系统上动手脚，是吗？”

神乐确认周围没有人在偷听他们说话后，皱着眉头，点了点头。

“你说对了，在分析蓼科早树衣服上沾到的那根头发后，计算机显示出荒谬的结果，没想到竟然是我的头发。”

白鸟里沙瞪大了原本就很大的眼睛。

“真是太刺激了。”

“我搞不清楚是什么状况，完全不知道是怎么一回事。”

她露出满脸疑问的表情。

“真的是这样吗？既然这样，你为什么不实话实说，却选择在系统上动手脚？”

神乐无法回答她的问题。白鸟里沙看到他无言以对,嘴角露出了笑容。

“看来你并不是完全没有头绪，相反，你很清楚。虽然你完全不知情，但自己很可能是凶手。”

神乐看着她问：“你知道我的症状？”

“志贺所长曾经告诉我关于那位叫隆的画家的事。”白鸟里沙很干脆地回答。

## 23

浅间曾经看过画架上的画布。他第一次来研究所时，就看过这双好像捧着什么东西的手。

“那个神乐……是双重人格？”浅间抱着手臂，看着画布上的画。

三个人在研究室深处的房间。那是神乐的办公室，中央放了一张会议桌，还有书架和柜子，和浅间上次来的时候几乎没有任何不同。

“因为靠药物控制了人格的转换，所以并不会对日常生活造成影响，我也几乎不曾和自称是隆的另一个人格接触过。你第一次来这里的时候，我打开这个房间门时，里面不是有人大声吼叫吗？那就是隆。”

浅间点了点头，他清楚地记得当时的事。

“之后进来这个房间时，只有神乐在，但他说，画画的并不是他，那个人已经离开了。因为这里并没有其他出口，当时我就觉得很奇怪。”

“因为很难向你说明，而且也不认为有这个必要。”

“我能理解你的解释，但目前的情况不一样了。”浅间指着放在会议桌上的照片，那是打印出来的计算机合成照。无论怎么看，都像是神乐龙平。

志贺露出痛苦的表情。

“正如户仓先生说的，如果神乐知道自己和杀害蓼科兄妹有关，就不会认真解析 DNA，在此之前，就会动手脚。我相信看到这样的结果，他比任何人更惊讶。”

“也就是说，神乐的另一个人格——隆是凶手的可能性很高。”

“虽然我不愿意相信，但似乎只能这么认为。”

浅间抬头看着站在一旁的户仓。

“你通知 A 小组，去调查神乐的房间，没有搜查证也无所谓，出问题的话，我来负责。”

浅间看到户仓开始打电话，将视线移回志贺身上。

“请你告诉我神乐可能会去的地方，和所有跟他有关的朋友、熟人和亲戚。”

“要逮捕他吗？我相信他本身并不知情。”

“这也是无可奈何的事，”浅间点了点头说，“不管是哪一个人格的意志，都是他的身体采取了行动。”

## 24

“反转剂没效？也就是说，你无法把他——把隆叫出来吗？”白鸟里沙皱着眉头。

他们来到书店内的咖啡厅。神乐喝着黑咖啡，白鸟里沙喝奶茶。

“我也不知道为什么会这样，所以我打算去大学医院向水上教授请教。”

“目前这种状况，只要你靠近新世纪大学，马上会遭到逮捕。”

神乐喝着咖啡，咂着嘴。

“即使遭到逮捕，刑警审讯我，目前的我也完全答不上来。无论如何，都要把隆叫出来。”

“水上教授或许有办法把他叫出来吗？”

“我也不知道，但除此以外，我想不出其他方法。”

白鸟里沙露出思考的表情后点了点头，似乎下定了决心。

“好吧，这件事，我会想办法。”

“想什么办法？”

“我去问教授为什么反转剂无效。别担心，我不会让警方和教授发现我曾经和你接触。”

神乐再度打量白鸟里沙的脸。

“我忘了问最重要的事，你为什么要帮我？你有什么目的？”

白鸟里沙坐直了身体，把杯子缓缓举到嘴边，喝了一口奶茶后，把茶杯放回了茶托。

“终于进入了正题。我之所以帮你，是因为如果你被警方逮捕就伤脑筋了。我有事要问你，或者是隆。”

“什么事？”

“关于蓼科早树最后设计的程序——‘猫跳’。”

“啊……”

神乐的确听过这个名称。在侦查过程中，鉴定小组在蓼科早树的计算机中发现了这个程序，只是神乐并不知道那是什么。

神乐如实告诉了白鸟里沙，她缓缓收起了下巴。

“是吗？志贺所长也不知道，蓼科兄妹可能没有把这个程序的事告诉任何人。”

“你知道‘猫跳’的内容吗？”

听到神乐的问话，她微微偏着头。

“不能说我知道，只能说，我推测出一些事。”

“没关系，希望你告诉我你推测出什么事。”

她露出意味深长的微笑。

“现阶段还无法告诉你，在找到‘猫跳’，同时确认内容后，你自然就知道了。”

神乐看着白鸟里沙端正的脸，把咖啡杯举到嘴边。她的脸上仍然保持着微笑。

“真奇怪，”神乐说，“美国派你来学习我们的侦查系统，但听你的口气，好像比我们更了解蓼科早树最后设计的程序。这到底是怎么回事？”

“你的疑问很合理，但很遗憾，目前无法告诉你答案。只是希望你了解，我并没有说谎，我的确是美方派来学习你们系统的，只不过我还有另一个任务。简单地说，就是要看到 DNA 侦查系统完成。”

神乐皱起了眉头。

“这是什么意思？”

“就是字面上的意思。严格来说，你们目前使用的系统尚未完成，还需要最后一个零件才能完成，也可以说是程序。”

“就是‘猫跳’吗？”

“我认为很有可能。”

神乐抓着头。

“我搞不懂，我从来没有听说系统尚未完成这件事，为什么美方知道？”

白鸟里沙终于收起了脸上的笑容，她犹豫了一下，最后还是开了口。

“这是某位数学家提供的消息，他和蓼科兄妹定期用电子邮件联络。根据他们往来的电子邮件，发现系统尚未完成。”

“那位数学家叫什么名字？”

“恕我无可奉告。”

神乐吐了一口气。

“重点却隐而不说吗？算了，没关系，我刚才也说了，我对‘猫跳’一无所知。蓼科兄妹并没有告诉我他们做了那种东西，所以，我也无法向你提供任何线索。你是因为想要了解关于‘猫跳’的线索才会帮助我，显然让你失望了，但你现在要怎么处理我？把我交给警察吗？”

白鸟里沙悠闲地喝着奶茶，但好像并不是在思考该怎么办，而是在故弄玄虚。

“我原本就猜想你可能不知道‘猫跳’，这件事本身并不值得惊讶。目前的问题是，‘猫跳’下落不明，鉴定小组只发现蓼科早树曾经写了‘猫跳’这个程序的痕迹。”

“我们也这么听说。”

“‘猫跳’到底去了哪里？我希望你能够推理一下，推理之后，把‘猫跳’找出来。因为我认为你和蓼科兄妹的接触最密切，所以只有你才能完成这件事。”

神乐把咖啡杯放回桌上，凝视着白鸟里沙。

“所以你才帮助我吗？”

“你能接受吗？”

“只是关于这一点而已，但无法接受所有的事。更何况我根本就没听说系统尚未完成这件事，系统很顺利地发挥功能，到底哪里有问题？罪犯侧写完美无缺，检索系统无法比对出的案例也大幅减少了……”神乐说到这里住了嘴。因为他发现自己刚才说的这番话中，就暗示了系统还有不够成熟的部分。

白鸟里沙再度露出笑容，似乎看穿了他的内心。

“你似乎想到了什么。”

“NF13……该不会是指那个案例？”

“连续强暴杀人事件——不是还没有解决吗？我听说在现场发现了凶手留下的诸多痕迹，但你们连凶手的尾巴都没有抓住。我无论如何都不认为这单纯是数据不足的结果。”

“是因为程序有缺陷，所以才会比对不出来吗……”

“你难道不认为这么想比较合理吗？”

“如果有这样的缺陷，除了 NF13 以外，应该会有更多无法比对出来的案例，但是目前为止，并没有出现这样的情况。”

“只是目前的状况而已，不是吗？无法预料今后的情况。”

神乐抓着头，然后停下手，注视着白鸟里沙。

“凶手杀害蓼科兄妹，会不会就是为了‘猫跳’？”

白鸟里沙瞪大了眼睛。

“当然有这种可能。”

“既然这样，不是该认为凶手已经把‘猫跳’带走了吗？”

“这种可能性相当低。”

“为什么？”

“蓼科耕作告诉我刚才提到的数学家，他们已经完成了‘猫跳’，并且保管在安全的地方。凶手在杀害他们兄妹后，并没有在室内翻箱倒柜，更何况根本没有充足的时间。无论是谁杀了他们兄妹，‘猫跳’

应该仍然藏在某个地方。”

神乐一口喝完已经变凉的咖啡。

“既然你已经掌握了那么多线索，为什么不找志贺所长商量？只要交给警察厅，也许能够很快就找到‘猫跳’。”

“正因为无法这么做，所以才会需要你协助。我们希望你能够找到‘猫跳’。”白鸟里沙说话虽然很小声，但语气很坚定，可以感受到她的焦急和烦躁。

神乐注视着白鸟里沙。

“所以，虽然表面上说，日美双方共同建构这个系统，要建立双方共享的数据库，但美国还是想要抢先一步。”

“这个方针并没有改变，只是对于改善问题的态度，美国和日本并不一定是相同的步调。”

“话当然是这么说啦。”

“‘猫跳’就是这么微妙的东西。”白鸟里沙说完，看了一眼手表说，“时间不多了，请你马上回答我，如果你愿意协助我们，我们也会向你提供援助。你的决定如何？”

神乐叹了一口气，摇了摇头。

“我根本没有选择的余地，一旦拒绝，就会遭到警方的逮捕。”

“我们不会报警，但你很难继续逃下去。所以说，你答应了？”

“但是，我真的毫无头绪，也是刚才第一次听说‘猫跳’。”

“你要思考，蓼科兄妹会把‘猫跳’藏在哪里。我说了很多次，只有你才能做到。”

神乐用指尖按着双眼。

“我开始头痛了。”

“这个给你。”

听到白鸟里沙的说话声，神乐抬起了头。她的手上拿着电话。

“这是和我联络用的电话,尽可能不要打其他电话。非使用不可时，不要提自己的真名。”

“我知道了。”

她从皮包里拿出一个信封。

“手机里已经有电子货币，但有时候也会需要用现金。”

神乐接过信封一看，里面装了一沓纸钞，应该超过一百万日元。如果不是目前这种状况，他恐怕会吹口哨。

“这个也给你。”她递上一把钥匙和一张纸。纸上画了地图，“这是公寓的钥匙，房间号码是一二〇八，在十二楼。这是给你暂时躲藏的地方，但小心不要被监视器拍到脸。”

“准备得真周到啊，简直像是事先就知道我会被警察追捕一样。”

“你想太多了，这个年头要紧急准备一个躲藏的地方太简单了。”

“万一你协助我的事被警察厅发现怎么办？”

“这种事，不需要我这种小喽啰担心。”

“你的意思是，政府高层已经谈妥了吗？”

白鸟里沙没有回答这个问题，再度看了一眼手表。

“那就祝你好运，我会定期联络你，所以尽可能不要关机。”

“等一下，我还有一件事想问你。你认为我是杀害蓼科兄妹的凶手吗？还是认为我不是凶手？”

白鸟里沙露出意外的表情看着神乐。

“你应该没有杀他们兄妹。至于隆，就不清楚了。”

“如果隆是凶手的话怎么办？”

她耸了耸肩。

“我对谁是凶手没有兴趣，我只想知道‘猫跳’在哪里。如果隆知道答案，无论如何我都想要问清楚，只是目前无法做到。”

“我认为隆并不知道‘猫跳’的事。”

“果真如此的话，他是不是凶手就更不重要了。走吧。”

她站了起来。

神乐和白鸟里沙在店内道别后，走出了书店。他想起附近有一家大型购物中心，没有搭出租车，直接走了过去。

他在购物中心买了衣服、鞋子和墨镜，去厕所变了装，把身上原本的衣服装进纸袋，离开购物中心后，丢到了附近公寓的垃圾场。

他拿出白鸟里沙给他的地图，躲藏的公寓在江东区。

## 25

浅间来到神乐龙平的公寓大厦，侦查员已经完成了室内的搜索，但没有找到任何有助于了解神乐去向的东西，也没有发现任何证明他杀害蓼科兄妹，或是能了解杀人动机的东西。

唯一的收获，就是发现了看起来像是神乐写的信，内容如下：

致自称为隆的人。

客套话就省略不说了，应该也不需要说明我为什么要写这封信，有一件事，无论如何都要问你，当然是关于蓼科早树的事。

我相信你应该也知道了，蓼科早树的衣服上有我的头发。因为我完全不知道是怎么一回事，所以原因应该在你身上。希望你马上向我说明，到底是怎么一回事。我先声明，这里没有绘画的工具，你可能会觉得无聊，但只能请你忍耐了。我等你的回答。

浅间已经知道，隆是神乐的另一个人格。也就是说，这封信是神乐写给另一个自己的信。从信的内容来看，神乐本身对杀害蓼科兄妹一事毫不知情，浅间认为这件事或许不需要怀疑。正因为神乐认为自己和命案无关，所以才会按照正常的步骤解析 DNA，没想到计算机显示的结果竟然是他自己，他才会慌了手脚，谎称系统发生了故障。

问题是，神乐接下来会如何行动——

浅间从窗户往下看，户仓走了过来。

“根据监视器的影像，神乐并没有带行李出门，护照也在抽屉里，他出门时，应该还不打算逃跑。”

“那他去了哪里？从新世纪大学的入口附近离开后，没有去特解研，而且是无故旷职，也没有回家，更没有和志贺他们联络。”

“会不会出门之后，想到自己可能会遭到逮捕，决定躲起来。”

“即使是这样，那家伙目前在干什么？只是躲起来而已吗？他也是警察厅的人，知道这样不可能逃太久。”

“但是，他应该不会贸然采取行动吧？”

“是吗？我倒认为他会有所行动。他并不是单纯的杀人事件嫌犯，除了是嫌犯，也同时是侦探，是追捕躲藏在自己身体内凶手的侦探。”

浅间在一旁的沙发上坐了下来，茶几上放着烟灰缸。他注视着烟灰缸，“烟灰缸里有两根烟蒂。”

“是啊。”

“根据调查，这不是普通的香烟，应该就是所谓的反转剂。神乐写信给隆，为了让隆看这封信，所以吸了反转剂，这样的推论很合理吧？”

“我也有同感。”

“你认为神乐从隆的口中问到了答案吗？”

“不清楚。”户仓偏着头。

“我们去新世纪大学一趟吧，只能去向最了解隆的人打听了。”浅间从沙发上站了起来。

浅间和其他人来到新世纪大学的精神分析研究室，在走廊上发现有人比他们抢先一步。是白鸟里沙。

“你是浅间副警部吧？今天上午见过。”她站了起来，微微欠身打招呼。今天上午在警察厅的会议室内见过面。

“你为什么会在这里？”浅间问。

她露出了微笑。

“我来向水上教授请教神乐先生和隆的事，你们的目的应该也一样吧？”

浅间和户仓互看了一眼时，门打开了，水上探出了头。

“你们都在啊，那刚好，就一起进来吧。”

浅间他们跟着白鸟里沙走进了研究室，里面有一张小桌子，两侧各有一张椅子，并没有其他椅子。浅间和户仓只好站在旁边。

“由谁先问？”水上轮流看着白鸟里沙和浅间他们。

“副警部先请吧，”白鸟里沙礼让道，“因为他是侦办本案的实质负责人。”

“那我就不客气了。”浅间站在那里，双手放在桌上，“请问你知道神乐龙平涉嫌杀害蓼科兄妹这件事吗？”

“我听志贺所长说了，准确地说，并不是怀疑神乐，而是怀疑隆。”

“没错，目前已经有好几项间接证据和物证，所以我想请教一下。如果隆是凶手，你认为他的动机是什么？”

水上坐直了身体，露出严肃的眼神看着浅间。

“我完全不了解。不，我根本不认为隆会杀人。”

“凶手的家人通常都这么说。”

水上摇了摇头。

“我的意思并不是说，他不是那种会杀人的坏人，而是在讨论这个问题之前，你们必须知道，他是尽可能避免和他人接触的。即使对我，他也不轻易打开心房。你能了解吗？不愿意接近人群的人，根本不可能产生杀人的动机。”

“但是，正如我刚才所说的，目前已经有几项证据显示他有嫌疑。”

“不可能，我可以断言，一定搞错了。”虽然水上的语气很平静，但可以感受到他强烈的意志。

浅间舔了舔嘴唇，向前探出身体。

“我们去了神乐家里，发现了一封信。”

“信？”水上皱起了眉头。

“神乐写给隆的信。”

浅间从上衣口袋里拿出一张纸，是那封信的复印件。浅间把复印件递到水上面前。

“请问你有什么看法？神乐自己也怀疑隆。”

“考虑到神乐的心情，这也在情理之中。”

“什么意思？”

“在这个世界上，你最相信谁？”

“我吗？我……这个嘛。”浅间忍不住露出苦笑。因为他觉得自己不相信任何人。

水上点了点头，似乎洞悉了他的内心。

“你似乎不太相信别人。”

“我的工作就是怀疑别人。”

“也就是说，你只相信自己，是不是这样？”

“可以这么说吧。”

“神乐连自己都无法相信。”水上说，“对神乐来说，他永远不会见到隆，根本无法直接了解隆是怎样的人。他完全无法预料隆的想法，也不知道隆会采取什么行动。对于隆已经做过的事，如果没有人告诉他，他也不可能知道。所以，他当然无法控制隆的行动，即使听到隆杀了人，他也无法否认。多重人格的人有着你我难以理解的痛苦。”

浅间皱着眉头。水上的这些话的确让人难以理解，但是，他认为没必要理解这些事。

“可不可以请教你反转剂的问题？”浅间说，“使用反转剂之后，可以维持隆的人格多长时间？”

“因人而异，隆的话大约五个小时。”

“一支可以维持五个小时吗？”

“没错。”

“所以两支就是十个小时。”

“两支是什么意思？”水上问。

“目前神乐失踪，我们推测也许是出于隆的意志，现场留下了两支反转剂。”

水上讶异地看着他。

“真的是反转剂吗？”

“没错，这里有照片。”

浅间拿出手机，让水上看了看液晶屏幕，画面上有一个丢了两根烟蒂的烟灰缸。

水上露出凝重的表情。

“这……太奇怪了。”

“哪里奇怪？”

“因为每周只能使用一支反转剂，连续反转人格，有可能引起精神错乱。但是，从照片来看，他的确连续使用了两支反转剂，以前从来没有发生过这种情况。为什么会这样……”水上偏着头，盯着手机屏幕。

这时，在一旁听他们谈话的白鸟里沙插了嘴。

“会不会是使用第一支时没见效？”

浅间看着她端正的脸。

“对不起，我突然插嘴。”她用手捂住了嘴。

“有这种可能。”水上说，“你说得对，很可能第一支没有发生反转。神乐很清楚连续使用反转剂的危险性，除非有重大的情况，否则他不可能使用第二支。”

“反转剂会无效吗？”浅间问。

“偶尔会发生。”

“是什么原因？”

“有两个可能的原因。”水上竖起两根手指，“第一种可能，是多重人格的症状好转的时候，也就是另一个人格消失，所以无法进行人格反转，这是好现象。另一种可能，就是另一个人格基于某种原因拒绝现身的情况，这种情况就无法称为好现象。很遗憾，神乐目前应该属于这种情况。”

“你的意思是，隆拒绝现身吗？”

“这种可能性很高。”

“即使使用了反转剂，隆的人格是否出现，也完全取决于隆本身的意志吗？”

“并不是这样，最重要的是潜意识。或许大家会认为隆这个人借用了神乐的身体，但其实并不是这样，是神乐的大脑创造了隆，这是无可争辩的事实。当神乐的潜意识不希望隆醒来时，反转剂也许就无法发挥效果。”

浅间撇着嘴角，用力咂着嘴说：“真麻烦啊。”

“我能够理解你搞不太清楚，但这绝对不是神乐的错，是各种心理上的因素导致了这种复杂的情况，请你理解这一点。”

浅间叹了一口气，他很想回答，如果理解能够破案，自己会尽全力理解。

“如果反转剂无效，就无法叫隆出来了吗？”白鸟里沙问。

“使用催眠疗法，或许可以叫他出来。但无论如何，必须把神乐带来这里才行。”

“你知道神乐可能会去哪里吗？”浅间问水上。

“不知道，他最近几乎都是在研究所和家之间往返。如果要去其他地方，就是来这家医院。”

“他今天上午的确来过这家医院门口，但不知道为什么，没有走进医院，去了其他地方。你认为是怎么回事？”

水上露出为难的表情偏着头。

“他来这里，也许是想问我反转剂为什么没有发挥效果，但我猜不透为什么中途又离开了。”

浅间咬着嘴唇。这时，水上拿在手上的手机响了。

“不好意思。”浅间打了声招呼，把手机拿了回来。他打开门，来到走廊上时接起了电话。手机屏幕上显示是木场打来的。

“我是浅间。”

“是我。”木场说，“之后有没有发现什么状况？”

“逃走的不是隆，而是神乐。”

“什么？什么意思？”

浅间把水上刚才说的内容告诉了木场，不知道木场有没有听懂，他只是“哦”了一声。

“目前正在寻找神乐的下落，但并没有任何线索，也许只能去饭店和旅馆调查看看。”

“好，那就请求其他府县的警察协助。”

“拜托了。你就是为了这件事找我吗？”

“不，还有更重要的事，你那里结束之后，回来找我。”

“有什么事吗？”

“你来了再说，尽可能快一点儿回来。”木场说完就直接挂上了电话。

## 26

公寓在河边，打开窗户，就可以看到旁边亮起路灯的桥。约十平方米的套房内只有两条毛毯和一张小桌子，还有一台笔记本电脑。

神乐吃完了便利商店买的晚餐，用笔记本电脑查了有关自己的消息，但完全没有任何有关蓼科兄妹命案的报道。他黑入了警察厅的系统，结果也一样。

神乐躺在地板上，仰望着天花板，回想着和白鸟里沙的对话。

“猫跳”到底是什么？

有好几个匪夷所思的问题。首先，为什么蓼科兄妹向神乐他们隐瞒了DNA侦查系统尚未完成这件事。整个系统在一年多前就已经完成到目前的状态，之后，蓼科耕作好几次断言“系统很完美，没有任何需要修改的地方”，难道系统有他们也没有发现的缺失吗？既然这样，在他们发现时，为什么没有告诉神乐他们？

假设“猫跳”是为了改善系统的缺失而开发的程序，为什么没有交给神乐？有必要“保管在安全的地方”吗？

想到这里，神乐的脑海中闪过一件事。他坐了起来。

他想起了案发之前和蓼科耕作的对话。蓼科耕作问他，系统的情况怎么样。神乐回答说很顺畅时，蓼科耕作再度确认，真的很顺畅吗，而且还聊到了NF13。

没错。蓼科耕作当时想要告诉神乐系统的缺失和“猫跳”的事。

果真如此的话，蓼科耕作应该已经做好让神乐看“猫跳”的准备，所以应该就放在身边。既然这样，为什么警方没有发现？果然被杀害他们兄妹的凶手拿走了吗？

想到这里时，对讲机的门铃响了。

神乐吓了一跳，注视着玄关的门。这时，门铃再度响起。

他蹑手蹑脚地慢慢走到门口，小心翼翼地从猫眼向外窥视，避免发出任何声音。下一刻，他怀疑自己看错了。

因为他看到铃兰面带笑容地站在门外。

他目瞪口呆地打开门锁，把门打开。

铃兰笑着微微偏着头说：“你好。”

“你怎么……”

“什么？”她一边问，一边走过神乐的身旁，走进了房间。

“这次住在这样的房间啊。虽然有点儿小，但如果只是简单过日子，这种环境反而比较好。”她站在窗边，低头看着窗外，“哇，可以看到河流，那座桥好漂亮。”

神乐瞪着她的背影。

“这是怎么一回事？”

“什么怎么一回事？”铃兰继续看着窗外。

“你怎么会知道我在这里？”

“又要问这个？上次不是已经说过了吗？”

神乐走向她，抓住她的肩膀，硬是让她转过身。

“你说是心电感应？难道你以为我会相信这种话？”

“好痛……”

她痛苦地把脸皱成一团，神乐松开了手。

“我只是想知道真相，你不要糊弄我。”

“我没有糊弄你，你为什么不相信我？”

铃兰露出悲伤的眼神，神乐忍不住动摇起来。她看起来的确不像在说谎，但是，他也不可能轻易相信所谓的心电感应。

“你……到底是谁？”

“这个问题上次不是也说过了吗？我是隆的女朋友，所以可以感应到他的波长。虽然你自己好像没有察觉，但其实你身上有隆的气息。”

神乐摇着头，注视着她的脸。

“不好意思，我无法相信。”

“那你认为是为什么？你觉得我为什么会知道这里？如果你凡事都要用逻辑说明才能够接受，那你可以推理一下啊。”她抬眼看着神乐，她的眼神很锐利。

“只有白鸟知道这里，如果你和她是一起的，就可以消除疑问了。”

“白鸟？那是谁啊？我不认识这个人。”铃兰冷冷地说，她的态度看起来不像是装出来的。

心电感应、隆的波长——真的有这种事吗？

神乐陷入了思考，铃兰问：“我可以坐下吗？”

“好啊。”他回答。

铃兰坐在地上，抱着膝盖靠在墙上。神乐靠在对面的墙上坐了下来，和她面对面。

“那我换一个问题，你来这里干什么？有什么目的？”

铃兰抬起头，稍微放松了嘴角。

“那还用问吗？当然是为了来看隆，我想见他。”

“在这个问题上，我们的想法一致。我也和你一样，有事要找他，有很多问题要问他，但他不现身。他让我背负杀人的嫌疑，自己却躲在壳中不现身。反转剂也没有效果，到底该怎么办？我真的一筹莫展。”神乐看着她的脸一口气说完后，叹了一口气，“我并不是把气出在你头上。”

“他让你背负杀人的嫌疑……他也是无辜的，他根本没有杀人。”

“你凭什么断言？你说，那天你看到他睡着之后，离开了房间，但他可能是假睡。”

“他不可能做这种事。”

“谁知道呢？我和你不一样，我并不相信他，也没有理由相信他。”说到这里，神乐想起一件事，“上次见到你时，我曾经问你，你是如何躲过监视器去脑神经科病房五楼的那个房间和隆见面的。你回答说，摄影机只能从光学的角度捕捉事物，要骗过机器很简单，还记得吗？”

“我记得。”

“当时我并不明白你这句话的意思，之后才查明，有一种装置，可以在监视器屏幕中播放假的影像。在蓼科兄妹房间所在的七楼和你与隆见面的五楼都有这个装置，那是隆干的吗？”

铃兰松开了抱着膝盖的手，把两腿伸直。

“即使我说不是，你也不会相信吧？”

“那到底是谁干的？”

铃兰垂下眼帘，终于放弃似的微微点头。

“是啊，是隆干的，让我可以自由地和他见面。因为那栋建筑物禁止外人进入。”

“你终于愿意说实话了吗？既然这样，希望你全都告诉我。五楼的装置用这种浪漫的理由或许说得过去，但无法解释为什么在七楼也安装了相同的装置。凶手利用这个装置，躲过警卫的监视，杀害了蓼科兄妹。凶手是知道这个装置的人，也就是隆。”

“不是，他不会做这种事。”铃兰猛然站了起来，低头看着神乐，“拜托你不要怀疑他，请你相信他，他可是你的分身。”

“他才不是分身，而是病巢。”

“病巢……”铃兰皱着眉头。

“是寄居在这里的病巢。”神乐指着自己的脑袋，“总有一天，我要把他赶出去，但在此之前，无论用什么方法，都要让他说实话。”

铃兰缓缓摇着头，然后转身走向门口。

“你要去哪里？”

她停下了脚步。

“今晚我要回去了，即使和你在一起，好像也不会有什么好事。”

神乐立刻站了起来。

“那可不行，话还没有说完呢。”他抓住铃兰的双肩，“你是不是知道什么？不要隐瞒，赶快从实招来。”

“放开我。你为什么一下子就这么粗暴？”她抬头看着他，双眼充血，眼泪快要流出来了，“如果你再动粗，我就要大叫了。如果大吵大闹，警方上门的话，你会很伤脑筋吧？”

神乐把双手缩了回来。

“我并不是想弄痛你，只是想知道真相。”

“我说的都是实话，完全没有隐瞒。”

“那我最后再问一个问题，隆有没有在你面前提过‘猫跳’这个字眼？”

铃兰的表情没有任何变化，只有睫毛眨了几下。

“我不知道。”

“真的吗？‘猫跳’是一个程序，是蓼科早树写的程序，我无论如何都必须找到。如果你知道什么，请你告诉我。”

铃兰的脸上露出一丝笑容，好像是怜悯的表情。

“神乐，你对我们一无所知。我和隆之间不会聊这种事。我上次不是说了吗？他只是画画，我只是看着他画画，我们只聊他脑袋里的世界，在那个世界，根本没有程序那种东西。”

神乐重重地叹了一口气，肩膀垂了下来。

“好吧，我知道了，你走吧。”

铃兰穿好鞋子，打开了门，但又回头叫了一声：“神乐，对不起，我没办法帮上忙。我以后不可以再来看你了吗？”

“并不是不可以，只是不知道什么时候能够见到隆。”

“这样也没关系。我想和你在一起，因为可以感觉到隆的存在。”

神乐点了点头。

“如果是这样，随时都欢迎。”

“谢谢，那就改天见。”

“嗯。”神乐回答。铃兰放心地露出微笑，走出了房间。

神乐锁好了门，感到很奇妙。虽然完全不知道她是谁，自己却不会怀疑她，有时候甚至还会相信她。

这时，手机响了。一看屏幕，是白鸟里沙打来的。

“公寓还住得习惯吗？”白鸟里沙劈头问道。

“没有问题。有一件事想要确认一下，除了你以外，没有任何人知道这里吧？”

“当然啊，我甚至没有告诉上面的人。有什么问题吗？”

“不，我只是想确认一下。”

他不认为白鸟里沙在说谎，这代表铃兰果真是靠心电感应找到这里的吗？

“我去见了水上教授，他说反转剂有可能无效，而原因很可能在于你本身，你的潜意识抑制了隆现身。”

“我的潜意识吗？为什么突然会这样？”

“这就不知道了，我并没有告诉教授我和你保持联络，所以只能问到这里。”

“怎样才能解除这种状况？”

“只有催眠疗法能够把隆叫出来。”

神乐听着电话，摇了摇头。

“我只有被警察逮捕，才能去接受催眠疗法。如果能够顺利把隆叫出来也就罢了，但万一不行的话怎么办？”

“我知道，我也认为催眠疗法的风险太大了。而且，目前还需要你做其他事。”

“去找‘猫跳’吗？但目前完全没有任何线索。”

“有一件事想要告诉你，上个月，蓼科兄妹离开医院三天，你知道他们去了哪里吗？”

“我知道，他们去参加在釜山召开的数学研讨会。虽然不是什么大型的会议，之前他们也都缺席，但蓼科早树说这次想要去参加……”

“他们没有去参加。”白鸟里沙打断了他的话。

“啊？”

“蓼科兄妹并没有去参加会议。”

“怎么可能……”

“千真万确。因为我想到他们兄妹可能在那次会议上告诉了别人‘猫跳’的事，所以调查了出席者，发现他们并没有参加。”

“他们假装去参加会议，结果去了其他地方吗？”

“应该是这样，所以我再问你，是否知道什么线索。”白鸟里沙的声音中带着焦躁。

神乐的脑海中立刻浮现几个想法，他深呼吸后说：“我知道了，虽然目前无法立刻回答你，但我会想一想，一有结果，就会马上联络你。”

“拜托了，我只能靠你了。”

“你不要给我这么大的压力。”

神乐挂上电话后，忍不住点着头。

一定是那里。蓼科兄妹一定是偷偷去了那里——

## 27

浅间感觉脸颊的肌肉紧绷，浑身发热。

“这是怎么回事？”他把双手撑在桌子上，低头看着坐在椅子上的木场，“请你再说一次，我听不懂。”

木场为难地咂了一下嘴。

“你不要这么生气，我也搞不懂是怎么一回事。这是上面的命令，所以也无可奈何。”

“要我们撤离这个案子，到底是怎么回事？我们不需要继续办案了吗？”

“应该是吧，侦查的指挥权转移到警察厅了。他们说，需要的时候，会请求我们的协助。”

“这不就意味着现在不需要吗？”

“并不是这个意思，他们希望我们全力投入寻找神乐这件事上。”

“找到神乐之后，就不关我们的事了吗？连事实真相都不会告诉我们吧？”

木场伤透脑筋地抬头看着浅间。

“杀害蓼科兄妹所使用的手枪和NF13使用的手枪相同这个事实，就已经够让人惊讶了，没想到特解研的主任解析员神乐竟然有嫌疑，难怪警察厅会惊慌失措。你稍微成熟一点儿。”

“但神乐并不是NF13，DNA不一样。”

“只不过应该有某种关联，之前以为只是因为系统的数据不足，所以无法比对出和NF13相符的资料，既然主任解析员牵涉其中，情况就完全不一样了。也许是因为神乐在系统中动了什么手脚，才会导致无法查出凶手。”

“股长，我刚才在电话中也已经说了，涉嫌杀害蓼科兄妹的并不是神乐，而是名叫隆的另一个人格，那个家伙和特解研并没有关系。”

木场不解地皱起了眉头。

“我不知道什么不同人格，但他们共享一个身体，既然这样，不是有办法做到和神乐相同的事吗？”

浅间摇了摇头。

“神乐靠反转剂控制隆的出现，隆不可能在神乐不知情的情况下擅自破坏系统。”

木场不耐烦地挥了挥手。

“这种事不重要。总之，NF13和蓼科兄妹的命案都由警察厅负责指挥，目前先找到神乐，其他事就不必多想了。”

浅间叹着气，摇了摇头。

“有没有对神乐发布通缉令？看样子恐怕很难吧。”

“警察厅指示要秘密侦查。”

浅间耸了耸肩，默然不语地转过身走去门口，木场也没有叫住他。

回到自己的座位时，户仓正在写报告。

“你的计算机里有NF13的资料吗？”浅间问。

“有啊，只是还没有整理。”

“你把它放进存储器里，带来这家店。”浅间把一张名片放在桌上。

“把警方的资料带出去？这违反了规定噢。”户仓在说话时，露出不怀好意的笑容。

“那又怎么样？我们也没有老实到愿意配合对他们有利的游戏规则玩这场比赛。”

“他们是谁？”

“等一下告诉你，我在那里等你。”浅间拍了拍户仓的肩膀，转身走了出去。

“云之线”酒吧的所有座位都有网络设备，也可以自由使用自己带来的软件。

浅间一边喝着琴蕾鸡尾酒，一边看着新闻快报，户仓背着背包走了进来，坐在他旁边。

“真快啊。”

“我把笔记本电脑一起带来了。”

“真大胆啊。”

“反正同样是违反规定，而且用这种莫名其妙地方的计算机读取警方的侦查数据，万一在离开之前无法清除留在硬盘里的数据怎么办？”

“窃取 NF13 的数据有什么好处？”

“那就不知道了，这个年头，有些人只要听到是数据，就什么都想要。”户仓向服务生点了啤酒后，从背包里拿出笔记本电脑，打开电源，“股长对你说了什么吗？”

“是啊，说了一大堆。”

浅间把和木场的谈话告诉了户仓。户仓一边听着，一边把 NF13 的资料调了出来。

“这起命案，警察厅一开始就很嚣张，现在终于来抢夺指挥权了。明明是我们连续好几个星期都在追查 NF13……”

“必定有什么隐情，而且是不方便对外公开的隐情。”浅间注视着电脑屏幕。

迄今为止，有三起被认为是 NF13 犯下的事件。最初在八王子，之后在千住新桥，第三起是在北品川。被害人都是年轻女子，头部被手枪射中，同时有遭到强暴的痕迹，体内也发现了被认为是凶手的精液。所有的枪支和子弹都一致，精液分析也相同，也就是说，可以断定三起强暴杀人案是同一凶手所为。

DNA 罪犯侧写的结果显示凶手是“血型 A 型 Rh 阳性，身高是一百六十厘米，正负误差五厘米，肥胖倾向强烈”，特解研也已经完成了引以为傲的合成照。圆脸、眼皮浮肿，嘴角下垂，如果年纪比较大，发际线很可能已经后退。

浅间认为这些解析结果的可信度很高。之前根据 DNA 侦查系统办案，已经顺利逮捕了好几个人，凶手无论外貌和性格都和解析结果完全吻合，无一例外。

同时，也向媒体公布了凶手的合成照，张贴在公共场所的明显位置。不知道是否因此奏了效，几乎每天都会收到目击情报。然而，到目前为止，所有的线报都是搞错对象，甚至有的人和合成照完全不像，令人深刻体会到，人的眼睛有多么不可靠。

虽然已经有这么多证据，为什么仍然无法抓到凶手？

“仔细思考一下，就觉得很奇怪。”浅间注视着电脑屏幕嘀咕道。

“哪里奇怪？”

“千住新桥事件之后，公布了这张合成照，北品川事件是在那之后发生的。”

“是啊，所以很懊恼，被害女子竟然没有看到合成照。如果看到的话，当凶手靠近时，应该就会发现。”

“不，如果要说的话，应该是凶手。我很纳闷凶手为什么没有看到合成照，如果看到的话，通常不会再犯案。”

“应该……没有看到吧。”

浅间摇了摇头。

“不可能，你倒是站在凶手的立场想一想。他接连攻击女人，一定睁大眼睛注意电视和网络，想要了解警方侦查到哪一个阶段，也当然会知道警方公布了合成照。”

“即使这样，凶手仍然毫不犹豫地继续犯案……的确很奇怪，到底是怎么回事？”

“如果合成照和凶手完全不像呢？”

“啊？”户仓皱起了眉头。

“我的意思是，如果合成照完全是另一个人的脸，凶手当然就高枕无忧了，可以大摇大摆地四处寻找下一个猎物。”

“如果完全是不同的长相，当然是这样没错，但即使整形，也很难完全变脸啊。”

“不是自己变脸，而是改变合成照，变成有点儿像，却不太像是凶手的脸。”

“有办法做到吗？”

“不知道，我只是假设有办法做到的话。”浅间找来服务生，又点了一杯琴蕾鸡尾酒，“一旦这么想，就觉得检索系统有问题。”

“有什么问题？”

“听特解研说，即使当事人的DNA资料没有登记，只要有血缘关系的家人和亲戚登记，系统就会显示出他们的名字，但是，NF13完全没有显示任何结果。原本以为没有任何和凶手有血缘关系的人登记，但可能根本就搞错方向了。”浅间从口袋里拿出香烟，确认这家店可以抽焦油量低于一毫克的香烟后，把烟放进嘴里，点了烟，吐出没有太多烟味的烟，“如果有人在系统中动了手脚，导致系统不会出现任何和凶手有关的结果呢？凶手就可以毫无顾忌地在现场留下精液和毛发。”

琴蕾鸡尾酒送了上来，浅间接了过来，喝了一大口，身体热了起来。

“如果这个假设成立，凶手显然有内应。神乐果然是共犯吗？”

“如果神乐是共犯，很多事都可以合理解释了。因为主要是由他负责操作系统，他完全可以在系统上动手脚，让警方查不出 NF13 的真实身份。如果是这样的话，他为什么不隐瞒自己，竟然还傻傻地让系统合成了自己的照片。”

“这一点的确很奇怪。”户仓偏着头纳闷。

浅间想起了神乐的脸，他为无法查出 NF13 的身份感到懊恼不已。当时的表情不像是装出来的。

“他会不会是遭人设计？”

“遭人设计？遭到谁设计？”

“不知道，我总觉得这起事件的背后似乎很复杂，也许和 DNA 侦查系统本身有关系。”

“难怪警察厅这么紧张。”

“好！”浅间站了起来，“光是想象没有用，我们直接去确认。”

“要去哪里确认？”户仓慌忙整理好笔记本电脑问道。

“当然是 DNA 侦查系统啊。”浅间说完，露齿一笑。

大约三十分钟后，浅间和户仓出现在有明，看着“警察厅东京仓库”的广告牌，和警卫交涉。

“为什么不行？我们今天早上才来过这里，为什么现在不能进去？”

浅间像连珠炮似的问道，警卫无奈地垂下眼尾。

“虽然你这么说，但上面吩咐不能让任何人进去。如果你非要进去不可，就要办理相关的手续。”

“要怎么办理？”

“这里属于警察厅管辖，所以请向警察厅申请许可。”

浅间和户仓互看了一眼，警察厅似乎急着想要让浅间他们远离这起事件。

“好，那你把所长找来，找志贺所长。既然你不让我们进去，那就请所长来这里。”浅间指着地上说。

警卫皱着眉头，拿起了电话，小声地说了几句后，看着浅间说：“所长说，要和你在电话中谈。”

“我想当面和他谈。”

“所长正在忙，无法继续通融了……”

浅间“哼”了一声，接过警卫递过来的电话。

“我是浅间，志贺先生，这到底是怎么一回事？我们在几个小时前，不是还合作无间吗？”

“你的上司没有向你说明吗？”志贺的声音很冷漠，也没有起伏。

“他说了一些莫名其妙的话。在蓼科兄妹遭到杀害之前，一直都是由我们负责 NF13 的侦查工作，现在突然要我们收手，我们当然无法接受，希望了解明确的原因。”

“我能够理解你的心情，但现在无法顾虑侦查员的心情。这并不是无视你们，有很多事需要你们帮忙，所以请你们等待进一步指示。”

“是系统的问题吗？”

“你说什么？”志贺的语气有点儿慌张。

“这次的事件是不是和 DNA 侦查系统本身有关？说得更清楚一些，那个系统有重大的秘密，对不对？”

“你说的话真有意思，你要怎么想象是你的自由，但如果你想要找碴儿，我们也会有所考虑。”

“太有意思了，这次打算对我采取行动了吗？那就说来听听……”

“我正在忙，恕不奉陪了。”志贺说完，挂上了电话。

浅间注视着手上的电话片刻，交还给警卫。

“志贺所长说什么？”户仓一边走，一边问道。

“和上午开会时的态度完全不一样。我们去新世纪大学期间，似乎发生了状况。”

“不知道是什么状况。”

“不知道，既然这样，我们只能做一件事。”

“你打算怎么做？”户仓问道。浅间看着他的脸，停下了脚步。他回头仰望着“警察厅东京仓库”的房子。

“既然 DNA 侦查和特解研都无法相信，那就不依赖这些进行侦查，用传统的明察暗访的方式打听线索。反正我们本来就擅长这种侦查方式，既然这样，就用我们自己的方法找出 NF13。”

## 28

神乐压低帽子，遮住了眼睛，走向售票机。幸好没有人排队。他站在售票机前，拿出了手机。那是白鸟里沙给他的手机，神乐确认之后，发现里面储存了相当金额的电子货币。和现金一样都是逃亡资金，不，应该是“猫跳”的侦查资金。他决定毫不客气地使用这些钱。

他正在东京车站，打算去某个地方。

他购买了往北的车票和指定席特急车票。这班车似乎没有太多人搭乘，他买到双人座的靠窗座位。

他看了一眼手表，傍晚五点多。列车二十分钟后出发。

他走去商店，准备买便当时，发现有人站在他面前。因为帽檐压得很低，所以看不清对方的脸，但他之前见过那件白色洋装。他缓缓抬起视线。

果然不出所料，铃兰一脸严肃地瞪着神乐。

“你真是神出鬼没啊。”神乐叹着气说。

“你要去哪里？”

“去某个地方。昨天不是和你说过吗？我要找名叫‘猫跳’的东西，也许去那里可以找到。”

“我也要一起去，带我去吧。”

神乐摇了摇头。

“那不行，不好意思，带像你这样的女生一起去会造成行动不便。你可能不了解，但我目前正在逃亡。”

“不要，我要和你一起去。”

“不行。”神乐走向验票口。

“如果你不带我去，那我就去告密。”

神乐停下脚步，回头看着她：“告密？”

“我会大喊大叫‘神乐龙平在这里’，还要打电话给警察，告诉他们你搭哪一班车。”

神乐咬着嘴唇，抓住铃兰的右手，把她拉到柱子后方。

“好痛！我不是叫你不要动粗吗？”

“不都是你逼我的吗？你为什么老是做一些让我困扰的事？”

“因为我认为是为你好。拜托，带我一起去。你之后一定会很庆幸带我一起去。”

她再三拜托，神乐隔着帽子抓了抓头。

“我不是去玩，是去找东西的，而且也不知道会花多长时间。”

“没关系，只要和你在一起，我就很幸福。”

“你不是因为我，而是因为可以和隆在一起，才会感到幸福吧？”

“不行吗？而且，我也喜欢你。”

神乐微微摇了摇头。他无法预料接下来会发生什么事，单独行动比较自由，但他也想带她同行。

“你就这样出远门没问题吗？你应该有家人吧？”

“没关系，别担心。”

“你一个人住吗？”

“嗯，我一个人，永远都是一个人，直到认识隆。”她点了点头。

神乐耸了耸肩。

“我去买车票，你在这里等我。”

铃兰听到神乐这么说，露出兴奋的表情说：“嗯！”

神乐走回售票机，再次购买了车票。他买了自己旁边的座位。

大约二十分钟后，他们坐上了往北的列车。车厢内没什么人，离开东京车站时，只坐了四分之一的乘客。

神乐让铃兰坐在靠窗的座位，自己在靠通道的座位坐了下来。

“等一下要去的地方有什么吗？”铃兰问他。

“简单地说，那里以前是蓼科兄妹的老家。蓼科早树十一岁时，被送至新世纪大学的精神分析研究室，但在此之前，就住在那里，只不过原来的房子已经拆掉了。”

“是这样啊，那她的父母呢？”

“她的父母都已经离开人世了，所以蓼科兄妹在离老家不远处买了房子，那是一栋新建的别墅。”

“为什么？”铃兰偏着头。

“因为他们想要有自己的城堡。蓼科早树的天才能力获得肯定之后，他们仍然被迫生活在新世纪大学医院的管理之下。我差不多就是在那个时候认识他们的。蓼科早树创造的理论让我深受感动，请她协助建构 DNA 侦查系统时，蓼科耕作提出了一个条件，那就是希望能够提供只有他们兄妹单独相处的时间和空间。他们的精神已经疲惫不堪，我回答说，我无法提供场所，但会协助他们安排时间。只要用适当的名义，为他们向警察厅和医院申请外出就好，这并不是什么困难的事。只不过除了我以外，并没有人知道这件事，我甚至向志贺所长隐瞒了这件事。蓼科兄妹得到自由时间后，偷偷买了房子，不时去那里埋头研究。蓼科早树创造的划时代理论，其实并不是在医院的 VIP 病房，而是在那个藏身处创造出来的。”

铃兰不时眨着眼睛，或是点着头。神乐注视着她，低声告诉她这些事。不知道为什么，他竟然毫不排斥把这些连志贺所长都不知道的事告诉铃兰，虽然毫无根据，但他确信她不会背叛自己。

“是这样啊，任何人都不喜欢在别人的监视下过日子。”铃兰说，“所以，我们要去他们的藏身处吗？”

“就是这样。”

神乐靠在座椅上看着前方，这时，他发现有一双眼睛从前方的座椅缝隙看着他们。是前排的乘客。也许是神乐说得太投入，不知不觉越说越大声了。

那名乘客似乎为和神乐四目相接感到尴尬，立刻站了起来。神乐以为这个身穿西装、年约四十岁的男性乘客会向他抱怨，但他头也不回地走在通道上，在前面五排左右的座位坐了下来。

“他可能觉得我们说话很吵。”铃兰压低声音说。

“我并不觉得刚才说话很大声。”神乐偏着头。

“年轻男女在后排座位窃窃私语，即使声音不是很大，也会很在意。他一定很羡慕我们。”

“但其实并不是别人以为的愉快旅行啊。”

“是吗？我很愉快啊，能够和你单独旅行，我很兴奋。既然机会难得，我们就好好乐在其中吧。”铃兰兴奋地说。

“是啊，如果太严肃，反而会引人注意，也许必须假装成情侣享受小旅行。”

在车上卖便当的小姐推着推车走了过来，推车上放着便当和饮料。

神乐叫住了卖便当的小姐。

“先吃点儿东西，你想吃什么？”他问铃兰。

“我都可以，你决定就好。”

“那我来看看。”神乐向推车内张望。

“有釜饭便当，可以吗？”

“好啊。”铃兰回答。

神乐向卖便当的小姐点了两个釜饭便当和装在塑料瓶内的日本茶。卖便当的小姐看了一眼铃兰后，说了价格。

釜饭便当还热热的，神乐忍不住小声欢呼起来。这不是装出来的。他发现自己渐渐发自内心地享受这趟旅行，不由得偷偷苦笑起来。

## 29

虽然空气清洁器和排烟机已经开到最大，但狭小的室内仍然烟雾弥漫。因为浅间吐烟的速度超过了净化的速度。

“你差不多该节制一点儿吧？离开始营业只剩下三十分钟了，如果店里仍然有烟味，会被讨厌香烟的客人抱怨的。”穿着黑色衬衫和牛仔裤的丸沼玲子在吧台内抱着双臂。

“即使开始营业，也未必马上就会有客人上门，更何况有时候一整晚都没有一个客人。”浅间从烟盒里又拿出一支烟，想要叼在嘴上，但立刻被玲子抢走了，“你干吗啊？”

“我跟你说过很多次，本店没有吸烟店的许可证，如果客人去投诉说店里有烟味，就会有很多麻烦事。如果你非抽烟不可，那就去其他店。”

浅间撇着嘴。

“我知道了啦，再让我抽最后一支。”

“不行。”玲子拿走了装满烟蒂的烟灰缸。

浅间咂着嘴。

“没有烟，我根本没办法思考。”

他面前的吧台上放着 NF13 的相关资料，这是户仓为他打印出来的。笔记本电脑和电子书阅读器的画面太小，无法同时看好几份资料。浅间向来都习惯把资料摆在面前，俯瞰整体，寻找破案的关键。

这种时候，他通常都会来这家店——“朗德”。原本是丸沼玲子的母亲开了这家只有吧台的酒吧，她只是偶尔来帮忙而已。但她母亲在十年前病倒了，她继承了这家最多只能容纳八名客人的小店。

“既然不能抽烟，那只能喝酒了。给我波本酒，随便什么都好，要纯酒。”

“没关系吗？你等一下不是还要回警视厅？”

“没关系，很多刑警都满身酒气。”

“是噢。”玲子应了一声，伸手拿酒柜上的野火鸡酒瓶。

“真的很久没看到你这样了，你已经有几年没有像这样看资料了。”

“因为最近我已经不是刑警了。”

“是噢，那你是什么？”

“算什么呢？硬要说的话，算是计算机的手下吧。按照计算机发出的指示行动，逮捕计算机预测的对象。我的上司一定觉得人类的经费比机器人便宜，所以才会用我们这些人。”

玲子“扑哧”一声笑出来后，把纯酒的酒杯放在浅间面前。

“机器人不会喝酒，也不会在酒吧发牢骚。那为什么现在又用以前的方式办案呢？”

“因为发生了一些事，只是无法告诉你详细情况。嗯，算是我小小的反抗吧。”浅间把酒杯举到嘴边，嗅闻着独特的香气，喝了一口波本酒，觉得体温一下子上升了，他很希望这种刺激能够让脑细胞稍微活跃一些。

“朗德”从晚上八点开始营业，在营业的五分钟前，浅间开始收拾吧台上的资料。他无意影响店里做生意，如果被突然闯入的客人看到资料也很不妙。

他把资料收进皮包后，门打开了，但走进来的不是客人，而是户仓。

“打扰了。”户仓打着招呼，在浅间旁边坐了下来。

“上面那些人怎么样？有没有说我什么？”

“我说你要单独调查神乐的人际关系，所以目前股长似乎接受了这种说法，只是不知道能够撑到什么时候。因为一直找不到神乐的下落，上面的人很着急。”

“知不知道警察厅方面的动向如何？”

户仓皱着眉头，摇了摇头。

“消息完全封锁了。因为 NF13 而成立的三个共同搜查总部也呈现实质冻结状态，这种情况太异常了。”

“也就是说，警视厅内，只有我们在侦查 NF13。”

“就是这样——浅间先生，这是威士忌吗？”

“是啊，你也喝点儿什么吧。今天晚上不会再回去了吧？”

“那我要健力士啤酒。浅间先生，你这里的情况怎么样？有没有什么成果？”

浅间噘起嘴，摇了摇酒杯。杯子里的冰块发出了“嘎啦嘎啦”的声响。

“我都快把资料看出洞了，却没有发现任何线索。我觉得第一拨侦查太粗糙了，没有认真在周边进行调查，所以没有任何目击证词，甚至不了解被害人的行踪。辖区警局和机搜那些人不知道在干什么。”

玲子把装了黑啤酒的杯子放在吧台上，表面浮着一层绵密的啤酒泡。户仓津津有味地喝了之后，用手背擦了擦嘴巴上的啤酒泡。

“话不能这么说啦，每一起事件都在被害人体内发现了精液，既然有凶手的DNA，接下来就只要等特解研的报告——这就是最近的侦查方针，事实上，也靠这种方法破了很多案。只要听到凶手留下了精液，辖区警局和机搜当然不可能出动。”

“问题是特解研根本不可靠，他们被引以为傲的DNA侦查系统摆了一道，这下就没戏唱了。”浅间咬牙切齿地说完后，轻轻点了点头，“我懂了，原来是这么一回事。”

“怎么一回事？”

“凶手留下精液的理由。之前我一直以为，凶手知道DNA侦查系统查不到他，所以就恣意逞欲，但也许有不同的意义。凶手一旦留下精液，警方就会大意，第一拨调查不会太投入，导致凶手不仅躲过了DNA侦查系统，也顺利逃过了传统型的侦查网。”

户仓拿着酒杯，点了点头。

“虽然很不甘心，但这番推理似乎很有道理。”

“既然这样，就只能等待凶手下一次犯案。无论如何，有用的线索实在太少了。”浅间拍了拍一旁的皮包。

“对了，我差点儿忘记了。”户仓把手伸进了西装的内侧口袋，拿出一张折成四折的纸，“虽然不知道有没有用，但我发现了补充的资料，所以带来了。是有关在千住新桥的堤防上发现的那具尸体的资料。”

浅间接过来后，打开一看。上面是一张照片的复印件，照片拍摄了尸体的耳朵，还附有说明。

“右侧耳朵有一小片烫伤的痕迹……噢。”浅间小声说道。耳垂稍微上方的部位的确有一片暗红色。

“因为死因很明确，被害人的头发也很长，所以验尸和解剖时并没有发现，送到遗体安置室后，有人发现了这个状况。左侧耳朵的损伤很严重，不知道是否有烫伤的痕迹。”

“耳朵烫伤吗？怎样才会烫伤耳朵？”

“我在想，会不会是电恍器。”户仓说，“电子恍惚器不是会把电极夹在耳朵上吗？”

浅间偏着头问：“是吗？”

“难道不是吗？”

“电恍器使用的是极其微弱的电流，应该不会烧焦皮肤。”

“是这样吗？”

“这是之前听沉迷于电恍器的高中生说的，虽然会有刺刺的触电感觉，但不会感到热。”

“那应该就不是了。”户仓失望地说。他原本可能对自己的观察很有自信。

“可以插一句嘴吗？”玲子突然问道。

浅间看着她的脸问：“什么事？”

“对不起，我虽然无意偷听你们谈话，但声音还是传进了耳朵。”

“没关系，我们不会在这里谈不能让你听到的事，而且也知道你的口风很紧。你想说什么？”

玲子迟疑了一下，才终于开了口：“我最近听说过电恍器烫伤耳朵的事。”

浅间把身体转向她。

“真的吗？什么时候的事？”

“就是最近，好像是两三天前，听几个年轻小姐聊天时提到。”

“她们使用电恍器烫伤了吗？”

玲子摇了摇头。

“她们似乎也不是很了解情况，只是听说有奇怪的传闻。”

“传闻？”

“据说有方法可以增加电恍器的电流。正如你刚才说的，通常都是使用微弱电流，但使用这种方法之后，电流就变得很强，比以前的电恍器刺激好几倍，恍惚感也很强烈。只不过聊这件事的小姐并没有亲自体验过，听说使用这种加强版的电恍器会烫伤耳朵。”

浅间再度看着照片。听玲子这么说完之后，觉得烫伤的痕迹的确有夹子的形状。

“加强版的电恍器。”

“这名被害人是很乖巧的专科学校学生，不像是会玩电恍器的人。如果真的使用，不是被凶手怂恿，就是遭到逼迫。”户仓说，“也就是说，凶手可能是使用电恍器上瘾的人。”

“果真如此的话，要如何锁定凶手？”

浅间问，户仓皱着眉头。

“问题就在这里。网络黑市到处可以买到电恍器，几乎不可能查到哪些人向业者购买……”

浅间拿起杯子，但在端到嘴边之前，看着玲子问：“聊这件事的小姐有没有看过加强版的电恍器？”

正在洗杯子的玲子偏着头说：“听她们聊天的感觉，好像也没见过，只是其中一个人从哪里听说的传闻。”

“所以说，市面上很可能还没有很多。”

“我上网查一下。”户仓开始操作手机。

户仓的手指迅速按着屏幕，但随即叹了一口气，似乎决定放弃了。

“找不到，我查了几个网站，目前还没有这方面的消息。”

“太有趣了。”浅间把波本酒一饮而尽，把空杯子放在吧台上，“如果凶手使用了连黑市也没有的商品，那就是很大的线索。”

“要去秋叶原找找看吗？”

“不，去浅草桥。”浅间猛然站了起来。

大约三十分钟后，浅间和户仓出现在一栋老旧大楼的二楼。这个事务所挂着“东京都安心生活研究所”这种好像中规中矩，但一看就知道有问题的招牌，狭小的室内放着各种电子仪器和光学仪器。

“太惊讶了，没想到浅间先生竟然知道超恍器的事。我想生活安全部和组织犯罪对策部的人都还不知道超恍器具体是什么东西。”

说话时露出一口黄牙的是姓盐原的男人，他是这里的所长。这家事务所除了销售防盗用品以外，还接一些侦测窃听器和监视器的生意，但浅间掌握了线报，知道这里也贩卖一些违法的仪器。

“这种仪器名叫超恍器吗？”

“是超级电力恍惚器的简称，了无新意的名字。”

“哪里有卖这种名叫超恍器的仪器？你这里也可以买到吗？”

盐原听了浅间的问话，用力摇着手说：“别乱说话，我只做正当生意，而且市面上并没有超恍器这种商品，是用普通的电恍器改造的。”

“加强电流吗？”

“简单地说就是那样，问题是没那么简单。因为电恍器本身就是很棘手的东西，毕竟是用电力刺激大脑，要加强电流，并不是加大电池，或是增加电压就可以简单搞定，需要具备相当的知识才能改造。不要说外行人，就连专卖电恍器的业者，也没办法轻易改造。”

“那谁可以改造？”浅间问。

盐原笑了起来，抓着已经有点儿稀疏的头发。

“这个问题很难回答，可以说，任何人都没办法改造，但从某种意义上来说，任何人都可以改造。”

浅间瞪着盐原的脸：“你在玩我吗？”

“我是实话实说，超恍器的传闻源自一封奇怪的可疑邮件。经营电恍器的业者都收到了那封邮件。邮件中提到，有人知道如何加强电恍器的功率，问业者愿不愿意购买。”

“寄件人是谁？”

“既然是可疑邮件，当然不知道寄件人是谁。在收到邮件后不久，就开始出现了超恍器的传闻，也听说可能会导致耳朵烫伤。也就是说，有业者向那个人购买了相关的改造法。所以我才说，任何人都可以改造电恍器。”

浅间和户仓互看了一眼后，再度看向盐原。

“你知道是哪家业者买的吗？”

盐原抱着手臂，缩着身体。

“不知道。超恍器是相当危险的商品，可能会有人意外身亡。在了解会造成何种程度的影响之前，业者应该会隐瞒是自己经手的。”

浅间点了点头。他认为很有可能。

“谢谢，你的话有很大的参考价值。如果知道有哪家业者经手超恍器，希望你通知我。”

盐原舔了舔嘴唇说：“既然这样，你也透露一点儿消息给我。你在查这件事，是不是代表超恍器和某起命案有关？”

“目前还不知道，只知道一个月前遭到杀害的女人很可能曾经使用过超恍器。”

盐原立刻瞪大了眼睛。

“一个月前？那就太奇怪了。”

“为什么？”

“因为收到广告信函至今才三个星期，一个月前应该还没有超恍器。如果有的话，也不是业者改造的，而是寄可疑邮件的人改造的。”

## 30

车站前有巴士。末班车上除了神乐和铃兰以外，只有一对看起来像本地人的中年男女。神乐和铃兰坐在后方的座位，他还是让铃兰坐在靠窗的座位。窗外一片漆黑，无法享受田园风光。

大约二十分钟后，巴士来到了他们想去的车站。虽然巴士很老旧，却可以使用电子货币支付车费。神乐付了两人的车资后下了巴士。

马路虽然铺了柏油，但没有路灯，只能靠着月光照亮。铃兰挽着神乐的手。

“别担心，我来过好几次，即使闭着眼睛也可以找到。”神乐搂住了她的肩膀。

不一会儿，他就找到了通往岔路的一小段阶梯，代替门牌的广告牌上没有写任何字。这就是记号。

沿着阶梯往上走，一栋两层楼的木造房子出现在眼前。房子设计成小木屋的感觉，但并不是用木头建造的，里面是很普通的西式住宅。

信箱下面放着没有种任何植物的花盆。移开花盆后，出现了一个埋在泥土里的塑料盒子。神乐打开盒盖，拿出里面的钥匙。

“太厉害了，真的有藏身处的感觉。”铃兰兴奋地说道。

神乐用那把钥匙打开了玄关的门。一进门，就是配电箱，他打开了总开关，室内立刻充满了温暖的灯光。

整栋房子并不大，一楼是客厅和饭厅，二楼有两间西式房间，但对蓼科兄妹来说，这里是世界上唯一能够让他们心灵平静的地方。神乐来这里之后，第一次看到蓼科早树的笑容。

铃兰好奇地打量着客厅，神乐把她留在一楼，独自上了二楼。虽然二楼有两个房间，但他们兄妹并不是各用一个房间，而是把其中一间当成卧室，另一间作为研究室。神乐打开了研究室的门，又打开了灯。

墙边有一张巨大的桌子，上面放了好几台计算机的液晶显示器。这里很像他们在新世纪大学医院的房间。

神乐走近其中一台计算机，打开了。蓼科兄妹上个月偷偷溜出医院时，到底在这里做了什么？神乐必须查明这件事。

他在计算机前奋斗了将近一个小时，但他的努力泡了汤。他无法找到蓼科兄妹曾经做过什么的痕迹，只知道他们上个月曾经用过这台计算机。

神乐低吟了一声。当时的资料似乎都已经删除了。如此一来，就无计可施了。

楼下没有动静，铃兰也没有上楼。她可能觉得不能打扰神乐工作。

神乐突然想起白鸟里沙告诉他的事。蓼科兄妹曾经和一位美国的数学家互通电子邮件。目前并没有人发现当时的邮件。

神乐操作着键盘。也许蓼科兄妹是用这台计算机发的电子邮件。

找到了！

神乐在寻找电子邮件的档案时，发现上个月的确曾经发了电子邮件，给一个叫基尔·诺伊曼的人。当然是用英文写的。神乐看了内容之后，感到浑身都热了起来。电子邮件翻译成日文后的内容如下——

虽然花了一点儿时间，但补充程序终于即将完成。如此一来，就可以读取“白金数据”了。这次终于能够修正错误了，这是对我们忏悔的赏赐。

## 31

那家店在一栋有点儿脏乱的大楼地下一楼，浅间沿着又黑又窄的楼梯下了楼，户仓跟在他身后。

他推开走廊尽头的门。店内有一张吧台，几名客人背对着门口坐着。店里弥漫着烟雾，这里使用的应该是不符合健康标准的空气清洁器。

穿着花哨图案衬衫的酒保露出锐利的眼神看着浅间他们，不像是在欢迎客人，而是对陌生人感到警戒。不知道是否因为看到了酒保的表情，坐在吧台的几个客人也都转过头。再怎么奉承，那几个客人都称不上是慈眉善目。

户仓走向吧台。

“是不是有一个叫胜山的家伙？胜山悟郎。”

酒保的眼神更凶恶了。

“你们是谁？”

户仓从上衣口袋里拿出警察证，酒保立刻很不耐烦地皱起了眉头。

“没这个人。”

浅间大声地咂了一下嘴。

“我们知道胜山在这家店，所以就不要浪费彼此的时间了。只要告诉我们哪个家伙是胜山，我们也省事，也不会给这家店添麻烦。怎么样？这个提议不坏吧？”

酒保耸了耸肩。

“很不巧，我从来不问客人的名字，即使问了，也记不清楚。你要不要自己找？”

户仓转过头，对浅间露出苦笑。

“那就这么办吧。”浅间说。

这时，坐在里面桌子旁的一个年轻男人站了起来，他抓着头，懒洋洋地走了过来。当和浅间眼神交会时，他不耐烦地说了声：“去厕所啊。”厕所门就在入口旁。

年轻男人把手伸向厕所门，但下一刻，用另一只手打开了入口的门，转眼之间，就冲出店外。

“快去追！”在浅间命令之前，户仓就已经追了上去。店内也可以听到冲上楼梯的脚步声。

“刑警先生，你不去追吗？”酒保问浅间。

浅间没有回答，看向里面那张桌子。几个年轻人懒散地坐在桌旁，坐在最角落的人把毛线帽往下拉。

浅间大步走向戴毛线帽的男人。

“可不可以把帽子拿下来？”

男人抬头瞪了浅间一眼，但似乎无意回答，把罐装啤酒倒进了杯子，长发从毛线帽下露了出来。

“你没听到吗？我叫你把帽子拿下来。”

“大叔，现在是怎样？和我没关系啊。”

“有没有关系，由我来判断，赶快把帽子拿下来。”

“你想怎样啊？！”男人伸手想要抓浅间的衣领。

浅间立刻抓住他的手腕，用力拧向大拇指的方向。男人发出呻吟，扭着身体。浅间把他的毛线帽摘了下来，耳朵从长发的缝隙中露了出来，耳垂上有一个小小的伤痕。

“你就是胜山吧。”浅间对着那个耳朵说，“还自作聪明，让手下声东击西逃走，想趁我们去追人时开溜吗？”

胜山没有回答。浅间抓着他的手腕，用力把他拉起来。

“好痛啊，我什么都没做，刑警就可以这么对待我吗？”

“少啰唆，别说这些有的没的，快跟我走。”

浅间拉着胜山的手臂走出店外。胜山抵抗着，只不过他虽然个子不矮，却没什么力气，手臂很细，身体也很轻。走上楼梯时，他一屁股跌坐在地上。

“你是不是有超恍器？你在哪里买的？”

“那是什么？我不知道。”

浅间抓着胜山烫伤的耳朵。

“我知道你在到处炫耀，赶快从实招来。”

“我忘了那家店叫什么名字，秋叶原的某家店，我随便走进去，然后就买了。”

浅间更用力地扯着胜山的耳朵，胜山发出轻轻的惨叫声。

“好啦，我说我说，是一家名叫‘虎电器行’的商店。我想在那里买电恍器，店员说有加强版的，所以我就买了。这没问题吧？我只是买电子仪器，又没做什么坏事，也没有让别人用。”

“虎电器行”——浅间一听到这个名字，顿时感到失望不已。

“你带在身上吗？”

胜山把手伸进了夹克口袋，拿出一个像烟盒般的金属盒子，上面连着两根电线。

浅间从自己的口袋里拿出塑料袋。

“放进去。”

看到胜山把超恍器放进塑料袋后，浅间便把塑料袋抢了过来，一只手松开了他的耳朵。

这时，户仓回来了，一看到浅间他们，顿时瞪大了眼睛。

“冒牌货似乎逃走了。”

户仓皱起鼻子。

“这家伙是胜山吗？”

“没错——你可以走了，超恍器暂时先寄放在我这里。”

胜山摸着耳朵站了起来，走出了大楼。他可能觉得再回去酒吧很丢脸。

浅间看着塑料袋里面，撇着嘴说：“又是白跑一趟，也是‘虎电器行’。”

“可以相信胜山说的话吗？”

“他应该没有说谎，那种家伙没办法杀人。”

浅间认为代号为 NF13 的凶手和超恍器有关，所以和户仓两个人四处打听消息。“东京都安心生活研究所”的盐原打电话来说，查到了贩卖超恍器的店家，是“虎电器行”。浅间已经去过那家店，向老板打听了情况。老板一开始否认，浅间威胁他说，可以申请搜查证搜查店里，他才终于承认在卖超恍器。“虎电器行”从黑市购买了电恍器，然后改造成超恍器后出售。

无论电恍器还是超恍器，都是以脉冲电流发生器的名义贩卖，店家可以辩解说是客人擅自把电极夹在耳朵上刺激大脑，所以无法追究店家贩卖和改造的罪责。购买者也一样，只有劝诱或强迫他人刺激大脑才有罪。虽然明知道电恍器有和毒品相似的作用，但因为成为黑道的资金来源，无论生活安全部和组织犯罪对策部始终无法顺利取缔。

正如盐原所说，“虎电器行”也收到了可疑邮件。老板回复了寄件人，想要购买改造方法，几天后，就收到了实物和写了改造方法的 U 盘。实际使用实物后，发现效果的确增强了，原本以为是诈骗的担心也消失了。

奇怪的是，对方寄来的包裹中并没有请款单，目前已经过了两个星期，对方仍然没有来请款。

“虎电器行”已经出售超恍器给超过十名客人。老板认为，改造本身很简单，也不需要太多费用，但如果不知道方法，就无法进行改造。店里当然没有留下购买该商品的客户资料。

之后，浅间和户仓联络了主要在闹市区活动的包打听，请对方听到有关超恍器的消息，就立刻通知自己，也因此找到了几个有超恍器的人，所有人都是在“虎电器行”购买的。

“浅间先生，现在外面的超恍器应该都是‘虎电器行’卖出去的吧？”户仓说，“但是，NF13 事件是在‘虎电器行’贩卖之前就已经使用了超恍器。也就是说，想出改造成超恍器的人就是寄可疑邮件的人，同时也是 NF13 的凶手。这样没错吧？”

浅间抓着头。

“即使是这样，要去哪里找到这个人？‘虎电器行’回复邮件的那个收件人邮箱已经不存在了。”

“这件事也让人感到奇怪，为什么对方传授了改造方法，却没有请款呢？”

浅间叹了一口气，摇了摇头。

“不知道。出售改造方法的想法本身就没有意义，只要有一家店出售，消息很快就会传出去。只要专家看到实物，马上就知道是怎么改造的。”

“既然这样，为什么要寄那种邮件？”

"如果我知道，就不需要这么辛苦了。"

"浅间先生，是不是差不多该向上面报告这件事了？光靠我们两个人，恐怕很难继续查下去。"

浅间没有回答户仓的提问。他摸着口袋，拿出了烟盒。

"浅间先生。"

"说了也没用，"浅间说，"他们只会抱怨，叫我们不要擅自行动，然后阻止我们继续追查超恍器，把目前查到的线索交给警察厅的人。不用想就知道会是这样的结局。"

"也许是这样……"

户仓吞吞吐吐的时候，他上衣内侧口袋里的手机响了。

"我是户仓……对，浅间先生也和我在一起，在办案啊，在调查神乐的交友关系……什么？……知道了,马上就回去。"户仓挂上电话，一脸惊讶地看着浅间说，"是股长打来的，叫我们马上赶回去，好像有关于神乐的消息了。"

"神乐的消息？"

浅间嘴上叼着烟，还没有点火，他把烟丢进了旁边的垃圾桶。

## 32

那须、木场和志贺三个人等在会议室。

"今天走少数精英路线吗？"浅间在坐下的同时挖苦道。

那须用力瞪了他一眼。

"高层已经沟通好了，第一线的人员只要按照指示行动就好。"

“这是不需要对将棋的棋子说明详细情况的意思吗？”

“并没有把你当棋子，最好的证明就是现在找你来这里。”

“所以，要向我说明一切了吗？像是为什么突然被抢走了 NF13 的侦查权之类的。”

“浅间！”木场在一旁呵斥道。

志贺露出淡淡的笑容。

“虽然有必要分享信息，但如果不遵守秩序，反而会引起混乱。之前不是也说了吗？有很多需要你做的事。”

“你还说到时候会下达指示。原来如此，难怪把我找来这里，现在需要出动用完即丢的免洗筷部队做事了。”

“说够了没有！”木场再度呵斥道，“我也不知道详细的情况，只要完成上面交代的任务就好。”

浅间看着木场下垂的脸颊，很想对他说：“你这个没出息的家伙当然不觉得有问题。”但还是忍住了，把视线移回志贺和那须身上。

“这次要交代我什么任务？”

“在此之前，要先说一件重要的事。”那须说，“目前已经查到了神乐逃亡的地点。”

浅间忍不住瞪大了眼睛。

“在哪里？”

“往北。”

“往北？”

那须向志贺点了点头，志贺把放在一旁的笔记本电脑屏幕转向浅间。不一会儿，屏幕上出现了一个戴着帽子的男人静止的画面。男人低着头，似乎正在操作什么。

“这是？”

“这是装在东京车站售票机上的监视器拍下的影像，”志贺说，“目前全国主要车站的几个售票机都装了监视器，主要是为了追踪逃犯的下落。有一件事提供给你参考，因为必须在全国建立监视网络，所以由警察厅负责管理这些影像。”

“我知道这件事，这个戴帽子的男人是神乐？”

“应该是。”

浅间凝视着画面。

“但这个静止画面中，脸完全被帽子遮住了，还是影像动了之后，可以看到他的脸吗？”

“不，这个人直到最后都没有脱下帽子，应该是意识到监视器的关系。”志贺用平淡的语气说。

“既然这样，为什么知道他是神乐？”

“因为耳朵。”志贺指着画面中男人的耳朵，“也许你已经知道，每个人耳朵的形状都不同，可以用来鉴别。我们决定用计算机解析装在主要车站的监视器影像，寻找和神乐的耳朵形状一致的人，最后找到了这个人。”

“这是什么时候的影像？”

“五天前的下午五点零三分。”

“已经过了五天吗？”浅间苦笑着说，“都可以绕日本一周再回到东京了。”

志贺露出冷漠的眼神看着浅间。

“你想象一下，每天有多少人在东京的主要车站使用售票机，这是让计算机全天候工作的结果，我认为这样已经很快了。”

“是要我肯定你们的努力吗？听说科警研和特解研的预算远远超乎我们的想象，解析监视器的影像竟然也要花上五天的时间。”

“我们曾经提议在售票机的面板上引进静脉辨识系统，一旦成真，只要逃犯一触碰面板，系统就会立刻自动通报。但是卡在保护个人隐私的问题上，所以计划迟迟无法推动。这无关预算，而是法律的问题。”

浅间噘起嘴。

“在 DNA 之后，还要登记静脉模式吗？我和你们好像是完全不同的人种。这不重要，知道神乐买了去哪里的车票吗？”

“已经查出来了。监视器在下午五点零三分拍到了像是神乐的人，只要调查售票机在那个时间出售的车票就好，结果显示他购买了往北的列车。”

“他去哪个车站？”

“他换了几班不同的路线，最终目的地是——”

志贺提到一个叫“暮礼路”的车站。

“鸟不生蛋的乡下地方。他为什么要去那里？”

“你不需要思考其中的理由，总之，可以确定神乐在暮礼路市。”

“现在知道了吧，你的任务就是去暮礼路把神乐抓回来。”那须说。

浅间看着上司的脸问：“我一个人吗？”

“我也会和你一起去。因为如果只有你一个人，你会乱来。”木场说。

“我和股长两个人吗？听说暮礼路市是由好几个市、町、村合并后的城市，地方很大。”

“并不是要你去把他找出来。”志贺说，“警察厅已经通知了当地警察，目前发动了人海战术展开搜索，我认为找到神乐只是时间的问题。”

“你们是怎么向当地警察说明神乐的事的？”

“说他是科警研的职员，目前失踪了，手上掌握了有关杀人事件的重要资料。并不完全是谎言吧？”

浅间叹了一口气。

“我把神乐带回来后，不需要侦讯，就交给警察厅吗？”

“神乐是警察厅的人，警察厅的问题由警察厅自己解决，这是很理所当然的事吧？当然，一切都解决之后，会向你们公布可以公布的部分。”志贺用淡然的口吻说道。

浅间拍着桌子，猛然站了起来，瞪了志贺一眼后，转身走了出去。

“浅间，你拒绝接受任务吗？”那须问。

浅间吐了一口气后转过头。

“我接受啊，去暮礼路市就好了，不是吗？我马上去做准备。”

“浅间先生，请等一下。”志贺说完，操作着笔记本电脑的键盘。

液晶画面的影像动了起来，快速播放起许多乘客购买车票的样子，然后在某个画面时停了下来。浅间看到屏幕上的人大吃一惊。刚才那个人——戴着帽子、像神乐的人再度出现在画面上。

“这是……怎么回事？”

“正如你所看到的，神乐再度出现了。在调查售票机的记录后发现，他又买了和刚才完全相同的车票，而且是旁边的座位。”

“有人和他同行吗？”

“这样解释应该很合理，但似乎不是事先约定好同行，否则，第一次买车票时，就会连同对方的车票也一起买好。”

“那是谁……算了，即使你知道，也不可能告诉我。”

志贺缓缓地摇了摇头。

“如果是这样，就不会特地让你看这些影像了。我们也完全猜不透神乐和谁同行，所以也许必须视实际情况，把那个人也一起带回来。”

浅间双手叉在腰上，低头看着那须。

“无论带谁回来，我们都没有权力侦讯他们——课长，这样没问题吗？”

那须默不作声，木场站了起来。

“走了，列车已经安排好了，三十分钟内完成准备工作。”木场说完，向那须他们行了一礼，就走出了会议室。

浅间也瞥了志贺和那须一眼，跟着木场走了出去。

“股长，”浅间在走廊上追上了木场，“这是怎么回事？我们为什么要当特解研的跑腿？”

木场停下了脚步，回头看了一眼会议室后，看着浅间，缓缓地摇了摇头。

“不知道，我想课长应该了解情况，只是不方便告诉我们罢了。”

“我无法接受。”

“我也一样，但这也是无可奈何的事，我们只能听别人的指挥。如果你想指挥别人，就要赶快往上爬，所以必须先立功。”木场拍了拍浅间的肩膀，再度迈开步伐。

# 33

神乐才按了回车键，计算机屏幕上就被数字占满了。毫无脉络、意义不明确的庞大数字在屏幕上一闪而过，好像在嘲笑他。

惨了，计算机又暴走了——

神乐抱着头。这不知道已经是第几十次测试了。他想根据计算机上留下的痕迹调查蓼科早树在这里设计了怎样的程序，但屡试屡败。

根据目前为止得到的线索，蓼科兄妹写给数学家基尔·诺伊曼的电子邮件中所提到的补充程序就是“猫跳”。但是,从电子邮件的内容来看，重要的并不是“猫跳”本身,而是可以借由“猫跳”得到的“白金数据”。也就是说，白鸟里沙可能是想要“白金数据”，所以才在找“猫跳”。

神乐背对着不断罗列出毫无意义的数字的屏幕，巡视着地上。书籍、笔记本和资料夹散乱了一地，这是他检查这栋房子内所有写了文字的东西的结果。他试图了解天才数学家蓼科早树正在进行怎样的研究，却一无所获，甚至无法理解十分之一。

神乐察觉到动静，看向房门口。门敞开着，不一会儿，铃兰出现在门口。

“要不要休息一下？来喝茶吧。”

“哦，好吧。”神乐站了起来。

“出现了很多数字，放着不管没关系吗？”铃兰看着计算机屏幕问道。

“没关系，一旦变成这种状况，我就束手无策了。等这些数字跑完之后，它自己会停下来。”

只是要五个小时，神乐在心里补充道。

神乐下了楼，烧了开水后泡了红茶，和铃兰一起坐在客厅的花卉图案沙发上，抬头看着窗外有点儿阴沉的天空。

来这栋房子已经五天了，虽然房子里有适合长期保存的食物，但也所剩不多了。

“这里的环境很棒，我刚才去附近散步，有一个地方开了很多红色和白色的郁金香，美得像在做梦。”铃兰兴奋地说道。

“我曾经看过那些郁金香花田，好像还有人千里迢迢跑来这里拍照。”

“这里的自然环境优美，空气清新，水质也很好，真希望可以一直住在这里。”

“我也有同感，但这是不可能的。我必须赶快找出‘猫跳’。”神乐拿起杯子喝了起来。不知道是否放了太多茶叶，红茶喝起来有点儿苦。

他还没有告诉白鸟里沙他来这里的事，手机也一直关机。如果白鸟里沙知道这栋房子，一定会马上冲过来，然后找自己的人来解析蓼科早树设计“猫跳”时使用的计算机。到时候，就会把神乐排除在外，不可能告诉他有关“猫跳”和“白金数据”的任何事。

但是，他开始觉得自己无能为力了。自己不知道“猫跳”是什么，根本不可能从计算机中解析出蓼科早树的研究内容。既然这样，不如借助白鸟里沙的能力。

神乐猛然发现铃兰一脸哀伤的表情，正目不转睛地注视着他。

“怎么了？”

她眨了眨眼睛。

“没事，只是觉得有点儿可怜。”

“可怜？什么事可怜？”

“因为你的人生看起来一点儿都不快乐，难得来到这么漂亮的地方，你也完全不外出，整天看计算机。这样的人生一点儿都不快乐，太可怜了。”

神乐把茶杯放在桌上。

“我并不是一直都过着这样的生活，目前是非常时期。”

“是吗？”

“当然啊。我被怀疑涉嫌杀人，正在逃亡。在逃亡的同时，还必须找到‘猫跳’，没时间享受人生。”

“但你没有杀人，既然这样，不需要逃亡啊。”

“我没有杀人，至少没有杀过人的记忆，只不过……”神乐说到这里住了嘴。

铃兰的脸颊抽搐了一下。

“你怀疑是隆干的？神乐，你还在怀疑他？”

“我也不想怀疑他，只是按照逻辑分析，就……”

神乐的话还没有说完，铃兰就站了起来，快步走向门口。

“等一下，你要去哪里？”

铃兰没有回答，直接走出了房间，门“啪嗒”一声关了起来，扬起一些灰尘。

神乐站了起来，缓缓走向门口，因为他以为铃兰还在门口，但是，当他打开门时，发现她已经不见了。她似乎已经离开。

神乐抓了抓头，回到了沙发，拿起放在一旁的手机。

继续这样下去，还是会四处碰壁——他嘴里嘀咕着打开了手机。

果然不出所料，白鸟里沙已经打了好几通电话。神乐用力深呼吸后，拨了电话给她。

电话虽然接通了，但对方沉默不语，最后终于听到了叹气的声音。

“你为什么关机？我之前不是请你和我保持联络吗？”白鸟里沙在电话中尖声质问道。

“对不起，因为我要一个人想一些事，当然是关于‘猫跳’的事。”

“现在有线索了吗？”

“没有，我放弃了，只能借助你的力量。但是，你可能也无能为力，因为要对付的是蓼科早树使用的计算机。”

“蓼科早树的……你果然在暮礼路市。”

神乐大吃一惊：“你怎么会知道？”

“警察已经开始行动了，你继续留在那里很危险，请赶快离开。”

神乐把手机放在耳边，摇了摇头。

“应该没有人知道这栋房子。”

“警方已经查到你去暮礼路市这件事了，而且也知道，暮礼路市是蓼科兄妹的故乡。”

神乐跳了起来。

“警方怎么会发现的？我犯下了什么疏失吗？”

“不能小看警方科学办案的能力，你应该比任何人更清楚地了解这一点。幸好警方并不了解详细的地点，听说蓼科兄妹的老家已经拆除了。”

“这是他们偷偷购买的别墅，也是以别人的名义。”

“但也不能大意，警察厅已经和当地的县警取得了联络，将动员所有警力，清查所有的房子。”

神乐突然感到口渴。

“这下子惨了。”

“请你马上离开那里。虽然可能是用那栋房子里的计算机设计了‘猫跳’，但应该已经删除了，而且应该也无法恢复了。因为蓼科兄妹做事不可能这么粗心大意。”

“虽然你这么说，但目前不知道任何其他的线索。”

“请你赶快逃离那里。另外，我还要问你一件事，从 NF13 采集的样本放在哪里？”

“样本？你是说凶手的体液吗？”

“对，就是你解析 DNA 的样本。”

“如果是 D 卡，在研究所。”

“D 卡就是把 DNA 信息电子化的薄板吧？我问的不是 D 卡，而是需要样本。我去保管室找过了，并没有找到样本。”

“那可以向志贺所长——”

“我希望在所长不知情的情况下带出去，请你告诉我保管在哪里？”白鸟里沙一口气问道。

“我想知道有什么目的。”

“现在没时间解释，请你赶快告诉我。”

神乐舔了舔嘴唇。

“如果事件还未侦破，样本都放在分析室的冷冻保管库。保管库的密码是 Destiny，D、E、S、T、I、N、Y。”

“命运吗？我知道了。我也祝你幸运，你无论如何都要逃离，一定要找到‘猫跳’。”

“关于这件事，我也有一个问题，‘白金数据’是什么？”

白鸟里沙再度陷入了沉默，但这次应该是出乎意料，不知该如何回答。

“你目前还不需要考虑这个问题。”她的声音有点儿慌乱，“目前的首要任务是赶快逃，逃到安全的地方之后，再和我联络。那就先这样了。”

“等一下。”

“我再说一次，祝你幸运。”白鸟里沙说完这句话，就挂上了电话。

神乐握紧手机，走出了房间。他直接走向玄关。

他穿上鞋子，冲出家门，但不见铃兰的身影。他大声叫着铃兰的名字，却没有人回答。

他走向屋旁的小车库，蓼科耕作的摩托车在那里，他之前都骑这辆摩托车去购买食物，钥匙就放在旁边的空罐里。

他跨上摩托车，确认油箱里还有油后，发动引擎。

## 34

在暮礼路车站下车的只有浅间和木场两个人。他们经过很小的验票口，走下阶梯后，离开了车站。车站附近有一排路灯，但远处是一片看不到尽头的漆黑。

“这里是怎么回事？真的是在日本吗？”浅间身旁的木场嘀咕道。

车站前有一个圆环地带，有一排公交车车站，但末班车都已经开走了，也找不到出租车招呼站。

他们站在原地，一辆轿车不知道从哪里驶了过来，在他们面前停下后，一个瘦瘦的年轻人走下车。

“请问两位是警视厅的人吗？”他轮流看着他们两个人问道。

“是。”浅间他们出示了警察证。

对方也出示了身份证。他自我介绍说，他叫玉原，是暮礼路分局刑事课的人。

“两位久等了，我带你们去分局。”

“谢谢。”

木场坐在后座，浅间坐在副驾驶座上。

“你们是不是被这种乡下地方吓到了。”玉原把车子开出去后立刻说道。

“那倒不至于，只是比原本想象得更远。”

“我刚被调到这里时也吓到了，因为这里简直就像是陆地的孤岛。但也许有人就是喜欢这样的环境，有不少人从大城市移居到这里，到处都是小型小区。总之，这里就是地方特别大。”

“犯罪的情况怎么样？”浅间虽然并不是很关心这件事，但还是随口问道。

“以前从来不曾发生过任何大案子，最近有时候会发生一些恶性的犯罪，但现在无论哪里都差不多吧。”玉原又接着说，“但这次的情况前所未见，因为县警总部派了超过一百名刑警来支持，听说明天还会派直升机。我还在和同事说，简直就像是好莱坞电影。”

浅间看着玉原的瘦脸，他似乎在说搜索神乐的事。

“搜索的进展顺利吗？”

玉原握着方向盘，偏着头说：“我不太清楚详细情况，因为我们只是小刑警而已，而且辖区的刑警最多只是按照上级的指示行动而已。不过，今天一天已经在相当大的范围进行了明察暗访，搞不好明天就会有什么线索了。”

“这次的搜索由谁指挥？”

“我跟你们说，令人惊讶的是，竟然是总部长亲自指挥。”

“总部长？”坐在后方的木场探出身体，“由北峰总部长负责指挥吗？”

他来这里之前已经调查过，县警总部的部长姓北峰。

“是啊，刑事部长和警备部长也都来了，我们分局的局长简直无所适从。”玉原兴奋地说完后，压低声音说，“虽然我不知道可不可以问这种问题，但失踪的那个人到底是何方神圣？只听说是科警研的职员，除此以外，什么都不告诉我们。既然不是追捕通缉犯，这样大规模搜索也太奇怪了。”

浅间瞥了木场一眼后，摇了摇头。

“我们也不太清楚，只是奉命要把那名职员带回去。”

“是这样啊？嗯，话说回来，即使你们知道什么，也不可能告诉我这种小刑警。”玉原露出自嘲的笑容。

浅间没有吭声，看着前方。不一会儿，就看到了前方的灯光。

暮礼路警察分局是一栋不大的建筑物，但周围停了大大小小数十辆警用车辆，应该都是县警总部的车辆。浅间他们稍微观察了一下，就有好几辆车子离开，又有车辆回来，整个分局陷入一片匆忙的气氛。

浅间和木场跟着玉原来到分局内的大会议室，入口贴着“K 相关特别搜索对策室”。

会议室内弥漫着人员散发的热气和香烟的烟雾，十几个男人围在中央的巨大桌子周围，正在讨论什么。

玉原走向一个身穿制服、上了年纪的男人。

“局长，警视厅的人到了。”

局长转头看着浅间向他们打招呼：“哎哟，两位千里迢迢来这里，辛苦了。”

“给你们添麻烦了。”木场鞠躬说道。

“请等一下——总部长，”局长叫着低头看着会议桌的其中一个男人，“总部长，现在方便吗？”

“什么事？”一个个子不高，但眼神很锐利的男人转头看向局长，他微微撇着嘴角。这个人似乎就是县警总部长北峰。

“警视厅的人已经到了。”

木场听到局长这么说，立刻向前一步。

“我是警视厅搜查一课的木场，他是我的下属浅间。”

“请多指教。”浅间说，但北峰不耐烦地挥了挥手。

“目前还没有找到那个人，等我们找到他的下落，带回来之后，会通知你们。在此之前，你们可以找一个地方待命——找个人带他们去饭店。”

“是。”玉原回答后走了过来。浅间伸手制止了他，对北峰说：“请等一下，可不可以告诉我们目前的情况？因为我们要向上司报告。”

北峰挑了挑右侧的眉毛。

“东京方面，我会直接联络，所以不必担心。你们只要负责到时候顺利把人带回去就好，今晚就好好休息。”

“但是……”

“不好意思，目前正展开搜索，我在等下属的报告。暮礼路这地方很大，有山也有河流，当然也有住宅区，有太多可以躲藏一两个人的地方了。现在没时间陪你们——赶快带他们两位去饭店。”北峰说完，立刻转过身。

浅间想要走过去，木场伸手拉住了他，小声地说："算了。"

玉原站在浅间面前："我带两位去，请跟我来。"

浅间看了看玉原，又看了看木场的脸，用力叹了一口气。

玉原带他们来到车站旁一家小型商务饭店，虽然分局内也有住宿的地方，但应该被从县警总部来的侦查员占据了。虽然应该有地方可以让浅间和木场睡觉，但北峰一定不希望他们和自己的下属接触。

"那个总部长应该知道他们正在找什么人。"浅间在玉原离开后说。

"那当然啊，否则不可能亲自指挥搜索。"

"而且八成还知道我们不知道的事，所以不愿意向我们透露消息，应该是警察厅下达了指示。"

木场耸了耸肩。

"也许吧，他是高级组的，原本就是警察厅的人。"

"但真奇怪啊，抓到神乐之后，不是要交给我们吗？既然这样，为什么不愿告诉我们目前的情况？"

"这就不知道了。"木场躺在狭窄的床上。

浅间将视线从上司肥胖的身体上移开，看着窗外。蕾丝窗帘外是深不见底的黑夜。

这里有秘密吗？浅间忍不住思考。志贺显然知道神乐来这里的理由。也许这里对神乐来说，是具有重要意义的地方。警察厅、志贺还有北峰是不是担心在找他的过程中，导致这件事曝光？

木场开始打鼾，浅间从衣服口袋里拿出了香烟和打火机。房间内没有烟灰缸，他也知道这家饭店所有的房间都禁烟，但是他把烟放在嘴上点了火后，深深地吸了一口，对着木场的脸用力喷烟。

## 35

神乐在半夜十二点后才回到蓼科兄妹的家，他一直骑着摩托车四处寻找铃兰，却遍寻不着她的身影。铃兰是走路，照理说应该不会去太远的地方，但神乐还是没找到她，反而看到有可疑的人挨家挨户查访，显然正在找人。

白鸟里沙说的话似乎是真的，也许应该马上离开这里。一旦到了明天，将会有更多侦查员出动，展开地毯式搜索。

不过神乐无法对铃兰弃之不顾。虽然她是自己跟来这里，现在也是没有向神乐打招呼就擅自跑出去，或许并不需要在意她，但如果警察发现她，一定会逮捕她，然后侦讯她。想到她和事件毫无关系，也毫不知情，却可能会遭遇这种情况，神乐就无法独自离开这里。

蓼科兄妹的家和神乐刚才离开时一样，没有开灯，静悄悄的。原本以为铃兰可能已经回来的期待也落空了，但警方似乎还没有发现这里。

想到侦查员可能躲在屋里，神乐屏住呼吸，小心翼翼地走向房子。他没有从玄关进屋，而是绕去车库，因为那里也有出入口。

他悄悄地用钥匙打开门，屋内似乎没有人。他松了一口气，走进屋内，但没有开灯，因为深夜亮灯可能会吸引警察上门查访。

如果铃兰遭到警方逮捕，警方就会知道这里，既然警方似乎并没有发现这里，代表并没有抓到她。不，也许警方已经从她口中得知这里，正在盘算进攻的时机。想到这里，神乐很想赶快离开，但他还是继续往里面走。如果铃兰在自己离开之后回到这里，一定会不知所措。

而且，即使铃兰落入警方手中，也未必会说出这栋房子。从她之前的言行判断，她坚守沉默的可能性反而比较高。

他走去客厅，在沙发上坐了下来。茶杯仍然放在桌上，里面还有三分之一杯冷掉的红茶。

他回想起和铃兰的对话。她说神乐很可怜，难得来到这么漂亮的地方，却整天守着计算机，这样的人生太可怜了。

神乐虽然从来不觉得自己可怜，但在旁人眼中，或许会这么认为。他的确已经有很长一段时间没有和大自然接触的记忆了。既无法体会到季节的变化，也从来不在意空气中有不同的气味。他之前并不认为这样的生活有什么问题。科学文明是丰富人类生活最不可或缺的东西，他为自己从事发展科学文明的工作感到自豪。之所以需要保护大自然，只是为了维持最适合人类生存的环境而已。他认为亲近大自然或是爱上大自然，都是在浪费人生。

神乐的脑海中突然闪现出一幅画，画中有一双手，那是隆画的。隆经常画手，那些画接二连三地浮现在他脑海中。

那是……什么的手？代表了什么意义？

之前从来不曾有过的感觉在神乐的内心扩散，有点儿熟悉，又带着痛苦的感情涌上心头。他之前从来没有对那些手的画产生过这样的感觉。

画中的那双手在神乐的视网膜上动了起来。那双手在画中慢慢改变形状，以惊人的速度换了一张又一张，和动漫的原理一样，看起来好像是手在动。

神乐注视着那双手，原本是画中的手渐渐变成真正的手，那双手的动作越来越复杂，突然停了下来，下一刻，伸向了神乐。

他惨叫一声，睁开了眼睛，身体在痉挛。

昏暗的前方，可以隐约看到墙壁。墙上挂着时钟，圆形的时钟指向凌晨三点多。

神乐眨着眼睛，不停地深呼吸，身上流了很多冷汗。他用手背擦脖子时，感觉到右侧有人。他吓了一跳，看向右侧。

铃兰站在那里，若无其事地露出笑容。

“你在这里干吗？”他问话的声音很沙哑。

“我在看你，你好像睡得很舒服。”

神乐皱了皱眉头。

“没这回事，睡得糟透了，而且还做了噩梦。先不说这个——”神乐注视着铃兰的脸，“你去了哪里？我刚才一直在找你。”

虽然神乐努力用严厉的口吻说话，但铃兰完全不在意，脸上仍然带着微笑。

“我哪里都没有去啊，只是在附近走一走。我不是说了吗？附近有很多漂亮的地方。”

“三更半夜吗？”

“因为有些东西只有晚上才能看到啊。”

神乐立刻知道她在说什么：“你是说星星吗？”

“猎户座、仙后座、双子座，我第一次这么清楚地看到这些星座。神乐，你也应该和我一起去看。”

“我不是说了吗？我刚才一直在找你。”神乐站了起来，“先不说这些了，幸好你平安无事，你在路上没有遇到警察吗？”

“警察？什么意思？”铃兰偏着头。

她还真是在状况外啊！神乐很想苦笑。

“详情晚一点儿再告诉你。总之，必须赶快离开这里。”

“现在马上要离开吗？”

“对啊。如果有想要带走的东西，请你在五分钟内整理好。”

“我想要那个，那个放在窗边的安乐椅。”

神乐用力摇着头：“没办法带那么大的东西。”

“那我什么都不要了。”

“好，那我们马上离开。”神乐伸手去拿自己的背包。

他拿着手电筒从后门走了出去，铃兰跟在他身后。他们缓缓走下玄关前的阶梯，观察着马路上的情况。外面一片漆黑，什么都看不到。

“虽然我会用手电筒，但只能照脚下。如果被人看到这里的光，等于在告诉别人，这里有可疑人物。这里很暗，不太好走。你抓紧我的手，走路的时候小心脚下，知道了吗？”

“知道了。”铃兰回答，但她的声音几乎没有悲怆的感觉。她可能完全不了解目前所处的状况。

虽然地上铺了柏油，但漆黑的山路并不好走，如果没有手电筒，连前方一米远的地方也看不到。因为牵着铃兰的手，所以更加不好走。

“我们要走去哪里？”铃兰不安地问。

“我把摩托车藏在了前面，再忍耐一下。”

“为什么不把摩托车骑到房子那里？”

“因为三更半夜引擎声会让人起疑，而且车头灯的光也可能会被警察发现。”

“哦。”铃兰回答后，突然停下了脚步，“对了！”

“怎么了？”

“我发现了一个很好的藏身之处，我记得就在这附近，我们可以在那里等到天亮。”

“藏身之处？什么意思？”

“教堂。”

“教堂？为什么这种深山里有教堂？”

“那我就不知道了。我想，无论在哪里都会有基督徒。你知道吗，意大利和西班牙至今仍然有许多基督教徒以前建造在地下的教堂遗迹。”

“我以前虽然曾经听说过这件事，但你说的教堂并不是在地下吧？应该有人住在里面，万一被他们发现，他们可能会去报警。”

“里面目前好像没有住人，玻璃都破了，门也没有上锁，我猜想应该变成了废墟。虽说是废墟，但里面很干净，我并不排斥那里。”

神乐低头看着手电筒照亮的脚，思考着她的提议。走去藏摩托车的地方还有一小段路，即使走到那里，他也不确定在目前这个时间逃走是否为上策。警方应该也考虑到自己可能会在半夜行动，在寂静的深夜骑摩托车也许是自掘坟墓的行为。

“那个教堂在这附近吗？”

“很近啊，就在这旁边。”铃兰指向一个方向。

那里有教堂吗？神乐在思考的同时迈开了步伐。他之前来过这里很多次，也在附近走动过，但不记得曾经看到过那样的建筑物。

没想到铃兰并没有说错，他们走了两三分钟之后，看到了一座被树木包围的小教堂，屋顶上有一个十字架。

“你看，我没有骗你吧？”铃兰开心地说道。

“真的没有人住吗？”

他们走进已经坏掉的大门，经过一小段门廊后走向正门，握着门上已经生锈的把手，缓缓拉开，门发出了轻微的挤压声。门的确没锁。

神乐小心谨慎地走了进去，用手电筒照亮了室内。教堂内摆放着长椅，前方有一个圣坛，正前方的墙上有一个大型十字架，周围的墙壁上雕刻了植物。

“的确像是废墟，但并没有很荒废，可能遭到废弃的时间还不久。”

“感觉很不错吧？”铃兰在旁边的长椅上坐了下来，“神乐，你也坐吧，椅子不会很脏。”

神乐点了点头，在另一张椅子上坐了下来。

“为什么坐在离我这么远的地方？”

“为什么……也没有特别的理由啊。”

“那你坐来这里，靠在一起坐会比较暖和。”

“……好。”

神乐站了起来，坐在铃兰旁边，但保持了一点儿距离，铃兰立刻靠了过来。

“你看，是不是很温暖？”

“是啊。”神乐回答。铃兰的天真无邪让他忍不住笑了起来。

因为怕被外面看到，他关掉了手电筒。黑暗顿时笼罩了他们。铃兰更紧挨着他，挽着他的右臂，握住了他的手。铃兰的手又干又冷。

“别担心，”神乐说，“我一定会保护你。”

“嗯。”她回答说，“我知道。”

神乐闭上眼睛，但并不是因为想睡觉。即使睁开眼睛，也什么都看不到。

不知道是否因为什么都看不到，他发现其他感觉变得敏锐了。灰尘的味道似乎变得很强烈，微风的声音也传入耳朵，还可以听到虫鸣声，感受到铃兰身体的温暖——

神乐认为也许这就是和自然同化。平时因为周围充斥了太多信息，所以才会无法察觉到周遭的大自然如何变化，对很多事都视而不见，充耳不闻，摸而无感。

神乐想起铃兰曾经提到隆的画，她说，隆画中的手，神乐也曾经看过，但看不到，所以无法了解其中的重要意义。

神乐想要看那幅画，因为他觉得现在也许能够解读出其中的意义。

不知道过了多久，神乐听到山斑鸠的声音才回过神。他发现自己似乎睡着了。他缓缓睁开眼睛，白色的光从打破的窗户照了进来，灰尘在光线中飞舞。

神乐再度巡视教堂，感觉比刚才在黑暗中看到时稍微宽敞一些，但实际上只有小学的教室那么大。用手电筒照亮时，散发出庄严气氛的圣坛，在阳光下也褪了色。

而且——

神乐觉得好像在哪里看过眼前的景象，他觉得自己以前来过类似的教堂。只是似曾相识而已吗?

“早安。”

听到背后的声音，他转过头。铃兰笑着站在他身后。

“你没有睡吗？”

“睡了啊，刚才睡了一下，但这么舒服的早晨，睡懒觉太浪费了。”

她的手上拿着花，应该是从外面摘回来的。她走到圣坛前，放在台上，握着双手跪了下来。

“你是基督教徒吗？”

“现在是。”她保持祈祷的姿势回答，“神乐，你要不要一起祈祷？”

“祈祷什么？”

“什么都可以啊，健康、幸福或是世界和平。”

神乐走向圣坛，抬头看着十字架。

“在我迄今为止的人生中，从来没有求神拜佛的经验。”

“祈祷并不是求神拜佛为自己实现什么心愿，”铃兰抬头看着他，“而是为了自我净化，不能够要求回报。”

“是噢。”

如果是以前，神乐一定会反驳。他对宗教和信仰毫无兴趣，也很看不起笃信宗教的人，此刻却很顺从地听取了铃兰的建议。

铃兰站了起来。

“我有事想要拜托你。”

“什么事？”

“我以前曾经和隆聊到，希望有朝一日可以举办婚礼。在偏乡的教堂内，只有我们两个人。你不觉得很棒吗？”

“像童话的世界。”神乐微微偏着头问，“你要拜托我什么？”

她嫣然一笑，伸出了右手。她的手上放了两个草编的戒指。

“你该不会……”

铃兰点了点头。

“请你代替隆和我交换戒指。”

“我吗？”

“因为我觉得很难再有第二次机会。别担心，我并不是要你和我结婚，你只是代替隆而已。”

“代替噢。”神乐抓了抓鼻翼，对她点头说，“好啊，我要怎么做？”

“你先拿着这个，”铃兰递给他一个比较小的戒指，“然后站在我面前。准备好了吗？开始啦。”

他们面对面站在圣坛前，她清了清嗓子。

“隆，你愿意娶铃兰为终身伴侣，并发誓永远爱她吗？”

“呃！”神乐忍不住发出这个声音。

铃兰嘟起了嘴：“不是‘呃’！我们要交换誓言，所以你要回答说，我愿意。”

“哦，对噢，我知道了。”

“那就再来一次。隆，你愿意娶铃兰为终身伴侣，并发誓永远爱她吗？”

“我愿意。”

“神乐，接下来换你了，你也问我相同的话。”

“呃，铃兰，你愿意和隆成为终身伴侣，并发誓永远爱他吗？”

“我愿意——接下来，我们要交换戒指。首先新郎为新娘戴戒指，你把刚才的戒指戴在我的无名指上。”

她伸出左手，神乐把草编的戒指戴在她的无名指上。

“接着由新娘为新郎戴戒指，把左手伸出来。”

神乐乖乖伸出左手时，听到窗外传来说话的声音。有人来了。神乐和铃兰互看了一眼。

“快躲起来。”

神乐搂着铃兰，躲在圣坛后方。门被用力推开了，然后有一个男人的声音说：“这里应该已经没在使用了。”

“不，还是要确认一下。”另一个人说完，发出走进来的脚步声，“喂，你看，这里的灰尘好像被擦掉了。最近有人进来过。”

“但未必是正在追捕的人啊。”

“是没错啦，但还是要先向总部报告一下。”

听他们的对话，这两个人应该是警察。不一会儿，他们就走了出去。

神乐从圣坛后探头张望，教堂的门敞开着，他们可能还在门外。

他背起背包，拉着铃兰的手。

“婚礼中止了，我们从窗户逃出去。”

神乐小心翼翼地打开已经生锈的窗户，以免发出声音，然后走了出去。铃兰也身手矫健地跟了上来。

教堂的后方是树林和和缓的下坡道。神乐牵着铃兰的手东张西望地向前走。

“我把摩托车藏在了前面的废弃屋里，快走。”

神乐跑了起来。铃兰虽然穿着高跟拖鞋，但并没有抱怨。

道路旁有一块空地，空地的角落有一栋老旧的小屋，以前可能是礼品店，招牌上的文字已经剥落，完全看不清了。

神乐绕到了小屋后方。他把摩托车藏在那里，上面盖着芦苇编的帘子。

他推着摩托车回到了小屋前，在铃兰面前骑上了摩托车。

“你坐在后面。”

“好厉害，我好紧张噢。”铃兰坐在后车座，抱住了神乐的身体。

“喂！”就在这时，有人叫了一声。转头一看，一个身穿制服的警察骑着脚踏车向他们逼近。

“糟了，你用力抱紧我！”神乐发动了引擎，立刻冲了出去，只听到警察叫着什么。

骑了不到五分钟，远处就响起了警笛声。神乐踩着油门，但不一会儿，就看到有警车停在前方，似乎正在临检。

神乐迅速巡视周围，看到护栏的缺口，通往一条狭窄的农村道路。他将摩托车掉头，驶向这条路。

正在临检的警察似乎发现了他，警车鸣着警笛追了上来。神乐加速飙车。

“铃兰，你绝对不能放手。”

“嗯，我死也不会放手。”

铃兰纤细的手臂用力抱着神乐的身体，神乐的后背可以感受到她柔软的身体。神乐在骑摩托车的同时，也感受着她的身体。两个人的身体穿过了迎面而来的风。

警笛声稍微远离了，但农村道路通往山路，道路突然变得狭窄了。警车应该无法通过。

应该可以顺利逃脱。神乐正感到安心时，狭窄的山路前方是一个一百八十度的弯道，神乐的摩托车车速太快，无法顺利转过弯道。正当他心想“不妙”时，他和铃兰的身体都飞向了空中。

# 36

醒来时，一时不知道自己身处何处，只知道脸颊碰触到的床单不像平时那么潮湿，床垫也很硬。

浅间的脸转向一侧，整个人趴睡在床上，这是他睡觉的习惯。

他眨了眨眼，眼睛渐渐聚焦。有人躺在旁边的床上，看到那个人肥胖的背影，他想起那是木场。没错，这里是商务饭店，自己和木场一起来暮礼路市，准备把神乐带回去。

浅间坐了起来，床头柜上的闹钟显示六点五十五分。闹钟设定在七点。他忍不住苦笑起来，平时在家的时候，也经常在闹钟响之前就醒来。他原本很得意，觉得自己的生理时钟很精准，但据一位医生朋友说，那是压力所致。也就是说，他在睡觉的时候，神经也无法充分休息。

木场仍然发出轻微的鼾声，和浅间入睡前一样。这个人应该没什么烦恼吧。浅间在内心咒骂道，但决定让他多睡一下，省得麻烦，所以就解除了闹钟设定。

下床之后，他去浴室小便，顺便冲了澡。他并不在意自己比上司先洗澡，木场应该也不会有意见。他湿着身体刷完了牙，只穿了内衣裤走出浴室。

他用毛巾擦头发时走到窗边。窗帘敞开着，淡淡的阳光照了进来。今天似乎是阴天。

他站在窗边眺望着窗外的景色。旁边就是暮礼路的车站，公交车都停在圆环周围。

下一刻，浅间瞪大了眼睛。因为他看到出租车招呼站旁停了三辆警车，其中一辆是厢型车。他定睛细看，发现附近有不少制服警官的身影。虽然看不清楚他们脸上的表情，但可以感受到急迫的气氛。

“股长。”浅间转头叫了一声,但木场的虎背仍然有规律地上下起伏着。

浅间冲到床边，摇着上司的身体：“股长，快起床。”

木场睁开了浮肿的单眼皮眼睑，慵懒地“啊”了一声。

“你赶快醒醒，情况不太对劲儿。”

“什么情况？”木场皱着眉头，揉了揉眼睛，嘴边还有干掉的口水痕迹。

“好像有动静。警车停在车站前，警官也都出动了。”

“这代表还在继续搜索神乐的下落吧。”

浅间不耐烦地抓住木场的手臂说：“总之，你先来看一下。”

“好痛，不要拉我。”

浅间把木场拉到窗边，拉开了蕾丝窗帘。

“你想一想，如果只是在车站埋伏，不可能把警车停在这里，否则等于在宣告这里有警察。”

木场终于睁大了小眼睛。

“你这么说，好像有道理……”

浅间拿起放在椅子上的长裤。

“我们去暮礼路分局看看，一定发生了什么事。”

“等一下，我先去小便，顺便冲一下澡。”

“请你在十分钟内准备就绪，否则我一个人先去。”

“好啦好啦，不要这么大声嚷嚷。”木场抓着头，走去浴室。

十分钟后，两个人走出了饭店的房间。他们走到车站，搭上出租车，直奔暮礼路分局。

“两位先生，你们是警察吗？”白发的出租车司机问道。

浅间瞥了一眼身旁的木场后，对着驾驶座回答说：“不是，我们的朋友发生车祸，所以要去警察局。”

“原来是这样，那还真麻烦啊。”

“如果我们是警察，有什么问题吗？”

“不，不是这个意思，只是想要向你们打听一下。刚才接到车行的通知，说如果看到背着背包的男人要向公司汇报。这种时候，通常是警方要求车行配合，所以想打听一下，到底发生了什么事。”

浅间和木场互看了一眼。县警请求车行的协助，代表神乐目前并不是躲藏在某个地方，而是已经逃亡了。

“你是几点接到通知的？”

“我想想，差不多快六点的时候。”

浅间看了一眼手表，距离现在还不到两个小时。

一到暮礼路分局，他们小跑着来到会议室。会议室的门敞开着，许多侦查员匆忙地进进出出。

“浅间先生。”不知道哪里传来叫声，随即看到玉原满脸通红地朝他们跑了过来，“怎么了？不是请两位在饭店待命吗？”

浅间不理会玉原，走向中央的会议桌。北峰和其他人仍然像昨晚一样，面色凝重地围在会议桌旁。桌子上放了一张大型地图。

“总部长！”浅间对着北峰的侧脸叫了一声，“发现神乐了吗？”

一脸冷酷的北峰转过头，但他的视线并没有看向浅间，而是注视着玉原。

“喂，这是怎么回事？”

“对不起，我已经请两位在饭店待命了。”

“总部长！”浅间又叫了一声，“请你告诉我，神乐目前人在哪里，还是他已经逃跑了？”

北峰没有正眼看浅间，他转过身，背对着说：“我昨天已经说了，等我们找到他，并且逮捕他之后，就会交给你们。在此之前，你们就乖乖等通知，不要干涉我们的行动。”

“我知道，但至少请你告诉我们目前的情况。”

“喂，来人！”北峰叫了一声。

北峰身旁的两三名下属站在浅间他们面前，其中一人说：“请你们回饭店待命。”

浅间咬着嘴唇，看着身旁的木场。

“我们不可以留在这里吗？我们不会干扰你们办案。”木场说。

几名下属转头看向北峰，但北峰没有吭声。

木场转头对浅间说：“我们留在这里似乎没关系。”

“好像是这样。”

浅间立刻巡视周围，看到墙边放了几张铁管椅，他大步走过去，在椅子上坐下来。木场也在他旁边坐了下来。

“请你们继续工作。”北峰的部下有点儿不知所措，浅间对他们说道。

就在这时，正在接电话的制服警官叫了一声：“总部长！发现他之前躲藏的住处了。”

“什么？”北峰的表情更加凝重了，他从制服警官手上抢过电话，大声地说，“我是北峰，没有搞错吧？……是吗？地点在哪里？不，等一下。喂，把地图拿过来。”

下属在北峰面前摊开地图，十几名下属包围了他。浅间也想挤过去张望，但有一个高大的男人站在他们旁边，狠狠地瞪着他们，似乎在说，如果敢靠近一步，就要把他们撵出去。

“好，派人守住出入口，绝对不要让任何人进去，你们也不可以进去，知道了吗？”北峰说完，粗暴地挂上电话，然后命令身旁的下属，“派几个人去那里支援，除了监视以外，同时去附近打听情况。”

几名侦查员立刻聚集过来，简短地交谈几句后，离开了会议室。

北峰再度站在会议桌旁，指着地图和下属交谈起来，完全无视浅间他们的存在。

浅间看到玉原走出会议室后，也起身跟着走了出去。

“玉原先生，”浅间来到走廊上时叫道，“可以打扰一下吗？”

“什么事？我什么都……”

玉原还没有说完，浅间就抓着他的肩膀，把他带到楼梯旁。

“请你至少告诉我，你目前知道的状况。”

“我昨天也说了，我只是小刑警而已。”玉原的眉毛皱成了八字形。

“那至少请你告诉我，神乐还在这里吗？还是已经逃走了？”

玉原不耐烦地摇了摇头：“今天早上，正在临检的警察发现像是他的人骑摩托车逃走了。虽然立刻开着警车追捕，但他逃进了狭窄的山路，所以被他跑掉了。”

“真的是神乐吗？”

“听说……八成是。”

“之后的下落完全不清楚吗？”

玉原露出痛苦的表情，轻轻点了点头。

难怪北峰他们的表情比昨天更凝重了。发现了神乐的下落，却让他跑了，县警等于颜面扫地，北峰当然不愿意告诉浅间目前的情况。

“听起来好像发现了神乐隐匿的地点，这是怎么回事？”

“我不太清楚，甚至不知道那个姓神乐的人为什么要来暮礼路这种地方。你应该也听到总部长在电话里说的，即使发现了他躲藏的地点，也禁止进去里面搜查。”

“禁止？谁禁止？警察厅吗？”

“不知道，你不要问我这种基层刑警。”玉原语中带刺地说。

浅间道谢后，放开了玉原，回到会议室后，向木场报告了情况。

“被他逃走了吗？那就麻烦了。”木场用事不关己的语气说道。

“听说县警被禁止搜查神乐躲藏的房子。这是怎么回事？那里有什么吗？”

“八成是这样吧，神乐来这里的目的，应该也和‘什么’有关。”

木场小声说道，浅间也有同感。

之后，北峰他们的行动并没有太大的变化。刑警频繁出入，向北峰和其他人报告，但从他们的表情就知道，并没有获得太大的成果。

大约两个小时后，浅间听到了令人在意的谈话。不知道是谁已经抵达了暮礼路车站，正在来这个分局的路上。听北峰的语气，对方似乎来头不小。

“我在会客室见他，等他一到，就带去会客室。”北峰交代下属后，走出了会议室，刑警部长和警备部长也跟在他身后。

浅间等了一会儿之后，悄悄离开了座位，假装不经意地来到会客室旁打电话，观察周围的情况。

不一会儿，传来电梯抵达的声音，电梯门缓缓打开，几个男人走出电梯。浅间把手机放在耳边，面对着窗外，余光当然扫向会客室。

但是，他很快停止了伪装，因为从电梯走出来的那群人中，有一张熟悉的面孔。

对方似乎也看到了浅间，停下了脚步。

“你好。”志贺用悠然的声音向他打招呼，“辛苦了。”

“太惊讶了，我还以为是哪个大人物来了……”

“很抱歉，让你失望了，但好像还没找到神乐吧？”

“所以我们还在这里闲晃啊，而且还不让我们插手。”

“找到他只是时间早晚的问题，你们就静下心慢慢等待。”

“这是怎么回事？既然你们已经来这里了，我们没理由继续留在这里。”

“神乐是杀人事件的重要关系人，当然要由搜查一课的你们把他带回去。我们是有其他事才来这里的。”

“是吗？请问是什么事？”

当浅间发问时，旁边的年轻男人叫着志贺：“所长，该进去了，总部长他们正在等你。”

“好。”志贺回答后，面无表情地看着浅间说，“我记得之前就已经说过了，你们只要按上面的指示办事就好。”说完，他转身离开了。

“既然你来这里不是为了神乐，应该是为了他之前躲藏的住处吧？你们甚至禁止县警的侦查员进入，到底要调查什么？”

志贺停下脚步。

“我相信你也知道，有很多复杂的情况。让基层的刑警插手，成事不足，败事有余。”志贺头也不回地说完后，跟着其他人走进了会客室。

## 37

睁开眼睛，只看到眼前灰色的墙壁，但视野很模糊，看得不太清楚。他用右手揉了揉眼睛，发现手是湿的。

他把手放了下来，拼命眨着眼睛，视野终于恢复了清晰，同时发现自己正躺着。原本以为的墙壁其实是天花板。

他发现并不是只有右手，而是全身都湿了，却并不觉得冷。有什么东西包住了自己的身体。不，应该说，是有东西盖在他身上。

神乐缓缓抬起头，发现盖在身上的是纸板，似乎是什么箱子拆开后盖在自己身上。

他想要继续坐起来时，忍不住咳嗽起来，后背感到一阵剧烈疼痛。

“哦，你终于醒了吗？”传来一个男人沙哑的声音。

一个看起来农夫装扮的中年瘦削男子手上拿着神乐的背包。背包也湿了。

“你是谁？”神乐躺在那里问道。

男人抓了抓花白的头发说：“问救命恩人‘你是谁’，似乎不好吧，至少要问，请问你是哪位？”

“恩人？”

神乐搜寻着自己的记忆。他记得警车在追自己，他骑着摩托车逃命，但在弯道时失控，整个人飞了出去。

“对了……我掉进河里了。”

“你是在哪里掉进河里的？我正想要去钓鱼，看到有人躺在河岸上，吓了一大跳。”

“我不知道自己掉落的位置，你……是您救了我吗？”

“是啊，但其实只是把你抬到这里而已。”男人抓了抓人中。

神乐转头张望，房间只有三平方米多大，角落堆着装了东西的麻袋。

“这里是哪里？”神乐问。

“仓库啊，收成的东西都放在这里。”

“收成？哦，原来是农民……”

“和农民不太一样，不过也没关系，反正做的事情都一样。”

神乐忍着痛，慢慢坐了起来。浑身的撞伤很严重，关节也很痛，但幸好没有骨折。

“你没事吧？不过你可以游泳，伤势应该不至于太严重。”

“游泳？”

“你自己说的啊。我发现你的时候，你还有意识，只是有点儿模糊不清。我大声叫你，你只回答了一句，说你已经游不动了，然后就昏了过去。”

“我不记得了。”

“你应该用尽了全力吧。”

神乐努力搜索记忆的片段，但找遍了脑袋的每个角落，也不记得自己曾经游过泳，只不过他想起了更重要的事。

“有没有看到一个女生？”

“女生？”男人皱起了眉头。

“穿白衣服的长发女生，不到二十岁。”

男人摇了摇头。

“没看到，至少她没和你在一起。你们是一起的吗？”

神乐想要站起来，但浑身疼痛，根本无法动弹。他皱着眉头，只能又躺下来。

“你最好再睡一下。”

神乐咬着嘴唇，摇了摇头。

“我必须去找她，不知道她是不是被冲到其他地方了。”

“不知道，如果她像你一样会游泳，很有这个可能。”

神乐的身体忍不住颤抖，不光是因为冷，而且是铃兰可能已经送命的不吉利想象闪过脑海，这种恐惧让他忍不住发抖。

这时，拉门打开了，一个留着落腮胡的男人探头进来，向白发男人打着招呼。

白发男人把背包放在神乐身旁，走出了房间。但他们似乎就在门外交谈，可以听到他们小声谈话的声音。

神乐把背包拉了过来，虽然背包湿了，但里面的换洗衣服、生活用品和现金都在。虽然手机也在皮包里，但已经报废了。如此一来，就无法和白鸟里沙联络了。

白发男人走回屋里，盘腿坐在神乐身旁。

“你是警察正在找的那个人吗？”

神乐大吃一惊。他不知道该怎么回答，所以闷不吭声。男人皱着眉头。

“果然是这样，真是麻烦啊。”

“拜托你不要报警，我不是坏人，我是被冤枉的——”

男人在神乐面前摇了摇手，制止他继续说下去。

“这种事不重要，不管你是不是凶手，这种事和我们无关。重要的是，我们不想有任何牵扯。如果警察找到这里来就麻烦了。”

“这里是哪里？”

“并不是什么奇怪的地方，是我们生活的地方，只是在暮礼路中，是很偏僻的地方，只有一条狭窄的私人道路通往这里，没有任何交通工具。除非是像你一样，从哪里跳进河里，否则根本没办法来这里。”

“你们在这里做什么？”

留着胡茬儿的男人嘴唇露出笑容。

“并没有做什么特别的事，只是过人类正常的生活而已。种水稻、种蔬菜，在河里钓鱼，基本上过着自给自足的生活。但没钱的话，很多事都很不好办，所以有时候也会去市区卖蔬菜。这里的腌渍菜和烟熏食物很受欢迎呢。”

“你们是自然主义者吗？”

男人听了神乐的话，似乎觉得很滑稽，摇着身体笑了起来。

“没那么了不起，只是一群想要好好生活的人很自然地聚集在一起。大家原本都是都市人，你别看我这样，我有建筑师执照呢。”

“是噢。”神乐忍不住看着男人的脸。因为晒黑，皮肤感觉很粗糙，再加上白发，看起来比较苍老，但可能才五十岁左右。

“真伤脑筋啊，其他人说要把你赶走，因为万一警察来这里，发现你在这里就麻烦了。只不过你目前的身体状况，要求你马上离开也不太可能。”

“没关系，我不想给你们添麻烦，我没伤到骨头，应该可以离开。”

“不可能啦。如果你一离开这里就马上被抓到，我们也很伤脑筋。如果警方知道我们藏匿你，一定会来这里调查。”

“你们好像很讨厌警察。”

“我们只是讨厌受到管理，他们也许会采集我们所有人的指纹，搞不好还会搜集我们的 DNA 信息，我们绝对拒绝这种事。我们就是因为讨厌这种事，才会从大城市逃来这里。”

神乐听到他一脸严肃地说的这番话，忍不住垂下视线。因为自己不久之前，还身处他们讨厌的管理型社会的中枢。

“那这样吧，”男人抱着手臂想了一下后小声说道，“在晚上之前，你就暂时留在这里，等天黑之后，会设法把你送走。把你送到很远的地方后，就让你自由。如果你不想被警察抓到，就要努力逃命，逃得越远越好，你觉得怎么样？”

“你打算放我逃走吗？”

“你不逃走，我们反而伤脑筋。怎么样？这个主意不错吧？”

神乐点了点头：“的确是个好主意。”

“但是，”男人竖起食指，“不管你之后在哪里被抓到，都绝对不可以把这里的事告诉警方。你可以保证吗？如果你无法保证，就要想别的办法。”

“没问题，我向你保证，我不会把这里告诉任何人。”

“那就拜托了。如果你违反约定，我们也不会忍气吞声，到时候我们会说并没有藏匿你，而是你控制了人质，赖在这里不走。到时候，你的罪责就会加重。”

“别担心，我会遵守约定。”

“好！”男人回答后，站了起来。

“请问要怎么称呼你？”神乐问，“因为如果不知道名字，叫起来很不方便。”

男人站在入口，耸了耸肩回答说：“那就叫我筑师吧。”

“筑师？这是你的姓氏吗？”

“不是，我刚才不是说了吗？我以前是建筑师。建筑师简称为筑师。这里的人都不用本名。”男人说完，再度走出了仓库。

神乐的手表没坏，所以知道时间。身体的疼痛渐渐缓和，虽然湿衣服穿在身上很不舒服，躺在只铺了纸板的地上也很硬，根本无法安眠，但很庆幸至少有一个落脚之处，而且筑师还为他准备了食物。虽然只是很清淡的咸粥配腌渍的胡萝卜和白萝卜的简单食物，但对好久没有吃像样食物的神乐来说，是意想不到的美食。

神乐吃完最后一口时，发现自己手上的碗并不是机器量产的，而是手工制作的作品。他把碗翻过来，看到碗底中央刻了个“滋”字。

“怎么了？”旁边传来声音，筑师走了过来，手上拎着一个纸袋。

“这是谁做的？”

“哦，”筑师用鼻子轻哼了一声，“是我做的，我跟着别人依样画葫芦做的。太丢人现眼了，你不要看得这么仔细。”

“在这里做的吗？”

“是啊，有朋友是这方面的专家，还有很正统的窑。”

“太了不起了。”

“你对陶艺有兴趣吗？”

“我父亲以前是陶艺家。”

“是吗？那还真巧啊，那我带你去看看像样的作品，这里使用的餐具全都是手工制作的。”

“请务必带我去参观。”神乐回答。除了陶器以外，他还想参观一下他们的生活状况。

筑师放下了纸袋。

“你先换衣服吧，我把你背包里的衣服拿去晾了。”

“谢谢你这么照顾我。”

“这双鞋子没问题吧，虽然有点儿旧，但有鞋总比没鞋好。”筑师说完，从纸袋里拿出一双旧球鞋。神乐这才发现自己的鞋子掉了。

“谢谢。”神乐向他道谢。

他跟着筑师走出仓库，眼前是一片农田，农田周围有几栋木造的小屋，小屋外侧是一片树林。这里的确远离闹市区。

“以前这里好像是村庄，但因为这里的人都去大城市发展，所以变成了无人村。我们就来这里落脚了。”筑师边走边说。

“房子是谁造的？”

“我们自己动手造的，这里基本上都要自己动手，只要大家齐心协力，造房子根本是小事一桩。”

“但是，如果台风来了，就会把房子吹垮吧？”神乐看着只用木材搭建的小屋，说出了内心的感想。

“即使被吹垮，只要再造就好了啊，没什么大不了。”

一个高大的男人正在一栋小屋前劈柴，露出的手臂上刺着蝎子的刺青。

“蝎子，”筑师叫着他，“我可以带这个小兄弟去看你的陶器吗？”

"随便看啊。"那个叫蝎子的男人冷冷地回答。

筑师打开小屋的门，屋内有一张工作台，角落放着辘轳，墙上做了一个架子，上面摆放着大小不一、不计其数的陶器。

"好厉害。"神乐小声嘀咕道。

"他以前在黑道经营的酒吧当酒保，那家店买卖各种个人信息。住址、姓名、年龄、职业、学历、出生地、家庭成员这些信息都流入了黑道手中，政府机关为了自己的工作方便，不是专门搜集民众的个人信息吗？但他们并没有想到要严格管理这些信息，结果就流入坏蛋的手中，倒霉的还是普通老百姓。他多次目睹那种事，厌倦在那种环境中生活。"

"所以来这里做陶艺……"

"他经常说，只有在捏土的时候，才觉得自己活得像一个人，还说以前的自己根本不像人。"

神乐拿起放在架子上的茶碗。那个茶碗采用了在红土上使用白色颜料土的粉引手法，恰到好处的粗糙感衬托出作品的柔和。

"很出色的作品。"

"很厉害吧？但蝎子说，作品的好坏不重要，重要的是在作品中融入自己的想法。"

"想法？要怎么融入想法？"

"就是把心放空。"身后突然传来说话声，蝎子站在门口。

"你劈完柴了吗？"

蝎子没有回答筑师的问题，走进屋内。

"就是不要试图做出色的作品或是想要模仿他人。想法一定会传到手上，手就会捏出陶土的形状。”

“手……”神乐把茶碗放回架子上，看向其他作品。

这时，有一双手在他脑海中动了起来。那是隆画的手。

他倒吸了一口气。因为他终于知道那是谁的手。

同时，他感到意识迅速远离。

## 38

醒来时，神乐发现自己躺在木板的房间内，有人为他盖上了毛毯。他巡视屋内，发现不是筑师的仓库，隔着用木板铺起的天花板，可以看到昏暗的天空。

咕隆咕隆。他听到什么东西在转动的声音，发现原来自己是听到这个声音醒了过来。他坐了起来，用力吐了一口气。

对了，自己刚才昏了过去。神乐想起来了。当时正在筑师他们的陪同下看陶器，但他绞尽了脑汁，也不知道为什么会突然昏迷。

旁边有一道木制的拉门，声音是从拉门的另一侧传来的，但声音已经停了下来。神乐轻轻打开拉门。

“你醒了吗？”

蝎子问他。他坐在灯下的一张椅子上，面前放着辘轳，辘轳上是正在拉坯的陶土。

“谢谢。”神乐回答，但觉得自己的回答很蠢。

“太好了，原本还担心你头部是不是有什么问题。如果带你去医院，恐怕会后患无穷。”

“对不起，给你们添麻烦了。”

“如果你这么觉得，就赶快离开吧。”

“我也这么打算，筑师先生说，深夜会带我离开。”

“我知道，那家伙正在做准备工作。”蝎子说完，开始转动辘轳。辘轳并不是电动的，他用脚不停地踩着踏板，让辘轳转动。

筑师刚才送神乐的球鞋放在拉门下方，神乐伸脚穿上了鞋子，缓缓走向蝎子。

“我第一次看到脚踏式的辘轳。”

蝎子用鼻子哼了一声：“我想也是，这是明治时代的辘轳，原本坏了，我把它修好了拿来使用。”

“这里的陶器全都是用这个辘轳做的吗？”

“是啊。以前并没有电动辘轳，大家都是用这个做陶器。靠脚感受陶土转动时的速度和强度来控制辘轳，这才是真正的辘轳。”

蝎子的双手慢慢靠近陶土，左手支撑着外侧，右手将内侧向外推。原本纵长的形状慢慢变成圆形的碗。

神乐的脑海中突然浮现出隆画的画。各种不同造型的手好像动画影片般不断浮现。刚才昏迷之前，也曾经浮现相同的画面，但这次他没有昏厥，他已经冷静地接受了脑海中浮现动画的自己。

那是父亲的手。隆在画布上重现了父亲在捏土、在完成一件作品过程中的手。

“想法一定会传到手上……”

蝎子似乎听到了神乐的自言自语，抬头问：“你说什么？”

“你刚才说……想法一定会传到手上，手就会捏出陶土的形状。”

“是啊，我说了，那是我的信念。想要只靠双手做出好的作品，根本没有意义，即使完成了外观出色的作品，也就只是这样而已。陶器是镜子，是反映自己内心的镜子。只要抛开杂念，对自己的心坦诚，即使别人觉得很丑，也是出色的作品。我向来都这么认为。”

不知道蝎子是否觉得自己说太多话了，他吸了吸鼻子后，再度转动辘轳。他手中的碗似乎快完成了。

隆——

看着父亲的双手，神乐想，他知道真正的价值在那双手上。作品虽然是父亲想法的结晶，但那只是结果而已，即使模仿了形状，也没有任何意义。

“艺术并不是创作者在思考后创造出来的，而是相反，艺术操纵创作者，让作品诞生，创作者是奴隶。”

这是父亲神乐昭吾说过的话。虽然他的陶艺达到了极高的境界，但他对自己无法辨识出机器手制作的赝品感到失望，因此选择自我了断。神乐面对父亲的死亡，也失去了某些东西，以为人心终究是脆弱的，以为数据才是一切，甚至对父亲的作品感到失望，以为那只是数据的集合而已。

但是，隆并没有放弃神乐失去的“某些东西”，相反地，他视之为自己最宝贵的东西，所以才会不停地画手。他应该想要让神乐了解那是父亲的手，那才是最宝贵的东西。

无论任何艺术作品，或许都可以数据化。事实上，计算机和机器手的确重现了神乐昭吾的作品，但其实这件事并没有太大的意义。如果说，作品只是数据，那到底是什么创造出这些数据才是最重要的事。

他突然百感交集。那是重新认识到父亲多么伟大的喜悦，也是对当时只有自己能够拯救父亲，却没有救父亲的悔恨。如果自己能够像隆一样，注视父亲的双手，而不是父亲的作品，就可以坦荡荡地告诉父亲，在和计算机的对决中落败并不是什么大不了的事。

“你怎么了？”蝎子停下手问神乐。

神乐慌忙擦了擦眼睛。他在不知不觉中流下了眼泪。

“不好意思。”神乐小声嘀咕后转过身，他走进房间，关上了拉门。

他觉得自己也许错了。他之前一直认为，基因是决定人生的程序，也相信人心是由基因这种初期的程序决定的。

然而，此刻这种想法彻底动摇了。

大约一个小时后，筑师来到这里。时钟指向半夜十二点十三分。

“我终于想出了一个办法。虽然空间有点儿狭窄，但为了不让警察发现，只有请你忍耐一下了。”筑师看着神乐说。

“什么办法？”

“你看了就知道了。”

神乐跟着筑师走去外面，外面停了一辆小货车，小货车的车斗上除了铁桶以外，还堆放着木材和金属废料。

“即使遇到临检，我也可以回答说，我正准备把这些废弃物运去垃圾处理场。我有许可证，应该不会遭到怀疑。市政府的那些公务员不愿清理这里的垃圾，说什么如果我们想住这里，就要自己处理垃圾问题，所以他们没资格抱怨我们。”

筑师跳上车斗，双手拿起铁桶的上半部分转动了一下，盖子一下子就松开了。

“这个铁桶光转一下没办法打开，没有人会想到里面躲了一个人。”筑师露齿而笑。

“我要躲在这里面？”

“你有资格抱怨吗？”

“不，我很乐意。”

神乐爬上车斗，站在筑师的身旁向铁桶内张望，里面有淡淡的煤油味道。神乐向筑师提起这件事，筑师点了点头说：“是啊，我稍微洗了一下，但味道没办法完全洗掉。虽然我想应该没问题，但你最好不要在里面乱动，万一摩擦导致冒出火花就惨了。”

“我会小心。”

神乐小心翼翼地钻进铁桶，当筑师拿起盖子时，蝎子走了出来。他推着生锈的脚踏车来到小货车后方，把脚踏车放上车斗。

“这是干什么？”筑师问。

“把这个也带上，三更半夜走在路上，不知道什么时候会遇到盘问。”

“不用了，我打算在天亮之前，找个地方躲起来。”

蝎子摇了摇头。

“你要尽可能逃得越远越好，否则我们会很伤脑筋。你没办法搭火车和飞机吧？也最好不要搭别人的便车。”

筑师看着神乐问：“你会骑脚踏车吗？”

“算是会吧。”

“那你就骑走吧。有了脚踏车，我就不必载你到很远的地方了。”

“谢谢。”神乐向蝎子低头道谢。蝎子没有回答，走进了家门。

神乐把身体缩进铁桶，筑师盖上了盖子。黑暗完全笼罩了神乐。

不一会儿，他的身体就感受到引擎的震动，车子上下激烈地摇晃，他知道小货车已经上路了。虽然筑师叫他在铁桶里不要乱动，但他无法控制屁股的颠动。

终于震动消失了，似乎已经从山路来到了柏油路。在黑暗中无法知道时间，虽然觉得好像开了很久，但也许时间并不长。

现在还不能安心，但照目前的情况来看，似乎可以顺利逃脱。问题在于之后该怎么办。在蓼科兄妹家无法找到“猫跳”的相关线索，接下来到底该怎么办？

无论如何，还是要先联络白鸟里沙。唯一的联络工具——手机坏了，只能用公用电话。幸好他记下了白鸟里沙的电话号码。

还有另一件在意的事。不，应该说是最在意的事，那就是铃兰的状况。不知道她目前的情况怎么样。虽然一起掉进了河里，但她好像被冲去其他地方了。不知道有没有人救她。否则，她存活的可能性相当低。

神乐直到现在都不知道她到底是什么人，也不清楚她为什么会出现在自己面前。说实话，神乐甚至不知道她是敌是友，但是，想到她可能死了，浑身就因为强烈的焦躁感和失落感而颤抖。他也不知道是为什么，难道是因为代替隆和她举行了婚礼？

身体用力摇晃了一下，肩膀撞到了铁桶，神乐猛然睁开了眼睛。他刚才似乎小睡了片刻。

神乐发现小货车已经完全不摇晃了，因为听到了轻微的震动声，所以知道引擎并没有关掉。刚才似乎是因为小货车停下来，才会用力摇晃，问题是为什么会停下来？希望只是遇到了红灯——

他听到了说话的声音。虽然听不清楚在说什么，但其中一个是筑师的声音。目前的时间，不可能巧遇熟人。

神乐正在想这些事，听到车斗后方打开的声音，而且旁边有动静，似乎有人靠近。

神乐浑身僵硬。小货车可能遇到临检，警察爬上了车斗。只要稍微发出声音，立刻会引起怀疑。

“咚、咚”，有人敲着铁桶。神乐浑身冒着汗。

接下来的时间格外漫长。像是警察的人一直在铁桶周围走来走去，简直就像是知道神乐躲在里面，故意用这种方式折磨他。

恐惧的时间终于结束了。脚步声消失了，小货车再度上路。神乐用力吸着带着煤油味的空气，然后吐了出来。

因为他完全失去了时间感，而且不时地昏昏沉沉打瞌睡，所以不知道出发到现在已经过了多久。他猜想可能已经超过了一个小时。因为他在出发前上了厕所，现在又有了尿意。

他无法继续维持相同的姿势，忍不住在铁桶内悄悄动了几下，没想到小货车再度停了下来，而且这次连引擎声也听不到了。

不一会儿，又听到有人靠近的动静，而且那个人和刚才一样，“咚咚咚”地敲着铁桶。神乐屏住了呼吸。

周围突然亮了起来，同时立刻感受到冰冷的空气。神乐抬起头。盖子打开了，筑师探头看着他。

“辛苦了，已经到了。”

神乐点了点头，缓缓站了起来。关节有点儿疼痛，他拉着筑师的手，从铁桶内爬了出来。

因为刚才在漆黑的铁桶内，所以觉得外面很亮，但其实仍然是深夜。一看手表，发现快凌晨两点了。没想到小货车开了这么久。

“刚才好像遇到临检了？”神乐问道。

“是啊。”筑师回答，“幸好那名警察不是很积极，也没有爬上车斗检查。”

“没有爬上车斗检查？但有人敲铁桶啊。”

筑师耸了耸肩。

“那是我。我趁遇到临检的机会，确认一下车上的东西有没有倒下来。”

“原来是这样……”

神乐巡视周围，在空旷的平原前方，有几栋装饰得很花哨的建筑物。外县市有很多这种宾馆街。

“只要到了那里，很快就可以看到干线道路。”筑师说，“你要小心啊，这个时间，小货车在路上都开得很快。”

“我知道。”

神乐在筑师的协助下，把蝎子的脚踏车从车斗上拿了下来。虽然脚踏车上满是铁锈，但骑起来完全没有问题，轮胎也打足了气。

“你不回答也没有问题，但我还是想问一下，你接下来打算怎么办？只是一直逃亡吗？”筑师问。

神乐摇了摇头。

“我一开始就对你说了，我是被冤枉的，无论如何都要证明自己的清白，同时还要查明真相。”

“是吗？我不会问你详细情况，但听起来似乎有隐情。无论如何，你要加油，一路上小心。”

“谢谢你，真的很感谢你的照顾。即使我被警察抓到，也绝对不会提到你们的事。”

“这件事就拜托你了。”

筑师坐上了小货车，发动引擎后，打开了车窗。

“那就多保重了。”

“筑师先生，你也要多保重。”

筑师点了点头，放开了手刹，但在离开之前，再度看向神乐。

“怎么了？”

“不，没什么重要的事，只是我觉得以后会再见到你。”

神乐的嘴角露出笑容：“很希望可以再见面。”

“在下次见面之前，我们都要多保重。”筑师发动了车子。

神乐目送着小货车在狭窄的路上渐渐远去，当完全看不到车子后，他骑上脚踏车，慢慢蹬了起来。

# 39

浅间和木场一起在站台上，除了拎着装有换洗衣服的旅行袋，还带着空虚的心情，等待回东京的列车。来这里之后，根本没做任何像样的工作，所以照理说并没有疲劳，身体却和心情一样沉重。

今天早晨，接到了那须的指示，叫他们两个人回东京，但并没有告诉他们理由。浅间和木场已经知道发生了什么事。

三天前，从玉原口中得知，神乐骑着摩托车逃走了。之后，由县警总部的北峰总部长指挥的“K 相关特别搜索对策室”非但没有抓到神乐，甚至没有打听到任何目击消息。只要一走进暮礼路分局，就知道搜索毫无进展。这三天来，北峰整天都心浮气躁地训斥下属。

由此可见，神乐已经顺利逃离到外县市。北峰不想被其他人知道县警的失败，所以当初并没有请求周边各县县警的协助，但最后发现已经无计可施之后，才在昨天慌忙联络各县警的总部长。即使是徒步，两天的时间也足以避开临检，走完相当长一段距离。所以昨天一整天，附近各县都同时进行临检，也无法找到神乐的下落。

继续留在暮礼路市，把神乐带回东京的可能性等于零，所以干脆赶快回东京——那须的指示应该代表了这样的意义。

“话说回来，神乐那家伙还真是会逃啊，他到底是怎么逃脱的？”木场偏着头。

“我想应该是徒步。之前骑摩托车逃走时被发现了，如果继续骑摩托车，一定又会遇到临检。既然没有任何目击消息，很可能他甩开临检之后，就丢掉摩托车了。”

“他应该不可能搭乘大众运输工具。”

“戒备这么森严，如果他搭乘大众运输工具，不可能没有发现他。神乐应该也提高了警觉。”

“问题就在这里，神乐为什么会发现警方查到了他的落脚处。”

“我也觉得很奇怪。”浅间说，“他在东京车站买车票时，几乎没有警戒心，也因为这样，志贺他们才能查出他的目的地。但是，在展开搜索后不久，他就开始逃亡。那并不是巧合，而是发现了警方的动向才采取的行动。这让我想到我们第一次准备逮捕神乐时的情况，当初因为怀疑他在监视器上动手脚，所以打算逮捕他。我们去了研究所，其他人分别去了医院和他的家，他却抢先一步逃走了。之后看了医院的监视器，发现他已经来到医院门口，却不知道什么原因，临时改变主意离开了，简直就像是察觉了警方的动向。我也看了他离家时的影像，当时看起来完全不像要逃亡，显然是临时改变了行动。”

木场发出低吟：“到底是怎么回事呢？”

“只有一个可能，就是有人向神乐通风报信。这个人是能够详细掌握警方的搜索状况，而且可以自由活动的人，因为不能在联络神乐时被人发现。”

“有这种人吗？”木场偏着头，抱着手臂。

浅间觉得有一个人嫌疑重大。那个人出席了侦查会议，之后行动不明，而且和神乐有私人的交情——条件完全符合，但是，他没有说出来。他打算回东京之后亲自查清楚。

列车驶入站台，下车的乘客很少，浅间跟着木场上了车。

自由席车厢坐了一半的乘客，刚好有三人坐的空位，他们隔了一个空位坐了下来。如果等一下车厢拥挤时，再坐过去就好。

“好像没有任何人提到那个同伴的事。”

“同伴？”

“神乐的同伴。他在东京车站买了自己的车票之后，不是还买了邻座的车票吗？所以我认为他有同伴，但县警看起来好像没在调查这件事。”

“可能没有查到任何线索吧。”

“但是照理说，应该可以搜集到列车上的目击消息啊，比方说向车掌之类的打听当时的情况。”

“很难说，现在的车掌几乎不会在列车上巡车，所以搞不好根本不记得神乐这个人。”

“要不要确认一下？”

“我知道了，那我就去问一下，这种事应该会愿意告诉我们吧？”木场从怀里拿出手机后站了起来，走去车厢之间的连接处。

浅间怔怔地看着窗外，因为被隔音墙挡住了，所以看不到什么风景，但这样的环境很适合思考。

神乐果真有同伴的话，那个人到底是谁？根据东京车站的监视器影像，神乐起初打算独自去暮礼路，但同伴好像突然出现。到底是谁出现在他的面前？

木场走了回来，一脸无法释怀的表情。

“怎么了？”

木场偏着头坐了下来。

“有一名目击者，是在车上卖便当的贩卖员小姐。神乐好像买了便当，县警的侦查员去了解了当时的情况。”

“是这样啊，那个女人说了什么？”

“这个嘛，”木场抓了抓头说，“有点儿不得要领，从报告内容来看，好像没问到什么重要的线索，也不了解那个同伴的情况。”

“什么意思？县警是派了多逊的菜鸟刑警去了解情况？”

“不，刚才在电话中听说，是一名很资深的刑警。我问到了贩卖员小姐的联络方式。贩卖员的办公室就在东京车站内。”木场从记事本上撕下一张纸交给浅间。

“太好了，到了东京车站之后，我马上去找她。”浅间接过便条纸，拿出手机后站了起来。

两个小时后，他们站在东京车站的站台上。时间是下午三点多。

那位贩卖员小姐正在工作，四点多才会回到东京车站。木场说要回警视厅，浅间向他道别后，走进了咖啡店，目的当然不是去喝咖啡。他拿出手机，打给了户仓。因为之前一直和木场在一起，所以不方便和户仓联络。

“你已经回东京了吗？辛苦了。”户仓用悠哉的声音说道。

“你这是在挖苦我吗？去那种鸟不生蛋的地方，连伴手礼都买不到。”

“听说是这样，课长他们很生气。”

“股长应该很快就到了，不过课长听了股长的报告，血压应该也没办法降下来。超恍器的事，有没有什么新情况？”

电话中传来户仓叹息的声音。

“很遗憾，没有任何收获，但‘虎电器行’暂时不卖超恍器了，勉强算是新情况吧。我们去打听之后，他们认为可能扯上了什么麻烦的事，所以心生警戒吧。那些沉迷超恍器的家伙都叫苦连天，超恍器很厉害的传闻似乎传得很快。”

“原来是这样。不，等一下，”浅间重新握紧电话，“对噢，还有这种可能性。”

“什么啊？你不要一个人想通了却不告诉我。”

“不是啦，我突然想到，超恍器的传闻因为‘虎电器行’不胫而走，之前对电恍器感到满足的那些家伙开始寻求新的刺激，也就是说，等于成功地为超恍器做了宣传。”

“啊！”户仓叫了一声，“的确是这样。”

“超恍器的开发者没有向‘虎电器行’请款，如果他原本的目的就不是钱，而是推广超恍器呢？”

“这样就说得通了，但为什么要推广超恍器呢？让全人类都发疯吗？还是想要破坏治安？”

“这我就不知道了。但是，如果超恍器的开发者是代号 NF13 的凶手，推广超恍器就对他十分有利。即使他在犯罪时使用超恍器，这件事也无法成为警方追查的线索。”

“哦，对噢……”

“你继续关注超恍器的相关消息，打听到任何细枝末节的消息，都马上通知我。”

“我知道了。”

挂上电话后，浅间看着手表，喝着已经冷掉的咖啡。四点十分时，他打电话去车内贩卖员的办公室。那位贩卖员小姐还没有回到办公室，她的上司接了电话。浅间问，是否可以去他们的办公室等人，对方回答说，会请那名贩卖员小姐去找浅间，所以问了他所在的位置。据说办公室忙成一团，外人造访会影响他们的工作。

浅间等了十分钟左右，一个在白衬衫外穿了一件粉红色背心的女人走了进来。刚搭过车的浅间马上就知道那是车内贩卖员的制服。

浅间向她打了招呼，拿出名片自我介绍。

“关于你日前在车内见过这名男子一事，我想再次请教当时的情况。”浅间说完，拿出了神乐的照片。

“那倒是没关系，只是该说的我上次都已经说过了。”

“没问题，只要告诉我和上次相同的内容就好。”浅间准备做笔录，“请你把你当时看到的情况告诉我，听说他买了便当？”

“对，我推着推车走过去时，这个人叫住了我，买了便当和装在塑料瓶里的茶。我记得他买了釜饭便当。”

她记得真清楚。浅间不由得感到佩服，而且她说的情况中包含了重要的线索。

“你说他买了两个便当，所以说，他还有同伴，对吗？”

贩卖员小姐困惑地皱着眉头。

“上一次的刑警也问了我这件事，但我不知道。”

“为什么不知道？”

“因为我没看到。”

“没有看到？没看到什么？”

“没看到他的同伴。这个男人坐在双人座位靠通道那一侧，但靠窗的座位空着，没有坐人。”

“哦……”浅间看着眼前的女人，“会不会是去上厕所了？”

“也许吧。”

“有没有行李？”

“不，应该没有。”

“是吗？你也这么告诉上次的刑警吗？”

“对，我只说了这些情况。”她回答说。

浅间终于了解了。神乐似乎带了同伴，但因为贩卖员小姐并没有看到那个同伴，所以报告书上也无法提这件事。

“你在车上贩卖时，不是会来回好几次吗？那个男人只是在买便当时叫住你吗？”

“对。”

浅间心想，车上有好几百名乘客，如果这样的话，即使神乐的同伴回来，贩卖员小姐可能也不会注意到。

“很抱歉，在你忙碌之际打扰了，感谢你的协助。”浅间欠身道谢。

“这样就可以了吗？”

“可以了，这些内容很值得参考。”

她微微点了点头，站了起来，但她走向出口时，很快又折返回来。

“怎么了？”浅间问。

“有件事我没有告诉上次那位刑警先生，但我有点儿在意。”

“什么事？”浅间示意她坐下。

她再度坐了下来，迟疑了一下，终于开了口。

“我之所以会清楚记得那位乘客的事，是有原因的。不瞒你说，他在买便当时，我觉得他有点儿奇怪。”

“哪里奇怪？”

“因为……那位客人自言自语。”

“自言自语？”

“我记得他好像问了一句，你想吃什么，而且说话的时候，转头看着旁边的座位，好像那里坐了人一样。我当时以为他脑子有问题。”

贩卖员小姐说的事太出乎意料，浅间有点儿不知所措，甚至忘了做笔录。

“上次刑警来问你时，你没提这件事吗？”

“对不起，因为我不好意思说觉得一个陌生人脑子有问题。”

浅间点了点头：“也对。”

“这就是我知道的一切，没有其他事了。”

“我了解了，谢谢你。”

贩卖员小姐如释重负地站了起来，深深地鞠了一躬，走出了咖啡店。

浅间把手肘架在桌子上，搓了搓脸，在脑海中回想贩卖员小姐说的话，想象着当时的情况。虽然他不太了解神乐，但之前没发现神乐会自言自语。

还是因为出现了双重人格的另一种人格？

浅间想要去请教新世纪大学的水上，也许他知道些什么。

浅间站起来时，手机响了，是木场打来的。

“你向课长报告完了吗？”电话一接通，浅间就问道。

“现在没那个闲工夫，出大事了。”木场的声音充满紧迫。

“发生什么事了？”

“是命案，有新的命案发生，而且被害人还是相关人员。”

“相关人员？是谁啊？”

木场停顿了一下后回答：“是白鸟里沙。”

## 40

白鸟里沙的租屋在日本桥附近，位于四十多层楼的摩天大厦公寓的十三楼。但是，浅间搭出租车赶到后，并没有前往入口所在的一楼，而是走向通往地下室的坡道。因为木场告诉他，命案现场在地下室的停车场。

地下室也有公寓的出入口，但守在门口的不是警卫，而是穿着制服的警官，似乎正在控制人员的进出。

一名年轻警官看到浅间打算走去停车场，立刻跑了过来。浅间亮出了警察证，对方立刻停了下来，向浅间敬了一礼。

“辛苦了。”

“我是搜查一课的浅间，现场在哪里？”

“进门之后往左走就可以看到了。”

“其他人呢？”

“警视厅的机搜和鉴定人员都已经到了，但……”不知道为什么，年轻警官有点儿吞吞吐吐。

“怎么了？有什么状况吗？”

“不，那倒不是……你去看了就知道了。”

“是噢。”浅间转过身，走了进去。

走过通往停车场的门后向左前进，立刻看到了命案现场，因为鉴定人员都在那里。现场已经拉起了封锁线，鉴定人员聚集在封锁线外，还有看起来像是辖区分局的侦查员。

太奇怪了，浅间忍不住想。照理说，鉴定人员应该在封锁线内作业，在他们完成鉴定作业之前，原则上任何人都不能入内。还是说，鉴定作业已经完成了？

鉴定作业的负责人田代发现了浅间，向他轻轻挥了挥手。

“你速度真快啊，你是木场先生的手下中第一个赶到的。”

“因为我刚好在东京车站。鉴定作业已经完成了吗？”

田代嘟着嘴，耸了耸肩。

“我们一到这里，就立刻接到了通知，在科警研的人员抵达之前，不得进入现场，也就是不允许我们进行作业。”

“科警研吗？”

“这到底是怎么回事啊？让我想起之前新世纪大学的命案，那次我们也被排除在外，听说由科警研的人员负责现场勘验。”田代说到这里，目不转睛地看着浅间，“你是不是知道什么？听说你和科警研的那些人联手，和课长他们一起偷偷摸摸地在做什么。”

“我只是听从上面命令的棋子而已。”

“是吗？算了，我不多嘴了。”田代看了一眼手表，“但科警研那些家伙动作也太慢了吧。虽然听说会晚一点儿到,但到底要我们等多久？”

“他们说会晚一点儿到吗？”

“是啊，说什么有几名专任的人员离开了东京，所以需要花一点儿时间才能找到人手。”

浅间猜想，专任的人员应该是指正在暮礼路市的那些人。他和木场离开暮礼路市时，志贺他们还留在那里，他们的目的是要调查神乐躲藏的那栋房子，但浅间完全猜不透他们的目的。

“尸体呢？”浅间问田代。

“维持原状，因为要求我们不能触碰，所以也没办法啊。”

“是谁发现的？”

“如果你想知道，可以去问辖区分局的人，他们好像已经向发现尸体的人了解了详细的情况。”田代用下巴指向一个身穿灰色西装的男人。

浅间走过去向他打了招呼，那个人果然是辖区分局的刑警。

“是公寓的警卫在下午四点左右发现的，他在巡逻时，刚好看到了被害人的车子。”辖区分局的刑警说道。

“当时是怎样的状态？”

“她坐在驾驶座上，身体倒向副驾驶座，从车子前面看的时候，会以为车上没人。”刑警继续说道，“似乎是从背后遭到枪杀。”

“从背后？所以凶手坐在后车座吗？”

“应该是这样。”

“是哪一辆车？”

“就是那一辆。”刑警指向一辆国产的白色轿车。从这个位置，的确看不到尸体。

浅间巡视着停车场内。

“这里装了监视器，有没有拍到什么？”

“监视器拍到昨天晚上十点左右，被害人的车子回来的情况，之后车子就没再移动过。”

“有没有拍到上下车的人？”

“这个啊，”刑警面露难色，“那个人似乎从后车门下车之后，就从住户专用的出入口进了公寓。因为那个人弯着身体走路，所以并没有拍到。”

“怎么会这样？这不是失去了监视器的意义吗？”

“根据警卫的解释，监视器的目的主要是防止停车场内的车辆遭窃，所以当有人从外面进来后靠近车子时，就会密切注意，但尽可能不拍到住户的脸。”

浅间叹了一口气，道谢后回到田代那里。

“可不可以拜托你一件事，”浅间说，“接下来的五分钟，你能不能睁一只眼，闭一只眼？”

田代的身体用力向后仰。

“喂、喂，你也要考虑一下我的立场。”

"你只要说，什么都没看到就搞定了。有一个疯子刑警趁你不备，擅自闯了进去——只要这么说就没问题了。你难道不感到懊恼吗？科警研这样为所欲为，你吞得下这口气吗？"

"你说得倒容易。"田代说话时，看了一眼手表，"真的五分钟能搞定吗？"

"我向你保证，绝对不会给你添麻烦。"

"知道了，你速战速决。"

"不好意思。"浅间说完，戴上了手套，正打算跨进封锁线，田代叫了一声："喂，还有这个。"递给他一双鞋套。

走到车子旁，终于清楚看见了里面的状况。辖区警局的刑警说得没错，隔着风挡玻璃，可以看到白鸟里沙苍白的脸，她穿着浅蓝色套装，胸口附近被染成了黑色，应该是子弹打穿的。

浅间小心翼翼地打开驾驶座旁的车门，淡淡的腥味刺激着鼻腔。他从头到脚仔细观察尸体，除了枪伤以外，看不到其他外伤，但当视线向上移到她的侧脸时，发现了异常，因为尸体的耳朵后方有烫伤的痕迹。那是超恍器造成的，绝对不会错。

浅间巡视着车内，皮包丢在后车座，皮包的盖子被打开了，里面的东西散在座椅上，应该是凶手在翻找什么。

浅间关上了驾驶座旁的车门，打开了后方的车门，看到了手机、粉饼盒、口红、药盒、皮夹和护照。

他先检查了手机，查了通话记录，但上面都是英文名字。他想起白鸟里沙是日裔美国人。

在检查皮夹时，发现现金被抽走了，但浅间并不关心这件事。因为他认为那只是凶手想要伪装成强盗犯案。

他钻进车内，继续仔细调查，视线停留在白鸟里沙的套装口袋里。刚才没有发现她的口袋微微鼓了起来。他伸手一摸，发现口袋里有另一个手机。

他立刻调查了通话记录，发现了"猫跳 K"的文字。白鸟里沙在和代号为"猫跳 K"的人频繁联络。

猜中了——浅间确信了一件事。

他下了车，准备把手机放进自己的口袋，就在这时，拿着手机的手臂被人抓住了。

浅间大吃一惊，回头一看，木场翻着白眼瞪着他。

"你在干吗？"

"股长……"

浅间看向远处，田代做出了投降的姿势。

"把手机放回去。"木场说。

"股长，拜托你，给我三天的时间，这部手机先放在我这里。"

"别开玩笑了，你到底想要干什么？"

"还要继续让志贺他们为所欲为吗？你不想了解真相吗？你在暮礼路时，应该也很不甘心吧？"

"我之前已经说过了，我们只是棋子。如果想要成为下棋的人，就努力向上爬。"

"我不升官也没有关系，只想查明真相。所有的责任都由我来扛，即使被开除也无所谓。"

木场仍然瞪着浅间，但在叹了一口气之后，锐利的眼神也放松了，他松开了抓着浅间手臂的手。

“下属犯错，就是我的过错，一旦出事，我会辞职。”木场又咂了一下说，“但是，只给你一天的时间，如果一天之后，没有找到任何线索，就把手机交还给科警研。”

“至少给我两天。”浅间还想要争取时间，但看到木场再度露出锐利的眼神，只能很不甘愿地点了点头，“好吧，那我一天就会查出结果。”

“很好。”木场点了一下头。

不一会儿，志贺就带着十几名工作人员现身了，他看到站在封锁线外的浅间，露出了嘲讽的笑容。

“不管去暮礼路还是回东京，都会遇到你，真不知道我们算是有缘相见，还是冤家路窄。”

浅间不理会他这句话，直接问道：“这次也不让我们插手吗？”

志贺撇着嘴角，微微摇了摇头。

“我无意这么做，之前也一样。我不是说了吗？必要的时候，会和你们讨论，也会请求你们的协助，而且也派了你们去暮礼路把神乐带回来。”

“但白跑了一趟。”

“我没想到那里的警察这么不中用，太令人失望了。”

“你好像调查了神乐躲藏的那栋房子，有没有发现什么？”

听到这个问题，志贺露出被戳到痛处的表情。浅间猜想成果不大。

志贺没有回答，转头看着木场。

“请你们回警视厅待命，机搜似乎已经展开了第一拨搜索，我会安排他们直接向我报告。”

木场还没有回答，志贺就转头看着田代说："我们接下来开始作业，你们去车上等待我们的进一步指示。"

看到田代点头，志贺走回他的下属身旁，指示他们开始作业。

"不好意思。"木场对田代说。

"木场先生，你没理由道歉。"田代看着浅间说，"你的确被当成棋子了，那就做出成绩，让他们刮目相看。"

他似乎也看到浅间把白鸟里沙的手机放进了口袋。浅间笑了笑，微微点了点头。

离开命案现场后，浅间搭出租车先回家一趟。虽然是为了换衣服，但还有其他想要独处的原因。

出租车出发的同时，他立刻从口袋里拿出白鸟里沙的手机，找到了用"猫跳 K"的代号登记的号码，拨了过去。

但是，电话并没有接通。目前几乎没有地方收不到信号，对方应该是关机了。

浅间检查了通话记录，发现白鸟里沙很频繁地拨打那个电话。浅间认为应该不是多次联络，而是电话无法接通，因为几乎没有对方的来电记录，最近仅有一通来电。

浅间回想了这几天发生的事，最后发现那通来电的时间刚好在自己抵达暮礼路的那天晚上。

这就对了——他拍着自己的大腿。

"猫跳 K"果然就是神乐。神乐最后一次来电时，白鸟里沙一定在电话中告诉神乐，暮礼路已经展开了大规模的搜索，所以他才能够成功逃离之前躲藏的住处。

在此之前，神乐好几次都在紧要关头从警方的眼皮底下溜走。浅间认为一定有人向神乐通风报信，同时根据各种状况猜测这个人很可能是白鸟里沙。他的猜测完全正确。

不知道她为什么要这么做。他们并非旧识，所以不可能是基于私人情谊。之前听说，她是为了学习 DNA 侦查系统来到日本，也许研究内容中隐藏着什么秘密，神乐去暮礼路的理由也可能和这件事有关——

浅间在自己的公寓前下了出租车。虽然同样称为大厦公寓，但和白鸟里沙住的地方相比，这栋房子实在太破旧了，而且只有四层楼而已，更糟的是，没有电梯。

浅间从楼梯来到三楼，打开了房间的门，扑鼻而来的烟味和霉味让他忍不住皱起了眉头。

他在盥洗室脱了衣服，走进了浴室。虽然很想泡个澡，但浴缸放水太耗费时间了,而木场只给他二十四小时。他敞着浴室的门,用热水冲头。

到底是谁杀了白鸟里沙——他一边洗头发，一边思考这个问题。

在比对子弹之前，还无法下结论，但应该和杀害蓼科兄妹的是同一个人。虽然之前怀疑神乐杀害了蓼科兄妹，但从目前的情况分析，他不可能杀害白鸟里沙。对他来说，她是重要的情报来源，而且他目前正忙着逃亡。

当他把头上的洗发精冲干净时，盥洗室传来了陌生的音乐旋律。

那是什么声音？浅间还来不及思考就冲出了浴室，脚趾撞到了门槛，但现在顾不得痛。他摸着刚才脱下的衣服的口袋，拿出了白鸟里沙的手机。屏幕上显示“公用电话”。

他按下通话键，应了一声“喂”然后接着说：“这是白鸟小姐的电话。”

对方陷入了沉默，似乎正在思考到底是谁接起了电话。

“是神乐吗？”浅间问。电话中传来对方倒吸一口气的声音。猜中了，“等一下，你不要挂断，先听我说——”

但是，下一刹那，电话就挂断了。浅间吐了一口气，把电话放在洗手台上。

他并不感到泄气。如果刚才这通电话是神乐打来的，他坚信神乐一定会再打来。神乐应该并不知道白鸟里沙发生了什么事，既然这样，他一定会想知道为什么是她以外的人拿着她的手机。

他用毛巾擦拭着冲湿的身体，换上了新的内衣裤。他打开衣橱，翻找着从洗衣店拿回来的干净衬衫时，和刚才相同的来电铃声再度响起。他果然猜对了。

“喂？”电话接通后，他对着电话说道。

“你是谁？”是神乐的声音，绝对没错。

“是我啊，你听不出来吗？”

短暂的沉默后，传来一个试探的声音：“是刑警浅间先生吗？”

“答对了。为了以防万一，我再确认一次，你是神乐吧？”

对方没有回答这个问题，反问他：“为什么你会接这个电话？”他果然最在意这件事。

“因为发生了很多事。我想和你见面谈一谈，你目前人在哪里？”

电话中传来吐气的声音。

“你就别耍我了，你最清楚，我目前正在逃亡。你拖延时间也没用，赶快请白鸟小姐来听电话。”

“拖延时间？”

“你想用这种方法侦测出我目前所在的位置吧。不，搞不好已经侦测出来了。但是，我刚才已经说了，你这么做也是白费力气。因为当警察赶到时，我早就离开这里了。因为这里不是警察可以马上赶到的地方，赶快请白鸟小姐听电话，如果你不愿意，我就要挂电话了。我只要找她，没时间和你闲聊。”

神乐似乎真的打算挂电话，而且再也不会打来了。浅间无奈之下，只好告诉他：“她被杀了。”

“……啊？”

“白鸟小姐被人杀害了，刚才在公寓的停车场发现了她的尸体，被人从背后开枪打死了。”

神乐陷入了沉默。浅间隐约听到了嘈杂声，神乐似乎在闹市区。

不要挂电话。浅间祈祷着。

## 41

他吐出憋着的气，重新握住了公用电话的听筒。镇定，不要上当，要冷静判断——神乐告诉自己。

可以相信浅间的话吗？无论如何，白鸟里沙一定出了状况，否则，无法解释为什么是这名刑警拿了她的手机。

神乐看向周围，只见人来人往。这很正常。因为这里是县内乘客流量最大的车站。

神乐认为，即使侦测到自己在这里打电话，从警视厅到县警总部，然后再和本地的警察分局联络，也要花上几分钟的时间。只要挂上电话之后立刻离开车站，被警察发现的可能性很低。警方并不知道自己骑脚踏车移动，一定会以为自己搭电车。

他调整呼吸，努力让心情平静下来。无论如何，他必须先确认目前的状况。

“神乐，你听得到我说话吗？”浅间问。

“听得到，白鸟小姐是被谁杀害的？”

“不知道，我认为应该就是杀害蓼科兄妹的凶手。”

“所以由你负责指挥侦查工作吗？”

“是由志贺负责指挥。你可能不知道，侦查的实权早就已经转移到警察厅手上了，我们被当成连小刑警都不如的齿轮。”

“齿轮怎么可能拿到被害人的手机？如果志贺先生在你旁边，把电话交给他。”

“志贺不在，这里是我家，只有我和股长知道这部手机的事，连志贺都不知道。”

“别骗人了。”

“我没有骗你，因为我猜想这部手机是白鸟里沙专门用来和你联络的，所以把手机偷偷藏起来了，我想你早晚会打这部电话。”

“你想要比警察厅和科警研抢先一步逮捕我吗？”

“你不要误会，我并不认为你是凶手。你是被某个人，我猜想是真凶陷害了。”

“是这样吗？”

“我刚才也说了，我认为杀害蓼科兄妹的凶手和杀害白鸟里沙的凶手是同一个人，如果你是凶手，不可能打这个手机，而且不可能不带走这部手机，难道我说错了吗？”

神乐用力握紧听筒。这名刑警说的话是真的吗？可以相信他吗？

电话中传来轻笑声。

“你现在人在哪里？”浅间问道。

这次轮到神乐冷笑着回答了：“你认为我会告诉你吗？对了，侦测到通话地了吗？”

“跟你说了，根本没在侦测。算了，无论你在哪里都不重要，反正应该是从暮礼路回东京的路上。话说回来，你还真能逃啊，不瞒你说，我今天早上才刚从那里回来。你逃走了，县警总部的总部长脸都绿了。”

神乐把话筒放在耳边，巡视着周围，并没有看到警察的身影。

“你为什么会等我电话？”

“那还用问吗？当然是因为想要了解真相啊。我想要查明事件背后隐藏的真相，但是志贺他们隐瞒了重要的部分，警视厅的高层也不会把真相告诉我们这些小刑警。只不过，我已经隐约了解到一些事，这次的事件应该和 DNA 侦查系统有关吧？既然这样，只能问你了，我需要你的协助。”

“你这是一厢情愿，我也无能为力，因为我也完全不了解状况，只能一直逃亡。”

“所以我才向你提议，要不要联手。你应该知道，自己不可能一直逃下去，而且又失去了白鸟里沙这个盟友。没有她提供消息，你要怎么保护自己？”

“我接下来会考虑。”

"相信我，我不会骗你的，这是你唯一的活路。"

"时间到了。"神乐挂上了电话。

他走出车站，骑上放在人行道上的脚踏车。车站前是干线道路，对面是闹市区。看到信号灯转绿之后，他缓缓踩着踏板。过了马路之后，他握住手闸，跨在车上，回头看向车站的方向。如果有警察赶到，他必须立刻骑走。

在筑师他们的协助下逃离暮礼路后，他一直在骑车，应该已经走了一百多千米。以目前的速度，明天应该就可以回到东京。

问题在于回东京之后该怎么办。正如浅间所说，白鸟里沙是唯一的依靠，为了和她取得联络，这几天他忍着饥饿，拼命地踩着脚踏车。

但是，白鸟里沙竟然被人杀害了。

当然，有可能是浅间在说谎，也许谎称她死了，想要借此笼络自己。果真如此的话，白鸟里沙在哪里？

如果白鸟里沙真的被杀了，自己到底该怎么办？还是赌一下，干脆和浅间联手？除此以外，没有任何人相信自己，志贺和水上也认为自己是凶手。

就连她也离开了——

只有铃兰相信神乐，不，她相信的是隆。

她到底是谁？蓼科兄妹遭到杀害那一天，铃兰和隆在一起，因为画布上画了她的肖像。

信号灯变了好几次，每次都有很多人过马路，没有人看神乐一眼。

他看向一旁建筑物上的数字式时钟。他停留在这里已经将近十分钟了，如果通话地遭到侦测，现在应该有许多警方车辆赶往这里。

浅间没有说谎吗？至少在侦测通话地这件事上没有说谎。

神乐握着车把，踩着踏板，骑行在人行道上，一路寻找着公用电话。和十年前相比，公用电话的数量只剩下五分之一，但并没有完全消失。

骑了十分钟左右，他看到了公用电话亭。他走进电话亭，再度拨打了白鸟里沙的手机。幸好之前为了以防万一，记下了她的电话号码。

电话铃声一响，马上就接通了。

“没有警察去你那里吧？”浅间问。

“没有侦测通话地这件事好像是真的，但我并没有完全相信你。”

“你怎样才能信任我？”

“我有事想请你帮忙，之后再考虑要不要相信你。”

“好啊，你要我做什么？”

“你先去新世纪大学医院脑神经科病房的五楼，有我经常使用的房间。钥匙在水上教授手上，但警卫室应该也有。希望你去的时候，尽可能不要被任何人看到。你进去那个房间之后，再联络我。”

“等一下，我要怎么联络你？你现在没有手机吧？”

“因为发生了一些事，现在没办法用手机，你用电子邮件联络我。你记下我告诉你的邮箱。”

神乐把邮箱告诉了浅间，那是他在工作上使用的一个邮箱。

“你多久才能到医院？”

“动作快的话，不用三十分钟就可以到了。”

“那我在三十分钟后开始检查邮件。收到你的邮件后，我会打电话给你。”

“好。”

“那就拜托了。”神乐挂上电话，走出电话亭。他再度巡视周围，既没有看到警察，也不见警车赶来。

他骑着脚踏车，看着沿途的招牌，最后在一家大型书店前停了下来。因为书店招牌的角落写了“PCS”，这是“提供个人计算机服务”的缩写，只要付费，就可以租用计算机。

他停好脚踏车走进店内。店内的陈列架上都是书籍和计算机周边商品，纸质书一直被认为早晚会遭到淘汰，但这十年来，纸质书的数量完全没有减少。

计算机区在书店深处，神乐走向柜台内的年轻女店员，办理使用计算机的手续。女店员问他要使用哪些软件。为了防止犯罪，使用某些软件时必须出示身份证明。

神乐回答说，只要使用电子邮件和电话软件。使用这些软件时，不需要出示身份证。电子邮件只有网页邮件具有匿名性，电话软件就和公用电话差不多。

计算机区没什么人，神乐坐在最角落的座位，打开计算机。在电子邮件软件上输入必需的资料后，看了一下时间。和浅间通完电话刚好三十分钟。

他试着确认邮件，立刻发现收到了主题为“我刚到”的邮件，内文写着：“我就在画前面，等你联络。浅间。”

神乐戴上耳机和麦克风后，打开了电话软件，输入白鸟里沙的电话号码。铃声才响，马上就接通了。

“简直就像在等情人的电话。”浅间语带挖苦地说。

“你向谁借的钥匙？”

“警卫富山先生，也已经叮咛他不要告诉别人我来这里的事。我觉得他可以相信。”

“很好。没有人看到你吧？”

“应该是。接下来要做什么？赶快说吧。”

“不是什么困难的事，你把放在那里的画拍下来。”

“穿白衣服女生的画吗？”

“对。拍下来之后，用电子邮件传给我。我收到之后，会再联络你。”

“好的。”

听到浅间的回答，神乐挂上了电话。如果现在遭到侦测，他根本逃不掉，但他觉得似乎可以相信这个刑警，更何况目前也没有其他路可走。

一分钟后，他再度查看了邮箱，收到了他想要的邮件。打开一看，液晶画面上出现了一幅令人怀念的画。

不，让神乐感到怀念的并不是画，而是铃兰。虽然和她分开才短短几天，却好像已经过了很久。

画中的铃兰完全符合神乐的记忆，一脸纯真的笑容，好像非常信赖画家，内心完全没有任何隐瞒，就连白色洋装也和记忆中一样。

为什么——

为什么她一直穿着白色洋装？神乐忍不住想。无论什么时候看到她，她都穿同一件衣服，而且都不会脏。

他看着画中的白色洋装，突然发现一件事。洋装有口袋，口袋里好像有什么东西。神乐将画面放大，终于知道那是什么。那是蓝白相间的条纹袋子，从口袋里露了出来。

那个袋子——神乐搜寻着记忆，很快就想起自己曾经看过相同的袋子。

那是蓼科兄妹活在世上的最后一天，神乐在他们房间看过这个袋子。

## 42

浅间完全搞不懂神乐为什么叫他这么做，虽然不知道，但他确信一定有意义。

果然没有猜错，神乐也不了解事件的真相。他被人陷害，所以不得不逃亡。

手机响了，浅间立刻接起电话。

“我收到画的照片了。”神乐说。

“这是怎么回事？这幅画有什么玄机吗？你该不会叫我做了这种事，却什么都不告诉我吧？”

电话中传来“呵呵呵”的笑声。

“我已经说了好几次，我也搞不清楚，所以才会努力找线索。”

“这幅画中有线索吗？”浅间盘腿而坐，抬头看着眼前这幅画。画中有一个身穿白色洋装的少女，但完全不知道她是谁。迄今为止的搜索过程中，都不曾见过这个人。“这个女生是谁啊？”

“咦？”神乐发出夸张的声音，“你完全不知道吗？虽然你应该不知道她的来历和名字，但我原本以为至少知道有她这个人。看来你们的侦查能力也不怎么样嘛。”

浅间生气地再度看着画布，但还是想不出来她是谁。

“别故弄玄虚了，她到底是谁？”

神乐“呵呵”地笑了几声后回答：“她叫铃兰。”

“铃兰？”

“虽然不知道是不是她的真名，但不久之前，我们还一起行动。我们从东京车站一起去了暮礼路。”

“是搭电车去暮礼路吗？”

“对啊，当然啊。”

浅间有点儿困惑。

东京车站的监视器拍到神乐买了两张车票后搭上了列车，但车内的贩卖员小姐说，神乐身旁并没有任何人，而且，神乐对着旁边的座位自言自语。

“我原本还以为警方会找那班车的车掌或是车内贩卖员了解情况，所以也知道和我同行的女生。”神乐说话的语气有点儿不屑。

浅间想了一下才开口说：“我去向车上的贩卖员了解了情况，听说你买了两个便当。”

“果然去问了，对啊，我买了两人份的便当，但你竟然还不知道铃兰的事。”

“因为贩卖员说……”浅间舔了舔嘴唇后说，“她不记得你身旁有没有人。”

“是噢。”神乐似乎并不是太在意。

这是怎么回事？浅间感到纳闷。神乐看起来不像在开玩笑，他真的认为和同伴一起搭了车，而且他也没理由在这种事上说谎。

“浅间先生，怎么了？”神乐问。

“不，没事，这个女生是谁？和你是什么关系？”

"我也不知道。我直到最后的最后，都搞不清楚她是谁。"

"怎么回事？她现在不在你身边吗？"

"不在，因为发生了很多事，我们失散了，我甚至不知道她是不是还活着。"神乐的声音极度沮丧。

"你一直和身份不明的人在一起吗？"

"这件事很难解释，她有一天突然出现在我面前，然后就一直跟着我。不知道为什么，她很了解我，不，准确地说，她了解的并不是我本身，反正很难解释。"

"不是你本身，难道是另一个人格吗？"

神乐听到浅间这么说，陷入了沉默，不一会儿，听到了他的呼吸声。

"也对，水上教授不可能不把我的症状告诉警察。没错，我有另一个人格，是自称为隆的人格。铃兰是隆的朋友，或者该说是他的女朋友。"

"这幅画是隆画的吧？"

"没错，蓼科兄妹遭到杀害时，我的身体是隆在使用。那幅画就是他在那个时候画的。看了这幅画之后，我第一次知道铃兰这个人。"

"隆是在哪里认识铃兰的？"

"好像就在那个房间。"

"这里？"浅间巡视着室内，房间内只有门窗和几幅画，还有一些画材。

"隆在醒来之后，也只是在那个房间画画，不会去任何地方。铃兰也说，她是在那里和隆见面的，只是除此以外，并没有告诉我其他事。"

浅间和神乐交谈后，感到有点儿混乱。神乐说得好像真的有那个叫铃兰的少女，但是，在现实中应该根本没有这个人。也就是说，他在列车上说话的对象，只是他脑袋里的幻觉。

浅间猜想，也许是隆先有幻觉，然后对神乐的大脑也产生了影响。这幅画只是隆把幻觉画了出来而已。果真如此的话，在这里和神乐谈话也完全无法解决任何问题。

浅间认为必须让他知道铃兰是幻觉，但这是极其困难的事。自己不是精神科医生，不知道是否可以这么做。

“命案发生的那一天，铃兰也在那里，”神乐说，“她说平时都是在旁边看着隆画画，但偏偏那一天，隆画了她。”

“等一下,你应该也知道这家医院的安保系统,外人可以轻易进入吗？”

“我对这件事也感到不解，但铃兰真的去了那个房间，所以不得不承认他们用某种方法躲过了监视器。”

“有证据可以显示她进来这里吗？这幅画可能只是隆的想象。”

“不可能。”神乐毫不犹豫地反驳道。

“你凭什么断言？”

“因为我想要解释这件事，才和你说了这么多铃兰的事。请你好好看那幅画，白色洋装的口袋里是不是有什么东西？”

浅间看向画布。神乐说得对。

“是蓝白相间的条纹盒子吗？”

“不是盒子，是袋子，扁平的袋子。”

“对，听你这么说，我发现这的确是袋子。这个袋子怎么了？”

“命案发生前,这个袋子在蓼科兄妹的房间内,这件事绝对错不了。”

“这个吗？”浅间站起来，把脸凑到画的面前。

“既然会出现在这幅画上，就代表有人从蓼科兄妹的房间带去那里，这个人不可能是隆，所以只有铃兰。”

“等一下，你在蓼科兄妹的房间看到了这个袋子，不是吗？所以隆可能是根据你的记忆画上去的。”

电话中传来叹气的声音：“这不可能。”

“为什么？”

“因为隆不会画我看到的东西，他只画自己看到的东西，只画自己的双眼看到的、自己的心灵感受到的东西，我最清楚这一点。既然画中有这个袋子，就代表那个袋子曾经在那个房间内。”

听到神乐的语气渐渐不耐烦，浅间站了起来，稍微退后几步打量着那幅画。

对了——

之前警卫富山曾经提到，他把朋友送他的巧克力送给蓼科兄妹，之后听哥哥说，他妹妹很高兴，但并不是喜欢巧克力，而是喜欢包装的袋子。

蓝色的条纹图案，上面系了一个小蝴蝶结——当时富山是这么说的。

这到底是怎么回事？如果名叫铃兰的少女是神乐和隆产生的幻觉，就不可能把什么东西带来这个房间。所以，真的有铃兰这个人吗？

“浅间先生，你在听吗？”神乐在电话中叫着他。

“嗯……我在听啊，这个袋子怎么了？”

“我不知道铃兰为什么要把袋子拿到那里，但既然原本是在蓼科兄妹的房间内，里面很可能装了什么重要的东西，也许铃兰是受那对兄妹之托带出来的。所以，请你找一下那个袋子。”

“找袋子？去哪里找？科警研已经彻底调查了那对兄妹的房间，

既然是这么重要的东西，他们不可能会错过。”

“浅间先生，不要让我一直重复相同的话。袋子不在兄妹的房间里，而是在那个房间里，在你目前所在的那个房间里。”

“这里？”浅间把手机放在耳边，再度巡视着室内。

墙边放着颜料、画笔、调色盘和尚未使用的画布，木框的材料和工具箱，并没有看到画中的那个袋子。

“根本没有啊。”

“是吗？你有没有漏掉重要的地方？”

“这里什么都没有，即使想要藏东西——”浅间突然想到一个可能，所以停顿了一下，他看向画了铃兰的那幅画，“这幅画下面吗？”

“你终于发现了。”神乐说，“我认为绝对就是那里。”

“等一下。”

浅间走向画架，用手摸着画布表面，发现有一个地方微微鼓了起来。他绕到画架的后方，画布用钉子钉在木框上。

“有两层……”浅间小声嘀咕。

“啊？你说什么？”

“木框上有两层画布，而且好像有什么东西夹在中间，应该是画完之后放进去的。”

神乐吹起了口哨：“应该猜中了。”

“好像是。”

浅间把手机放在地上，把画布从画架上拿了下来。工具箱里有钳子，他用钳子轻松地拔下把画布固定在木框上的几根钉子。果然没有猜错，隆在画完这幅画后，曾经把一部分画布从木框上拆了下来。

放在两层画布中间的正是那个蓝白条纹的袋子，和画上所画的一样。

浅间确认袋子里的东西后，拿起了手机。

“找到了，要不要我拍照片传给你？还是用视频电话？”

“不需要，我可以猜到是什么。”神乐说，“是不是一张卡？”

“你怎么知道？”浅间看着手上的东西问，这是最新型的记忆卡，卡片发出金色的光芒，“这是什么？”

“里面应该是蓼科早树最后制作的程序，目前还不知道是什么，只知道名称是‘猫跳’。白鸟小姐就是在找这个，她希望我可以找出来。”

“原来是这样啊，难怪她协助你逃亡，但为什么要去暮礼路？”

“那里是蓼科兄妹的故乡，他们偷偷在那里买了别墅，所以我以为‘猫跳’可能在那里。”

神乐似乎曾经躲藏在那里。

“我想，杀害她的凶手也在找这个程序，如果早一点儿找到，她或许就不会遭到杀害……”神乐用沉重的语气说道。

“别这么想，说这种话也无济于事。更何况也可以说，正因为她遭到杀害，我们现在才能够在这里找到这个。接下来怎么办？要怎么处理这张卡片？我有言在先，不要叫我做高难度的事，我不会用计算机。”

“即使你是计算机工程师，也无法轻易搞定，必须有特殊的系统，才能够了解其中的内容。最好的方法，就是偷偷溜进特解研。”

“不可能，因为白鸟里沙遭到杀害，志贺他们今晚都会在那里。”

“既然这样，那就只能使用你那里的计算机了。”

“这里？”浅间巡视周围，“我说了好几次，这里什么都没有。”

“我是说那栋建筑物里不是有蓼科兄妹以前使用的计算机吗？”

“哦。”浅间点了点头后，皱起了眉头，“但我刚才不是说了吗？我不会用计算机。”

“不必担心，我会告诉你怎么做，你只要切换成视频电话的模式，让我看到影像就好。”

浅间叹了一口气说：“你说得倒轻松啊。”

“你有办法进入蓼科兄妹的房间吗？”

“我来试试。我会先挂上电话，如果成功溜进去，再和你联络。”

浅间挂上电话，拿出了自己的手机。他用这个手机打电话给警卫富山。刚才进来这里时，他问了富山的电话。

“你好，我是富山。”富山的声音有点儿紧张。

“我是浅间，刚才谢谢你。”

“不客气，你已经忙完了吗？”

“五楼的事已经结束了，我想去七楼确认一件事。不好意思，钥匙的事可不可以麻烦你一下？”

“哦哦，VIP 病房的，我知道了，我马上就过去。”

“麻烦你了。”

浅间挂上电话后，把装了卡片的袋子放进了内侧口袋，走出了房间。

他搭电梯来到七楼，前方的门紧闭着，上面有一张写着“非相关人员禁止入内”的贴纸。

不一会儿，电梯的门打开了，身穿制服的富山走出电梯。浅间把进入五楼房间时用的钥匙交还给他。

“在那里找到了什么重要的东西吗？我曾经进去过几次，我记得只有一些画画的工具。”

“是啊，没什么重要的东西，不过我只是去确认一下。”

“七楼的房间应该也什么都不剩了，科警研的人把所有的东西都搬走了。”富山说完，把手放在静脉辨识系统的感应板上，门静静地打开了。昏暗中，只见一条长长的走廊。

富山拿出另一把钥匙。

“这是这个房间的钥匙，你离开时，拿回警卫室就好。”

“好，谢谢你。”

“那你慢慢忙。”富山说完，转身准备离开。浅间叫住了他。

“虽然有点儿啰唆，但这件事请不要让警察厅和科警研的人知道。”

富山露齿一笑说：“我知道。”

浅间看着他走进电梯后，戴上手套走向走廊深处。他打开了门锁，推门而入。室内一片漆黑，他摸索着打开了灯。

啊呀呀。浅间忍不住嘀咕。富山说得没错，之前赶到这里时看到的许多资料和办公机器都不见了，应该是志贺他们带走的。他们在暮礼路时，也试图彻底调查神乐躲藏的地方。听神乐说，那里是蓼科兄妹的别墅。

那不是为了侦办命案，他们是在寻找什么东西。

原来是这个——浅间隔着衣服，摸着内侧口袋。

## 43

神乐用指尖不停地轻敲桌子。浅间还没有和他联络。他是负责蓼科兄妹命案的侦查员，进入那间 VIP 病房应该不是困难的事。

终于找到“猫跳”了。那到底是什么东西?

神乐想起蓼科兄妹写给数学家基尔·诺伊曼的电子邮件，邮件中提到了“错误”和“忏悔的赏赐”之类的字眼。由此可知，蓼科兄妹犯下了某些错误，为了修正这些错误而设计了“猫跳”，并借由这种修正来读取“白金数据”。

任何天才程序设计师都会有疏失，这种疏失可能会给其他人带来麻烦。但是，无论是怎样的情况，通常都不会用到“忏悔”这种字眼。既然用了这个字眼，很可能显示那不是单纯的疏失而已，而是刻意造成的。

难道是蓼科兄妹刻意让 DNA 侦查系统中存在某种缺陷吗?

怎么可能?神乐不愿相信，但除此以外，想不到其他可能性。

神乐回想起和蓼科耕作最后的谈话。那天，他难得主动找神乐，说有事要谈一谈。一见面，他就问神乐，系统的情况怎么样。神乐回答说，系统很顺利，只是有案子无法在检索系统中找到相符的数据。神乐指的是 NF13。蓼科耕作似乎早就知道，还说就是为了这件事想和他谈一谈。

然后，那对兄妹就遭到了杀害。

他们知道无法查出 NF13 身份的原因。如果是因为他们刻意在 DNA 侦查系统中植入的“缺陷”造成的——一切就都有了合理的解释。如果“猫跳”是为了修正这种有缺陷的程序，因此可以读取“白金数据”，就可以查出 NF13 的身份。

神乐感觉到自己的体温在上升。

如此一来，也可以解释蓼科兄妹遭到杀害的理由。因为 NF13 连续犯案，所以他们打算用“猫跳”修正系统的缺陷。那一天，蓼科耕作主动找神乐，应该就是为了这件事，然而，NF13 得知了这件事，为了阻止蓼科兄妹，所以杀了他们——

神乐把手放在额头上，偏着头思考。

到目前为止的推理并没有太大的破绽，但仍然存在一个很大的疑问。为什么 NF13 知道蓼科兄妹的行动？而且，那对兄妹为什么要在系统中植入缺陷？蓼科早树的衣服上沾有神乐毛发的原因也令人费解，还是说，是因为系统有缺陷，才会判断那个样本是神乐的？

样本？——神乐抬起头。最近有人提到“样本”这两个字。

是白鸟里沙。当神乐在蓼科兄妹的别墅打电话给她时，她曾经问，NF13 采取的样本放在哪里，她说，她要的不是已经将 DNA 信息电子化的 D 卡，而是原来的样本。

她到底想要干什么？她说要背着志贺所长他们，偷偷把样本带出去。

难道……神乐想到这里时，计算机通知收到了电子邮件。打开一看，是浅间寄来的。他似乎顺利进入了 VIP 病房。神乐打电话给他。

“为了这张卡，”电话一接通，浅间就说，“志贺他们应该也拼了命在寻找。”

“有这样的迹象吗？”

“应该吧，你先看看这个。”

不一会儿，计算机屏幕中就出现了影像。浅间已经切换到视频电话，虽然颜色有点儿淡，但画质还不差。画面中是蓼科兄妹之前使用的工作桌。

“看得到吗？”浅间问。

“看得很清楚，原来他们真的把资料都拿走了。”

“U盘、电子书阅读器和笔记本电脑也都拿走了，什么都没了，很难想象这个竟然没有搬走。”浅间缓缓移动摄影镜头,拍到了一台计算机。

“那不是完整的计算机。那是超级计算机的屏幕，主机在楼下。”

“原来是这样，志贺他们无法把超级计算机搬走。”

浅间认为志贺也在找这张卡，神乐对此也有同感。只是当蓼科早树遭到杀害时，他们对于她最后开发的“猫跳”程序应该一无所知。神乐记得，志贺曾经问他是否知道些什么线索，那不像是装出来的。

志贺是在哪个时间点得知了“猫跳”的内容？到底是什么时候？

是白鸟里沙。神乐想到。志贺得知“猫跳”内容的时机刚好就是她出现的时候，难道是她把“猫跳”告诉了志贺？不，不可能。她显然打算抢先一步拿到“猫跳”。

也许是相反的情况。志贺对从美国来学习DNA侦查系统的白鸟产生了怀疑，所以针对她进行了调查，结果就发现了“猫跳”。如果是这样，一切就有了合理的解释。

“喂，你为什么不说话？赶快下达指示啊。”浅间催促道。

“没有啦，我只是在推理一些事。”

“推理？怎样的推理？”

“但没有明确的证据。”神乐声明之后,把刚才的想法告诉了浅间。

“有道理。”浅间听完之后,小声嘟囔道,“你的推理搞不好是对的，这样一来，也可以解释我内心的一些疑问。”

“是吗？”

“比方说，警察厅突然插手我们的侦办工作。警察厅要秘密进行蓼科兄妹命案的调查工作不是问题，但那些人甚至说要指挥我们之前努力侦办的 NF13 的侦办工作。因为我发现查不出 NF13 的真实身份并不是因为数据不足，而是系统的缺陷。虽然要我们去暮礼路把你带回来，但在得知发现了蓼科兄妹的别墅之后，就慌忙赶了过去。如果是为了找这个，一切就很合理了。”

屏幕上出现了蓝白相间的条纹袋子，应该是浅间刻意放在镜头前。

“没错，就是我那天在他们的房间里看到的，在蓼科兄妹遭到杀害的几个小时之前……”

“他们也许察觉到危险，所以才把卡片交给你……不，应该是交给了隆。”

“因为不能被任何人发现，所以才会藏在那幅画的下面，之所以在画中画上了那个袋子，应该是隆想要向我传递信息。”

“问题是，”浅间稍微压低了声音，“我搞不懂那个名叫铃兰的少女，她和蓼科兄妹到底是什么关系？”

“这的确是个谜团，唯一确定的是，他们兄妹偷偷和她见面了。因为他们很少外出，所以可能把她当成秘密联络人。不久之后，铃兰偶然遇见了隆，两个人变得亲密起来。”神乐回顾之前发生的事，说出了最合理的解释。

然而，之前都立刻回答的浅间竟然沉默不语。

“浅间先生，”神乐问他，“怎么了？”

“哦，不是啦，我只是在想，真的有可能吗？”

“什么真的有可能？”

“如果她真的这样进出，应该有人看到她。”

“虽然你这么说，但她真的曾经出入那里，所以卡片才会藏在画里面。难道不是吗？还是说，除此以外，你有其他解释？”

“不，那倒不是……好吧，这件事我们以后再讨论，目前的首要任务就是先搞清楚里面到底是什么。”画面中出现了浅间的手指，他戳着装了卡片的袋子。

“我赞成，细节的推理以后再说，先来做事。你先把计算机打开，结束休眠状态。”

“喂、喂，我说了好几次，我——”

“对计算机一窍不通，是不是？我知道，你把镜头靠近计算机，不，这样太靠近了，我想要看到计算机屏幕。OK，这个位置很好，你坐在椅子上。”

“我想要站着。”

“不行，你就照我说的去做。”

接着传来了叹息声和椅子与地面摩擦的声音。

“我坐下了，然后呢？要跷二郎腿吗？”

“和脚没有关系，把双手放在扶手上。”

“这里吗？”浅间问道。下一刻，立刻传来了钢琴声，是舒伯特的《圣母颂》，屏幕上同时出现了“HELLO”的文字。

“哦，这是怎么回事？”浅间惊讶地问。

“计算机启动完成了。蓼科兄妹为了使用方便，在系统上下了不少功夫。”

“真是吓我一跳，接下来该怎么办？”

“要读取程序了，你先把卡从袋子里拿出来。你知道怎么拿吗？”

“左手拿袋子，右手把袋口撑开，然后把手指伸进去，把卡拿出来——这样对吗？”

“左手和右手的用法反了，不过问题不大。”神乐开着玩笑，发现自己已经完全信任了浅间，虽然他以前最讨厌刑警。

屏幕上出现了拿着金卡的手。

“这个要怎么办？要装在哪里？”

“你按一下键盘最右侧、最上面那个键，卡片阅读机就会打开。打开之后，把卡放在上面，然后再按同一个键，之后就静观其变吧。”

“OK，最右侧上面的……”

屏幕上可以看到浅间的手按照神乐的指示操作，卡片放进卡片阅读机几秒之后，浅间面前的屏幕中出现了好几个复杂的几何图案。

“喂、喂，画面上出现了很多莫名其妙的东西。”

“我知道，每个图案都是构成程序的模块。好，那就开始作业吧。我先问一下，你会用键盘吗？还是完全不行。”

浅间发出低吟：“我会尽量试试看。”

“加油，我们面对的是天才设计的程序，我想应该会耗费不少时间。”

事实上，接下来的确很辛苦。浅间并不像他说的那样对计算机一窍不通，所以还算顺利地完成了神乐的指示，但程序就好像是由无数条线组成的，很难把握整体的状况。

在尝试了一个多小时后，终于发生了状况。浅间听错了神乐的指示，执行了错误的动作。

屏幕上的图形激烈变化，到处乱窜。

“啊，糟了，计算机暴走了，这下子该怎么办？”浅间慌张地问。

神乐正想对他说“别紧张”，计算机屏幕上出现了新的变化，那些模块都开始变成整齐的形状，就像是纠结在一起的线打开了。神乐终于发现了这些模块所代表的意义。

原来——他忍不住倒吸了一口气。

## 44

立体图形在画面上跳跃，不断展现出鲜艳的色彩，数字和文字不断排列和组合。浅间完全不知道是怎么回事，只知道似乎有了进展。最好的证明就是神乐沉默不语。神乐刚才不时因为无法搞定程序而陷入沉默，但现在的情况不一样，他从画面中解读出了某些东西。

沉默持续了几分钟，终于听到神乐小声嘀咕说：“太惊人了……”

“这到底是怎么回事？你已经知道它是什么了吗？”

“大概知道，看来这是个很了不起的程序。当然，如果我的解读没有错误的话。”神乐继续说道，“不，不可能解读错误，所有的谜团都有了答案。”

“赶快告诉我，到底是怎么回事。”

神乐叹了一口气。

“很难口头解释，而且我想要明确的证据，所以必须实际测试。”

“测试。”

“用这个程序清查 DNA 侦查系统，一定会出现惊人的结果。”

“等一下，如果要碰 DNA 侦查系统，就必须进入特解研，但现在没办法溜进去。”

“我知道，所以我们要正面突破。既然没办法溜进去，就只能大摇大摆地从正门进去。”

“要和志贺他们对决吗？用这张卡作为王牌。”

“就是这样。浅间先生，你愿意协助我吗？”

“事到如今还问这种废话。”浅间从上方探头看着面对计算机画面的视频电话，神乐的屏幕上出现了他倒过来的脸部特写，“事已至此，早就无路可退了。”

“好，那我们就来决定见面的地点，在特解研的——”

神乐说到这里时，浅间放在怀里的手机响了。那是他自己的电话。视频电话使用的是白鸟里沙的电话。

打电话给他的是警卫富山。

“糟了，科警研的人来了，可能会去你那里。”

“科警研？他们怎么会来？”

“不知道。他们问我有没有人来这里，我回答说没有。”

“知道了，谢谢。”

浅间挂上电话后，简短地向神乐说明了情况。

“这下子麻烦了，你赶快把卡片拿出来，关掉计算机系统。”

浅间按照神乐的指示操作，把计算机退出的卡片放进了内侧口袋。

“科警研的旁边有一个挂着‘播磨运输’的仓库，两个小时后，我们在那里见面。”

“你两个小时内有办法到东京吗？”

“我会想办法。你要马上离开那里，如果被他们发现，抢走了‘猫跳’就没戏唱了。”

“不用你提醒我也知道。”浅间在说话的同时挂上了电话。

他跑过走廊，来到电梯厅，发现一部电梯正在上楼。他立刻转身走向另一个方向。走廊尽头有一道门，他知道那道门通往逃生梯。那是杀害蓼科兄妹的凶手逃走的路线。

打开那道门,来到门外时,身后传来电梯抵达的声音。真是千钧一发。

他蹑手蹑脚地慢慢走下阶梯，思考着科警研的人为什么突然来这里。听富山说,他们问是否有人来这里。虽然不知道他们问话的语气,但这句话似乎显示他们并不知道是浅间在这里。

当他从五楼走到四楼时，四楼的门突然打开了。浅间停下脚步，紧张起来。如果是科警研的人，即使动粗，也要设法逃走。

但是，从门内走出来的是一个身穿白袍的人。浅间看过那个人的鹰钩鼻。他是脑神经科的水上教授。

水上缓缓抬头看了过来，丝毫不感到惊慌，好像知道浅间在那里。他脸上浮现淡淡的笑容，对浅间点了点头。

“现在最好先别下去。”

浅间听到水上的话，大吃一惊：“什么意思？”

“科警研未必只派一个人来这里，搞不好会在下面埋伏。你先去我的办公室。”水上用手指向门内，催促着他。

看到浅间仍然没有放松警戒，水上再度点了点头。

“神乐刚才打电话给我，我已经了解状况了。”

原来是这样，浅间终于放了心。神乐一定认为水上教授愿意提供协助。

“快进来。”

“不好意思。”浅间说着走进门内。

沿着昏暗的走廊，来到挂着精神分析研究室牌子的房间。这是浅间第三次来这里，第一次是在蓼科兄妹遭到杀害时，第二次是在神乐逃亡之后。

浅间和水上在这间不太像诊察室，很像很有品味的小型会议室内面对面坐了下来。墙边排放着橱柜和架子，一个黑色皮包放在架子上，一看就知道是使用多年的心爱的用品。

“虽然我了解状况，但其实并没有时间和神乐慢慢聊，他似乎很慌张，只说希望我协助藏匿你，然后就挂上了电话。”水上把热水倒进茶壶内说道，他的动作慢条斯理，似乎确信科警研的人不会来这里。浅间觉得，既然这样，也许可以在这里避一下风头。

水上把茶杯放在浅间面前。

“姑且不论神乐，你也在逃亡吗？”

“那倒不是，只是我并没有和科警研、警察厅一起行动，他们也不知道我和神乐取得了联络，所以不能让他们知道我来这里。”

水上一脸恍然大悟的表情喝着茶。

“所以,可以认为目前你和神乐联手。只是我不知道你们怎么会合作。”

“说来话长，硬要说的话，就是我和他都发现了事件有内幕。”

“你说的内幕是指？”

“命案和警察厅、科警研想要隐瞒的秘密有关。我和他刚才还在调查到底是什么秘密。”

水上露出不解的表情，把手上的茶杯放在桌上。

“现在知道了吗？”

“他已经发现了，但在他详细说明之前被打断了。不过，我很快就会知道了，因为我已经和他约好要见面。”浅间看着手表。神乐说两个小时后见面，目前已经过了十分钟。

“是吗？他还好吗？逃亡会对身心造成很大的负担。”

“听他说话的样子，感觉没什么问题，只不过……”

听到浅间有点儿吞吐，水上眨了眨眼睛：“怎么了？”

浅间心想，不妨问一下那件事，问一下神乐口中那个叫铃兰的少女。

“他好像有幻觉。”

“幻觉？”水上不悦地皱着眉头，露出了脑神经科医生的表情。

浅间告诉他，神乐似乎看到了隆画中的少女，以为真的有那个少女，而且还一起去旅行。水上的表情越来越凝重。

“这……不太妙啊。”他低吟道。

“你是指症状吗？”

水上用力点头。

“多重人格是一种对自己到底是谁的自我意识产生动摇的疾病，原因有很多种，但很大程度上是受到想要逃避现实、向往虚构世界的心理影响。”

“是因为这个，才会产生幻觉吗？”

“应该是无法区分现实世界和虚构世界的征兆，这是极其危险的状态，如果不及时治疗，虚构的部分会不断扩大。除了那个叫铃兰的少女以外，很可能出现更多幻觉。同时，还会否认、无法面对现实。一旦这样——”水上注视着浅间的脸，“甚至可能会不认得熟悉的人。”

“……听起来像阿尔茨海默病。”

“罹患阿尔茨海默病，大脑会逐渐出现物理性的萎缩，神乐的情况是在精神上出现相同的状况。总之，必须赶快进行治疗。浅间先生，你刚才说会和他见面，我可以和你一起去吗？”

“你也要去？”浅间忍不住坐直了身体。

“必须分秒必争，他的症状在不断恶化。”

“但是，我们准备去做很危险的事，不能带你一起去。”

水上用力摇着头。

“如果你们要做危险的事，更要赶快治疗他。如果他无法分辨现实和虚构世界，就无法做出精准的判断。我不会影响你们，只要五分钟就好，给我五分钟治疗他。我可以保证，在做完必要的处理后，我会马上离开。”

听到学者用这么热切的语气说这番话，浅间很难拒绝。水上只是想要拯救病人，而且，如果神乐陷入这种状态，浅间也很伤脑筋。神乐的脑袋是目前唯一的武器。

“好，既然你这么说，那我就带你去。但因为无法预测会发生什么事，所以不一定能够进行治疗。”

水上松了一口气。

“太好了，我会努力不妨碍你们，那我来准备一下。”说完，他站了起来，一边脱下白袍，一边走了出去。

浅间再度看着手表，距离约定的时间还有一个多小时。

# 45

一个穿风衣的男人走进电车。神乐低下头，战战兢兢地打量他。风衣男人巡视车厢后，不知道是否因为没有空位而感到失望，走去隔壁车厢了。他完全没有看神乐一眼。也就是说，他并不是来抓神乐的，应该也不是刑警。

神乐浑身放松，重新握住吊环。车厢内所有的座位都坐满了，有几个人站着。

他换了几班车，一路前往东京。虽然他很小心不被监视器拍到，但很难预料什么时候会被人发现，也可能已经被发现了，所以电车每次靠站，有新的乘客上车，他就会全神戒备。

即使警察发现也没有关系，但无论如何，都必须在此之前，从浅间手上拿到“猫跳”。如果不拿到“猫跳”，就无法揭露DNA侦查系统的秘密，也无法证明“白金数据”的存在。无论再怎么强烈主张，只要对方坚称“根本没有这种东西”，神乐就无计可施，也无法澄清自己的嫌疑。

话说回来，没想到竟然有这种事，而且自己完全不知情——

虽然神乐解读出了“猫跳”，也了解到其中所隐藏的意义，却仍然难以置信。因为他一直自豪地认为是自己建构了DNA侦查系统，也深信除了蓼科兄妹以外，他比任何人都熟悉系统。没想到现实完全不是这么一回事。自己一无所知，完全被蒙在鼓里，只是听从志贺他们指挥的棋子。对他们来说，自己只是系统的一部分而已，对他们有利的系统的一部分——

所有的谜都逐一解开了，只是仍然不知道NF13的真实身份。但是，对整体来说，那只是一个小问题。说得不客气一点儿，NF13无论是谁都不重要，和“白金数据”的罪恶相比，简直太微不足道了。

无论如何，都必须揭露真相。他发自内心地这么想。

窗外的夜景热闹起来，似乎渐渐接近东京都中心了。一旦进入闹市区，即使在那里被人发现，想要再度潜入地下都不会太困难。但是，千万不能大意。电车每次靠站，神乐就会察看所有的乘客。

顺利通过东京车站的出口时，神乐忍不住重重地吐了一口气。当然，他知道自己不能松懈，因为到处都装了监视器，一旦被脸部辨识系统捕捉到，警察会在几分钟内赶到。神乐低着头，快步走出车站。

出租车招呼站也设置了监视器，他来到马路上，拦了一辆经过的出租车。他告诉司机：“去有明。”司机完全没有对神乐起疑。

虽然离开东京并没有太久，但他对东京的街道感到很怀念。不知道自己的住处怎么样了，他很想赶快回家好好睡一觉。但在此之前，他必须先解决所有的问题。

出租车在鳞次栉比的办公大楼之间穿梭，穿过了复杂交错的高速公路下方，又经过了运河上方的桥。距目的地一半时，神乐告诉司机详细的路线。出租车驶入没有住家的仓库街，在即将到达目的地时，神乐叫司机停车。一看手表，和浅间约定的时间快到了。自己对时间的估算很准确。

下车后，他在走路时提高了警觉。由于没什么路灯，只要离开建筑物，就可以在黑暗中移动。

前方有一栋暗绿色的建筑物，周围是黑色的围墙。房子的屋顶上有一块写着“播磨运输”的旧招牌。那家公司已经倒闭了，目前这个仓库归另一家公司所有。当初特解研在旁边建造时，警察厅曾经租用那个仓库一年，堆放研究所要使用的资材和仪器。

他从后门向仓库内张望，然后迅速钻进围墙内。神乐之前听说，目前这个仓库无人使用，持有这个仓库的公司有意脱手，却迟迟找不到买家。

建筑物的大门关着，他巡视周围，发现浅间还没有到。停车场内有一辆不知道有没有报废的旧卡车。神乐躲在卡车后方。

不一会儿，就听到了车子靠近的声音，车头灯的灯光照进停车场内，轮胎缓缓挤压着柏油路面，最后停了下来。车头灯关了，引擎声也熄了。

神乐从卡车后方探出头，驾驶座上走下一个身材魁梧的男人。看男人的体形，他确信是浅间。

他松了一口气，直起身体，正打算跑向浅间时，副驾驶座旁的车门打开了。他忍不住停下脚步。浅间带了别人一起来这里。是谁呢？

“是神乐吗？”浅间已经发现了他。

神乐没有回答，注视着车子，但看到从副驾驶座走下来的人，立刻吐了一口气。因为那是他最信任的人。

“原来是教授。”

水上缓缓走了过来，手上拎着皮包。

“神乐，你看起来精神很不错啊。”

“我说我们要在这里见面，教授坚持要和我一起来。”浅间说。

神乐将视线移向浅间，皱着眉头问：“你为什么会告诉教授？在那之后，你不是立刻逃离了医院吗？”

“不，因为教授说，你联络了……”浅间说到这里，似乎察觉了什么，准备回头，但他的动作很不自然地停了下来。

水上不知道什么时候站在浅间的背后，因为被浅间挡住了，所以看不到他脸上的表情。但是，神乐可以清楚看到浅间的表情。他神情紧张，目露凶光。

“这是在搞什么啊？”浅间问。他的声音沙哑。

“不要动，如果你不想死的话。”水上说。他的声音听起来很可怕，好像是从古井深处传来。

“怎么了？”神乐问。

浅间眨了眨眼睛，看着斜上方说：“是手枪，水上教授用手枪顶着我。”

神乐瞪大了眼睛：“为什么？”

“对啊，为什么？为什么要这么做？我们做了什么对不起你的事吗？”浅间也咆哮道。

水上发出冷笑。

“因为你们在多管闲事，什么‘猫跳’，什么‘白金数据’，吵死人了。这个世界上，有许多事情根本不需要弄明白。”

神乐和浅间互看了一眼。

“你怎么知道这些……”神乐问。

“我当然知道，我知道一切，我听到了你们这两个小时之间的所有谈话。因为五楼的画室和蓼科兄妹在七楼的房间都装了窃听器，也是我打电话向科警研告密说，好像有可疑人物闯入了七楼。浅间先生一如我的期待，从逃生梯下楼，就像我那天一样。”

那天——神乐感到愕然。那一定是指蓼科兄妹遭到杀害的日子。

浅间无力地摇着头。

“正所谓眼皮底下的事反而看不清，我们真是有眼无珠啊。”

“没错，就是这么一回事，你们要好好反省。”水上举起右手，不知道把什么东西刺向浅间的脖子。浅间的脸立刻扭曲起来。水上手上拿的是注射器。“不必担心，还不会死，只是让你暂时安静一下。”

水上拔出注射器，浅间立刻跪了下来，随即露出痛苦的表情倒在地上。

神乐难以相信发生在眼前的事。自己最信赖的水上竟然是这一系列事件的主谋吗？他惊讶得说不出话来。

水上用一只手拿起放在地上的皮包，另一只手拿着手枪，枪口对着神乐。

“你杀了蓼科兄妹吗？”神乐用颤抖的声音问。

“是啊。”水上的声音镇定得有点儿冷酷，“顺便告诉你，我就是NF13。”

巨大的冲击让神乐感到耳鸣，心脏跳动的速度已经达到极限。

“……为什么？”

“为什么？有必要说明吗？听了你们刚才的谈话，我以为你已经知道了。”

“我的确知道了‘白金数据’的真相。”

“嗯，那来看你的答案对不对吧，你说来听听。”水上拿着手枪上下晃动着。

神乐想要吞口水，但口干舌燥，他只好舔了舔嘴唇。

“DNA 侦查系统所登记的数据是根据民众提供的样本制作的，从样本中解析出 DNA 后，以计算机数据的方式进行处理，再变成密码加以登记。所以，如果凶手在犯罪现场留下了 DNA，只要凶手在系统中登记了相关数据，就可以马上检索出谁是凶手。即使凶手本身没有登记，只要凶手的家属或亲戚登记，也能够大幅缩小嫌犯的范围。”

“这是很出色的发明。”水上用揶揄的口吻说道，“你接着说。”

神乐深呼吸了一下。

“这只是我的假设而已。在庞大的数据中，可能混入了一部分特殊的数据。这些数据除了本身的 DNA 信息以外，还附加了特别的识别记号。如果检索的 DNA 和这些数据一致，DNA 侦查系统就会显示出完全不同的答案。解析结果所显示的身体特征和当事人完全不同，检索结果也会出现 NOT FOUND，也就是并未登记这个人的相关资料。虽然不知道到底是哪个人，为了什么目的在系统中增加了这个选项，总之，系统中混入了这些特殊的数据，这就是‘白金数据’，而‘猫跳’就是找出这些数据的程序。”

水上微微摇晃身体，轻声笑了起来。

“神乐，太精彩了，但离满分还差了一大截。不知道是哪个人？喂、喂，你忘了一件重要的事吗？这套系统并不是谁都可以设计出来的，连你都没那个能耐。”

神乐瞪着眼前这个男人的鹰钩鼻：“蓼科早树……”

水上点了点头。

“是我指示蓼科兄妹加入了这个选项，因为他们对我言听计从。

当然，我也叮咛他们要瞒着你。”

“为什么要这么做？”

“理由很简单，因为受人之托。”

“受谁的委托？”

水上挑了挑单侧的眉毛。

“是志贺所长直接来拜托我的，就是你的上司，但连我也不知道他的后台是谁，他也只是棋子而已。”

“科警研，不，警察厅的……”

“应该是更高层的人想到这种主意，虽然你想要打造出完美的侦查系统，但如果太完美，会让有些人很伤脑筋。”

他是指那些政治人物和官员。他们一定想要把自己和家人的DNA数据变成“白金数据”。

“原来是这样，太卑劣了……”

水上冷笑着。

“现在还在说这种话，这个世界就是这么一回事。如果总理大臣的儿子有一天强暴他人遭到逮捕，整个国家不是会陷入混乱吗？”

“所以，你的DNA数据也变成‘白金数据’了？”

“当然啊，不能只有他们独享好处。”

“系统检索不到‘白金数据’，无论犯多少次罪，即使在现场留下了痕迹，也绝对不会遭到逮捕，所以你就利用这一点连续杀人吗？”

“我有言在先，我并不是杀人魔，目的并不是杀人，那都是实验。”

“实验？什么实验？”

水上放下皮包，一只手仍然举着枪，另一只手在皮包里摸索着，然后拿出一个像是金属盒的东西，上面连着电线。

“你知道这是什么吗？”

“电恍……是不是电子恍惚器？靠脉冲电流刺激大脑，陷入恍惚状态。”

神乐完全搞不懂水上为什么拿出这种东西。

“这不是单纯的电恍器，我已经加工过了。简单地说，就是增加了功率，但并不是恍惚状态变得强烈而已。只要使用这个东西，就会陷入强烈的催眠状态，任何人都会变得顺从，甚至连自杀也不怕，而且和普通的电恍器不同，会引起中毒症状。”

“为什么要制作这种东西？”

“为什么？还真是个蠢问题，就好像没有人会去想，为什么会有人买卖毒品。操控人类精神的知识有助于获得权力，所以必须进行实验。”

神乐摇了摇头：“但根本不需要杀了她们啊。”

“我没有杀她们，是她们自己死了，就好像做实验的时候，小白鼠也经常会死。那些女人不需要同情，都是一些早晚会沉溺于电恍器的笨女人，所以才会轻信我的花言巧语。但是，如果尸体不稍微加工一下，很容易被发现是脑科学家所为，所以我稍微加工了一下。”

“所以你用枪射击她们的头部，然后对她们施暴吗？”神乐说，“原来是奸尸。”

“因为我认为杀人魔需要有动机，而且，留下精液反而对我更安全。”

“因为你是‘白金数据’，所以系统不会显示出凶手的名字，警方不会怀疑 DNA 信息已经登记的人。”

“就是这么一回事，只不过有一件事让我不太放心。使用这个装置时，耳朵上会留下烫伤的痕迹。警方可能从这个共同点中查出什么，所以我决定和一部分业者分享电恍器的改造方法。这种改造品已经以‘超恍器’的名称在玩家之间流行开了，即使警方发现凶手是超恍器使用者，也已经为时太晚了。”

神乐咬紧牙关后问：“你做这些事，到底有什么意义？你身为脑科学家，已经有了相当的地位，还想靠电子毒品得到什么权力？”

水上微微偏着头。

“我刚才似乎没说清楚，我并不是自己想要得到什么权力，而是想要创造可以带来权力，能够改变世界的东西。身为科学家，如果知道有可以操控人心的方法，当然会想要试一试，也可以说是本能。事实上，你不是也为了证明基因决定了人心这个假设，想要了解心灵之谜吗？”

“这件事和那件事——”

“都一样，完全没有差别。你用自己的身体了解心灵的构造，我在别人的身上进行实验。只不过你的研究没有导致任何人死亡，我的实验中死了几个人，这就是唯一的差别。不，还有另一个差别，你还没有找到答案，但我已经找到答案了。”水上把脸凑到神乐面前，竖起了食指，“我告诉你一个秘密，想要了解人心，不需要研究什么基因，人心只是化学反应和电子信号而已。”

神乐看着水上淡然说话的样子，缓缓摇了摇头：“你脑子不正常。”

“是谁向这个脑子不正常的人求助呢？”

“蓼科兄妹发现了你是凶手吗？所以你杀了他们。”

水上耸了耸肩说：“他们不可能发现，但他们得知 NF13 的事件之后，开始怀疑凶手在‘白金数据’中。”

“所以才设计了‘猫跳’这个程序。他们很后悔当初设计了‘白金数据’，想要赎罪。”

水上带着遗憾的表情皱起了眉头。

“像蓼科早树这种天才，竟然会有这种愚蠢的想法。只是死了也不足惜的人从这个世界消失而已，结果搞得自己也从这个世界消失了。”

“那一天，我使用反转剂变成隆的期间，你杀了他们，而且还特地在监视器上动了手脚……”

水上意外地摇了摇头。

“在监视器上动手脚的并不是我，原本就有人动了手脚，我只是加以利用而已。”

“原本就有人动了手脚？这是怎么回事？”

“意思就是除了我以外的人设置的，我认为你最好还是不要知道是谁比较好。哦哦，不要动。”水上举着枪，缓缓绕到神乐背后，“跪下来。”

“你想干什么？”

“你就乖乖听从我的命令，虽然同样是死，但对你来说，最好还是少吃一点儿苦吧。”

神乐感受到枪口对准自己的后背，他蹲了下来，双膝跪在地面后坐了下来。有什么冰冷的东西夹在自己的耳朵上，首先是左耳，然后是右耳，应该是超恍器的电极。

“不必害怕，之前送命的那些女人在死之前，都露出恍惚的表情，是在幸福的感觉中死去的。只不过你可能无暇体会快乐，我一开始就会使用很大的脉冲电流，因为没时间了，只能委屈你一下。”

“你也是用这种方法杀了白鸟里沙吗？”

“哦，你是说那个女人。”水上一派轻松地说道，好像现在才想起这件事，“杀她还耗费了一点儿时间，先用超恍器控制她的意识，让她把车子开回家后，才枪杀她。我的技术越来越炉火纯青了。”

“她发现你是凶手了吗？”

“不，她并没有发现，但因为她自以为是地在做一些事，所以我担心她可能以后会发现。”

“DNA 鉴定吗？”

“哦，原来你知道。”

“她正在找 NF13 的原始样本，因为她发现凶手在‘白金数据’中，锁定能够和蓼科兄妹接触的人，人数就非常有限了。只要用传统的方法鉴定所有人的 DNA 和 NF13 的 DNA，就可以查出凶手——是不是这样？”

“真是太危险了。只是她不够聪明的是，她在采集我的头发时被我看到了。她没事跑来找我，我怎么可能不怀疑？”

神乐听到“咔嚓咔嚓”的金属碰撞声。“好了，”水上说，“说了一大堆废话，但是很愉快，想到以后再也无法和你聊天，忍不住有点儿寂寞，但这也是无可奈何的事，天下没有不散的筵席。”

“你杀了我也没用，志贺他们也在追查 NF13。”

“没这回事，事件已经解决了，NF13 用超恍器自杀了，只是在自杀之前，枪杀了刑警浅间——怎么样？很完美的剧本吧？”

水上似乎想要嫁祸给神乐。他一定打算杀了神乐之后，再枪杀浅间。

神乐感到不寒而栗，在满脑子混乱中，努力思考着如何突破眼前的局面。

“有一个女生叫铃兰，她知道一些事。”

水上吐了一口气。

“你以为还会见到她吗？”

“你说什么？”

“不好意思，现在没时间向你解释了，你们去那个世界相见吧。”

嘀嗒。神乐听到了打开开关的声音，整个视野顿时变成金色。听觉、味觉、嗅觉等所有的感觉都麻痹了，就连重力的感觉也消失了，完全不知道自己到底是坐着还是站着。但是，他完全不觉得痛苦，身体好像浮了起来，在半空中飘来飘去，爽快的感觉笼罩全身，精神得到了解放。

下个瞬间——

金色的视野突然变成黑暗，他同时失去了意识。

## 46

意识渐渐清晰，仿佛浓雾逐渐散去。他头痛欲裂，耳鸣不已，但在耳鸣的空当，听到有人说话的声音。那是谁的声音？以前好像听过。

浅间发现自己闭着眼睛，花了一点儿时间，才想起发生了什么事。对了，刚才挨了水上一针。这里是有明，在废弃仓库的停车场。脸颊碰到了水泥地。自己因为药物失去了意识，所以一直躺在地上。

他想要活动手指，却无法顺利活动。不，可能已经活动了，只是自己没有知觉而已。五感几乎没有知觉，嗅觉似乎也麻痹了。看来听觉最先恢复，但也只是听到声音，完全听不懂内容。

他慢慢睁开眼睛，视野模糊，好像被厚实的磨砂玻璃挡住了。当他用力定睛后，玻璃渐渐恢复了透明度，耳鸣也同时消失了。

神乐跪坐在地上，水上站在他身后。

“你杀了我也没用，志贺他们也在追查 NF13。”

“没这回事，事件已经解决了，NF13 用超恍器自杀了，只是在自杀之前，枪杀了刑警浅间——怎么样？很完美的剧本吧？”

浅间完全搞不清楚目前是什么状况，只知道水上似乎想要杀死自己和神乐，而且似乎是打算用枪杀死自己。

开什么玩笑——他想要挣扎，但手脚都不听使唤。

水上和神乐又交谈了几句之后，水上不知道做了什么。因为神乐的身体出现了异常的动作。他的双膝仍然跪在地上，好像在跳凌波舞般，身体用力向后仰，而且开始不停地颤抖。颤抖的幅度越来越大，就连浅间也可以看到，神乐的耳朵上夹着超恍器的电极。

神乐突然停止颤抖，他的身体就像傀儡般向后倒，然后一动也不动了。

水上目不转睛地打量着倒地的神乐，突然看向浅间。两个人的眼神在空中交错。

“警察的身体真强健啊，这么快就醒了。”水上走了过来，“但你也差不多该醒了，否则我不好做事。因为如果药物没有充分分解，解剖时可能会被发现，但这种可能性很低。刚才为你注射的药物在体内分解之后，就会变成人体原本就存在的物质，任何名医都不可能感到奇怪，而且你身上还会有枪伤，别人不可能继续追查死因。”

浅间一边听着水上长篇大论，一边拼命确认手指的感觉。手指仍然感到麻痹，即使用尽浑身的力气，也不知道是否能够顺利活动身体，但是，现在已经没时间确认了。

水上站在浅间身旁，低头看着浅间的脸上露出冷笑。他伸出左手，从浅间上衣内侧抽出了“猫跳”的卡。

“幸亏有你在，老实说，我原本还没想到要如何让NF13的事件落幕，因为警察厅和警视厅应该不会让这起案子就这样悬而未决，但现在所有的问题都迎刃而解，尘埃落定。你光荣殉职后，应该可以追升两级，所以也没什么好埋怨的。”水上缓缓举起枪，手指放在扳机上。

现在是唯一的机会。浅间用尽浑身的力气踢起右腿，踢腿的动作奇迹般完美，正中水上拿着手枪的手。手枪被踢飞到两米外的地方。

水上眼露憎恶地瞪着他，想要去捡手枪，但浅间也不放过他，立刻像蜥蜴般在地面移动，比水上抢先一步拿到了手枪。

只不过他还来不及把枪口对准敌人，拿着枪的手臂就被水上抓住，想要用力夺回去。没想到水上的力气很大，而且浅间的身体还未完全恢复。

一旦被他抢走，就只剩死路一条了。浅间借力使力，利用水上拉他手臂的力量，把枪丢了出去，他也不知道枪掉在了哪里。

水上松开了浅间的手臂，打量四周。他应该在找枪，似乎很快就找到了，然后站了起来。

不能让他去捡枪。浅间大声咆哮着，抱住了水上的腿。

“不要再做无谓的挣扎了……”水上的脸扭曲着，想要拉开浅间的手。

“我才该劝你趁早放弃，我绝对不会放手。”

“是吗？既然这样，那我就要改变主意了。”

水上扑向浅间，双手放在他的脖子上，用力掐紧。浅间拼命想要推开他，但水上就是不松手。

水上的脸上露出疯狂的笑。

“你是警察，应该会武术吧。别看我这样，我也是柔道黑带，而且你因为受到药力影响，无法发挥实力。胜负已定。对了，再补充一点，对我来说，要伪装成神乐掐死你这种事太简单了。”

虽然水上说话的语气很平静，但掐住浅间脖子的双手很用力。浅间完全无法呼吸，也无法发出声音。

意识渐渐模糊起来，大脑从中心开始麻痹。虽然知道必须抵抗，但内心渐渐被“我不行了”的灰心占据，眼前渐渐变成黑色。

就在这时，听到了“砰”的声响，掐住浅间脖子的力量突然放松。他感觉到血流过颈动脉，呼吸也变得顺畅了。

视野恢复了，水上的脸出现在浅间眼前。这个鹰钩鼻的白发男人惊讶地瞪大眼睛，他的表情中已经不见前一刻的疯狂，反而带着纯净。

浅间看向水上的胸口，发现他西装下的衬衫被染红了。

水上的手离开了浅间的脖子，他注视着自己满是鲜血的胸口，然后脖子缓缓转向后方。浅间也看向相同的方向。

神乐站在水上后方数米处，他的手上握着枪。

“怎么可能……”水上发出呻吟，“大脑被这么强烈的脉冲电流刺激，不可能还有办法活下来。”

“告诉我！”神乐开了口，“为什么杀了她？为什么杀了我的铃兰？”

水上的眼睑抽搐着：“你是隆……”

“回答我！为什么杀了她？根本不需要杀她啊！”神乐脸上露出

痛苦的表情，目前的人格似乎并不属于神乐。

水上轻轻一笑，这也成为他最后的反应。他的脑袋无力地垂了下来，倒在浅间身上。他已经浑身瘫软，变成没有生命的物体。

浅间推开了水上的身体坐了起来，他搓了搓自己的脖子后，再度看着神乐，不，是隆。

“你是神乐的另一个人格吧？”浅间向他确认。

隆丢下手枪，当场坐了下来，然后皱着眉头，抱住了头。

“你怎么了？”浅间问。

隆露出空洞的眼神看着他。

“请你转告他……转告神乐，再让我画一幅画。请他准备好画布，吸反转剂。这是最后一次。”

“最后一次？”

“对，最后一次。画完那张画，我就会消失……”隆说完这句话，整个人倒了下来。

不一会儿，就听到远处传来警车的警笛声，而且不止一辆，正向这里驶来。

“他妈的，也来得太晚了……”浅间咂着嘴，在地上躺成了大字。

# 47

神乐在警察医院的病房内恢复了意识，他无法立刻想起自己发生了什么事。虽然记忆渐渐苏醒，但完全不知道被超恍器杀死的自己为什么又被救活了。

他接受了大脑的检查，打针之后，再度被送回病床，没有人向他解释任何事。当强烈的睡意袭来时，他意识到刚才注射的是镇静剂。

当他再度醒来时，发现病房内有其他人的动静。他抬起头，看到志贺抱着双臂，跷着二郎腿坐在椅子上。

“你好像醒了，听说大脑的状况没有异常，真是太好了。”

神乐坐了起来。头还有点儿昏，他眨了眨眼，用手搓了搓脸。

“我怎么会在这里？”

志贺“扑哧”一声笑了起来。

“你不是从东京车站搭出租车去有明吗？那辆出租车上有拍摄车内情况的摄影机，和警察厅的脸部辨识系统相连。目前还在测试阶段，东京都内只有二十辆这种出租车而已。因为有侵犯隐私权的问题，所以并没有对外公布。在接获通报赶过去之后，发现你们在那里。”

“你们……所以除了我以外，还有其他人吗？”

志贺恢复了严肃的表情，点了点头。

“浅间副警部和水上教授。水上教授遭到枪杀了。”

“枪杀……被浅间先生吗？”

“不，”志贺摇了摇头，“是你开的枪。”

“怎么可能？”神乐瞪大了眼睛，“不可能有这种事。”

“这是事实，浅间副警部也证实了，但好像不是你的人格。”

“……是隆吗？”

志贺把抱着的手臂放在扶手上，身体靠在椅背上。

“从浅间副警部口中得知，NF13 是水上教授，但他似乎并不了解详细情况。你和教授谈话时，他因为药物关系，陷入了昏迷。”

神乐看着志贺冷酷的脸："你想听我和教授之间的对话？"

"我洗耳恭听。"志贺说，"当然，我不光是听而已，也会回答你提出的问题，你应该有很多想要问的问题吧？"

"当然，有太多问题了。"神乐说。

他详细说明了那简直就像噩梦的事，也尽可能巨细无遗地重现了水上说的那些冷酷的话，但志贺几乎面无表情，也许只是想要了解事件的真相，和神乐到底知道多少有关"白金数据"的情况。

"原来是这样。"这是志贺听完之后说的第一句话，"原来他是为了研究电子毒品而杀人，简直是可怕的疯狂科学家。"

"不知道是谁委托这种人要求蓼科早树设计'白金数据'。"

志贺的双肘仍然放在扶手上，交握着双手。

"必须有'白金数据'，DNA 侦查系统才能获得认可，这在构思的阶段就知道了。如果缺乏可以保护政治人物和高官的系统，法案就无法通过。"

"哪个层级的人有资格进入'白金数据'？"

"这个嘛，必须视实际情况而定。"志贺轻描淡写地回答，"如果是政治人物，就是曾经入阁，或是与之相当的层级。公务员的话，至少必须是储备干部。当然，有没有人脉关系，情况也会有所不同。"

"如果是警察呢……"

"绝对必须是高级组的总部长和部长层级。"

神乐点了点头，他终于恍然大悟。

"之所以不让警视厅继续调查 NF13，是因为发现可能和'白金数据'有关系。"

“其实很早就猜想到也许NF13在‘白金数据’内，只不过觉得即使这样,也不必慌张,因为只是一直无法逮捕到凶手而已,这也是‘白金数据’存在的意义。如果舆论吵得很凶，在适当的时机，找一具离奇死亡的尸体，说成是NF13就好，没想到出现了变量。”

“蓼科早树完成了‘猫跳’。”

“没错。”志贺点了点头,“白鸟里沙在寄去美国的电子邮件中提到，蓼科早树虽然遭到杀害，但读取‘白金数据’的程序，也就是‘猫跳’程序被抢走的可能性很低。看到这些内容时，我大吃一惊。说起来很丢脸，我完全不知道蓼科早树在写这个程序。”

“等一下，你说看到了白鸟小姐的电子邮件……是在她遭到杀害之后吗？”

“怎么可能嘛，当然是更早之前。”志贺撇着嘴笑了起来，“白鸟里沙从美国来这里，目的显然是确认‘白金数据’的存在。因为我认为对美国人来说，想要建立DNA侦查系统，也需要建构‘白金数据’。我们当然不可能承认有这种东西，所以必须密切观察她的行动，也因此掌握了有关‘猫跳’的消息。”

“所以就暂时冻结了对NF13的侦查，以找‘猫跳’为最优先。得知蓼科兄妹在暮礼路有藏身之处后，甚至禁止警官进入调查，就是因为怕被他们找到‘猫跳’。”

“只可惜扑了空。”志贺耸了耸肩。

“那为什么让警察追捕我……”

“因为表面上，你是重要关系人，而真正的理由是知道你受白鸟里沙之托，也在寻找‘猫跳’。如果被你先找到，就会很麻烦。”

“虽然最后还是我先找到了。”

“是啊，我听浅间副警部说了，是藏在那幅画的下面？真是眼皮底下的事反而看不到啊。不好意思，‘猫跳’已经被我们没收了，幸好你还来不及安装在 DNA 侦查系统上。”

神乐重重地叹了一口气。

“只有可怜的大众毫不知情吗？你认为能够得逞吗？要求广大民众去登记 DNA 信息，自己却逍遥于侦查网外。如果媒体得知这件事，不知道会怎么样呢。”

“不会怎么样，我们只要不承认有‘白金数据’就好，让它变成所谓的都市传说。”

“如果相关人员出面做证呢？”

志贺听到神乐这么说，挑了挑单侧的眉毛。

“你的意思是，你会出面做证吗？我们终于谈到了核心问题。我来这里，就是为了和你谈这件事。那我就直截了当地说了，希望你彻底忘了这些事，无论是‘白金数据’和‘猫跳’，还是 NF13 的事。”

神乐冷笑着：“想得真美啊。”

“当然不会无条件。”志贺注视着神乐说，“因为不可能让你继续做 DNA 侦查系统的工作，所以会给你一个适当的职位。那只是挂名而已，你不需要工作，但会支付给你相当于目前三倍的薪水。这样的条件不错吧？”

“想要收买我吗？你觉得我看起来像是会为了钱出卖良心的人吗？”

“我认为接受这个提议对你比较好。因为如果你执意拒绝，那我们只能采取其他手段。”

“你们打算怎么办？”

志贺松开了交握的手指，右手指向神乐。

“逮捕你，控制你的自由。我一开始不是就说了吗？你杀害了水上教授，已经构成了杀人罪，即使你主张是正当防卫，也无法证明，因为你并没有犯案时的记忆。”

神乐咬牙切齿地瞪着志贺。

“如果上法庭，我会说出一切，这样也没关系吗？”

“你完全搞不清楚状况，为了保护‘白金数据’，国家权力将全体总动员，秘密审判一个杀人犯根本易如反掌。你或许以为目前面对的是志贺这个小人物，但我背后有强大的势力，我只是传声筒而已。相信我，还是照我的话去做比较好。我很欣赏你，不希望看到你在牢狱中过一辈子。”

神乐认为志贺的后半段台词听起来充满虚情假意，但前半段很有真实味，事实应该也是如此，在这里指责志贺也无济于事。他不得不承认自己太渺小，只能微微闭上眼睛，摇了摇头。

“你似乎终于同意了。”志贺说。

“我想问一件事，如果以后再发生相同的情况怎么办？像水上教授那种人完全有可能再度出现。”

“这件事倒是不必担心，我们已经有‘猫跳’了，如果无论如何都找不到凶手，可以把在‘白金数据’中寻找作为最后手段，但只有少数人知道检索的结果。”志贺说到这里，露出了同情的眼神，“无论在任何时代，都有身份的问题，人类永远不可能平等。”

神乐垂下头，觉得浑身无力。没想到他投入一切完成的DNA侦查系统，竟然只是为了巩固阶级制度——

“对了，还有一件事要告诉你。”听到志贺这么说，神乐抬起头，志贺有点儿尴尬地继续说，“是关于铃兰这个女生。”

神乐倒吸了一口气：“你认识铃兰？”

“我从浅间副警部口中听说了这个名字。”志贺舔了舔嘴唇，“他说是你的幻觉。”

“幻觉？”神乐皱起了眉头。

“没错，是你的幻觉。根本没有铃兰这个女生，是你创造的幻觉。”

神乐在露出笑容的同时，握紧了拳头：“开玩笑，怎么可能有这种事？”

“虽然你可能不相信，但这是事实。你从东京车站搭上电车之后，一直都是一个人，在暮礼路期间，也都是一个人。”

神乐摇了摇头。

“不可能。我和她曾经交谈，也一起吃过饭。”

“那除了你以外，有谁看过她？有人和她说过话吗？”

“这是……因为她每次都偷偷来和我见面……”

“用什么方法？她怎么知道你在哪里？又如何通过森严的安保系统来和你见面？”

神乐无言以对，因为他也一直为这件事感到纳闷。

“我再问你，你有没有从和她的谈话中，得到任何新的信息？你从她口中得知的事，是不是都是你原本就知道的事，或是隆的记忆中的事？”

“没这……”

神乐原本想要断言“没这回事”，但他发现自己的想法动摇了。的确是这样，关于铃兰的一切也是借由隆的记忆知道的，神乐真的完全没有从铃兰口中得知任何事。

“那教堂呢？”

“教堂？”

“蓼科兄妹的别墅附近有一座旧教堂，是她告诉我那个教堂的，在此之前，我根本不知道那里有教堂。”

志贺讶异地摇了摇头。

“那里根本没有教堂。”

“不，确实有，就在沿着林道稍微往上走的地方。”

“很遗憾，那里不是教堂。听你这么一说，我想起来了，当地警方说，正在追捕的人曾经在废弃的民宿躲了一晚。”

“民宿？不可能，那的确是教堂，我对内部的装潢也记得很清楚。”

“那应该是你以前去过的教堂的记忆。”

“怎么可能？我自从读小学之后，就没去过教堂……”神乐说到这里，受到了很大的震撼。因为他想起读小学时，曾经在课外教学时去附近的教堂参观，而且清楚地回想起当时的情况。内部装潢和那天晚上，与铃兰一起度过的教堂一模一样。

志贺拿起放在一旁的皮包，从里面拿出笔记本电脑，放在腿上利落地敲击键盘后，把屏幕转向神乐的方向。

“你在暮礼路时，不是曾经被警车追捕吗？听说你骑着摩托车顺利逃脱了，当时，那个叫铃兰的女生在哪里？”

“她就坐在我后面。”

志贺点了点头说："好，那你就自己亲眼看一下。"说完，他按了一个键。

画面上出现了影像，一辆摩托车在田间小道上疾驰。摄影机是从摩托车背后拍摄的。

"这是警车追踪摄影机拍到的画面，你仔细看。"

摩托车越来越大。神乐睁大了眼睛。骑摩托车的正是自己，而且后面并没有坐任何人。

"骗人，这不可能……"他无力地嘀咕道。

志贺停止继续播放影像。

"我有必要说谎吗？没有铃兰这个女生，对我有什么好处？我只是希望你清醒而已。"

神乐摸着自己的额头，他开始头痛。

"既然这样，那幅画要怎么解释？隆画的是幻觉吗？但是，画中的铃兰拿着装了'猫跳'的袋子，所以我才会知道藏在画布后面。如果铃兰是幻觉，是谁把袋子拿去那个房间的？"

志贺垂下双眼，再度操作着键盘。

"我刚才说，没有铃兰这个女生，这只是对你和我而言的意思。对隆来说，的确有铃兰这个人，是真实存在的人，而不是幻觉。"

"这是什么意思？"

"就是字面上的意思。我们彻底调查了铃兰那幅画所在的房间，搜集了头发、皮屑、体毛——所有可以分析 DNA 的物品，最有参考价值的是两个空罐。那是两个果汁罐，其中一个是你，不，是隆喝的，在另一个空罐上，发现了其他人的唾液。那是女性的唾液，将 DNA

的唾液进行罪犯侧写，并以合成照呈现了外貌，这就是当初的画像。”志贺再度将液晶画面转向神乐。

神乐差点儿惊叫起来。因为画面上出现的正是蓼科早树，和真人不同的是，并没有遮住右半边脸的胎记。

“现在你终于了解了吧，铃兰就是蓼科早树，在你使用反转剂之后，隆只是去五楼的房间画画而已，但蓼科早树也会去那个房间。为了避免别人看到她的行踪，所以她在监视器上动了手脚。”

“她在监视器上动了手脚？”

“没错，蓼科早树在监视器上播放了假影像。”

神乐恍然大悟。难怪水上说，并不是他在监视器上动手脚，他只是加以利用而已。

“目前并不知道隆怎么会认识蓼科早树，他们是怎样变成朋友的。但是，在隆的眼中，她就像是那幅画中的少女。这一点千真万确，因为他不是只画自己看到的东西吗？”

“……是啊。”

“怎么样？是不是所有的谜都解开了？”

神乐用指尖按着眼睛，脑袋一片混乱，无法顺利思考，但自己也同时努力冷静地面对现实。志贺的话很合理，顺理成章，毫无破绽。

得知铃兰只是幻觉，既感到失望，又同时松了一口气。想到再也见不到她，的确会感到难过，但想到她并不是在那时候送命，又有一种得到救赎的感觉。

“还有什么疑问吗？”志贺问。

神乐想了一下，缓缓摇了摇头。

“没有了，但也可能只是没想到而已。”

“如果有疑问，欢迎随时问我，我会详细说明到你满意。你会遵守我们之间的约定吧？”志贺把笔记本电脑收进皮包后，从椅子上站了起来，“对了，差点儿忘记重要的事，浅间副警部要我传话。正确地说，好像是隆要他传话。”

“隆吗？”神乐偏着头，抬头看着志贺。

## 48

远处传来像是汽车喇叭的声音，除此以外，几乎听不到任何声音。隆缓缓睁开眼睛，看到了白色的墙壁。

他坐在一张有扶手的椅子上，右手的手指夹着香烟外形的反转剂。反转剂已经烧到滤嘴，几乎快烧完了。他看向地面，地上放了一个装了水的水桶，应该是神乐为了避免掉下的灰把地板烧焦所准备的。

他把滤嘴丢进水桶后打量周围。这里似乎是病房，有一张床，旁边还有放在画架上的画布。床上有调色盘、画笔和颜料。

隆走向画布，上面有一张字条，写着“因为你没有指定尺寸，所以准备了和铃兰那幅画相同的画布。你的另一个人格留”。

他轻轻吐了一口气，拿起画笔。笔尖的毛很柔软。

他不经意地转过头，发现身穿白色洋装的铃兰站在那里，一脸难过的表情。

“你来见我最后一面。”隆说。

“你不是要画画吗？”铃兰问。

“对，我要画你，我就是为了这个目的回来的。”

隆知道眼前的铃兰只是幻觉，但他仍然看得到她，因为她的样子就是隆在脑袋里创造出来的，但神乐应该就看不到了。他已经知道了铃兰的真实身份，也知道她已经死了，铃兰再也不会出现在他面前。

铃兰流着眼泪，隆伸手抚摩着她的脸，用指尖为她拭去眼泪。

“只要画完这幅画，隆这个人也会从这个世界消失，永远消失。”

“我们可以在那个世界相见吗？”

“当然可以。”

他们依偎在一起，相互拥抱。

## 49

时钟显示晚上七点多时，嫌犯回到了公寓。他戴着毛线帽和墨镜，穿了一件黑色大衣，大衣的领子竖了起来，可能想要遮住脸。

坐在驾驶座上的户仓转过头问：“股长，现在怎么办？”

浅间摸了摸满是胡茬儿的下巴说：“确认所有人的位置。”

“是。”户仓回答后，拿起了无线对讲机。听下属的对话，知道所有侦查员都已经就位。

“好，那就行动吧。”浅间走下了车。

向公寓管理员出示警察证后，管理员打开了自动门禁系统。他们走进电梯，按了楼层的按钮。他们已经知道嫌犯住在哪个房间了。

走出电梯后，浅间带着三名侦查员走向嫌犯的家。虽然立刻就找到了，但并不是所有人都站在门前。除了身穿运动衣的户仓以外，其他人都躲在附近屏息敛气。

户仓按了对讲机的门铃，不一会儿，听到一个低沉的男人声音应门。

“不好意思，我是刚搬来的邻居，想和你打声招呼。”很会演戏的户仓语气开朗地说。

很快就听到了打开门锁的声音，浅间和其他人都绷紧神经。

当门打开一条缝时，户仓就用力拉着门把。男人“哇”地惊叫一声，踉跄着冲了出来。浅间和其他人同时扑了上去。

男人发现不对劲儿，想要关门，但被户仓用脚挡住了。他穿着工地现场穿的安全靴。

男人想要逃进屋内，几名下属追了上去，很快就在客厅中央把他制伏了。浅间缓缓走了过去，从怀里掏出了逮捕令。

“别白费力气了，现在以抢劫杀人的罪名逮捕你。”

“我什么都没干。”男人吼叫着。

“既然这样，你就去警局好好解释，但我猜想恐怕很难。因为被害人的指甲上发现了你的 DNA，而且，”浅间抓住男人的手，“你的手上也有被抓伤的痕迹。”

男人不再抵抗，似乎终于放弃了。“带走！”浅间命令下属。

“这是你成为股长之后第一次立功，太好了。”户仓语带讽刺地说。

“三两下就搞定，真是轻松啊。”他在说话时，手机传来收到邮件的铃声，一看寄件人，忍不住露出笑容。

“谁传来的？该不会是女人？”

“怎么可能？”浅间确认了邮件的内容。

“最近还好吗？我的日子过得很悠闲，最近完成了喝日本酒的酒杯，会寄去给你。工作加油噢！神乐。”

他每次寄来的内容都很简洁。浅间吐了一口气，收起了手机。

“白金数据”事件结束至今已经两个月。不，外界并不知道这起事件，只知道 NF13 事件而已。

警视厅的上司和警察厅的人都没有追究浅间和神乐接触，并擅自单独行动的责任，他也因此必须接受两个条件：第一，必须将“猫跳”交给特解研；第二，忘记所有的事。

浅间在同意这两个条件的同时，也提出了要求，那就是不可以处分神乐。虽然他们并没有见过几次面，但两个人携手解开了巨大的谜团，让浅间对神乐产生了好像家人般的亲切感。

对方接受了浅间的要求，但神乐也必须接受不得对任何人提起事件全貌的条件。

“浅间先生，又是这种东西。”正在检查嫌犯大衣的户仓，从他口袋里拿出一个长方形的盒子，“这是超恍器啊。”

浅间皱了皱眉头，最近，超恍器大行其道，在被教导的青少年中，每五个人中就有一个身上带着超恍器。虽然水上已经死了，但他播下的恶种却没有绝迹。

如果当时没有发现那个，不知道我们现在怎么样了——浅间的记忆回到了两个月前。那是和神乐见面之前，去水上研究室时的事。水上走出研究室时，浅间不经意地看向放在架子上的黑色皮包，发现像是电线般的东西露了出来。他打开皮包一看，里面竟然是超恍器。

浅间完全不知道水上为什么会有这种东西？他猜想可能治疗时会使用。

虽然他并不了解超恍器的详细构造，但之前听“虎电器行”的老板解释过，哪个零件可以调整电流的强弱。他看了之后，发现那个超恍器设定在极其危险的模式。他当时心想，如果水上不知道这件事就糟了，所以拆下了其中一个零件，但他决定等问清楚水上为什么会有超恍器之后，再把拆除零件的事告诉水上。

虽然当时并没有想太多就拆下了那个零件，但最后也是因为这个行为，救了神乐和自己一命。

“股长，已经把嫌犯押上车了。”

听到下属的声音，浅间才回过神。

“好，撤退。”浅间对户仓说。

## 50

陶土溅到了脸上，他忍不住闭上了眼睛，但手掌和手指仍然维持原来的位置，心也仍然在作品上。他很快就睁开眼睛，继续作业。

他已经相当熟悉手动辘轳的使用，即使不需要特别留意，也可以让它稳定旋转。如此一来，他就能够专心拉坯了。

一个大盘子渐渐在神乐的双手中成形，直径超过三十厘米，这是他迄今为止挑战的最大作品。

他屏住呼吸，完成了最后的收尾工作，停下了辘轳。打量之后，他问一旁的蝎子：“你觉得怎么样？”

穿着工作服，坐在作业台前的蝎子抬起头，看着大盘子，冷冷地说：“还不错啊。”他说话向来不浮夸。神乐感到很满足。

一个男人冲了进来：“下雨了，我帮你收了衣服。”

是筑师。他看着辘轳上方，惊叫了一声。

“做得很棒啊！才短短两个月，进步很神速嘛。”

“托你的福。”

神乐站了起来，去房间角落的洗手台洗了手。前方的镜子中出现了他洗去了陶土的手。神乐看着自己的双手，想起了隆的画。

他看向旁边的墙壁，那里挂了一幅画，那是隆最后的作品。

画中的铃兰身穿婚纱，脸上露出了微笑。